DE LA MÊME AUTRICE

Aux Éditions Gallimard

LA BLOUSE ROUMAINE, roman, L'infini, 1990 (Folio 5062).

EN TOUTE INNOCENCE, roman, Blanche, 1995 (Folio 3502).

À VOUS, roman, Blanche, 1996 (Folio 3900).

JOUIR, roman, Blanche, 1997 (Folio 3271).

LE PROBLÈME AVEC JANE, roman, Blanche, 1999 (Folio 3501). Grand Prix des lectrices de Elle 2000.

LA HAINE DE LA FAMILLE, roman, Blanche, 2001 (Folio 3725).

CONFESSIONS D'UNE RADINE, roman, Blanche, 2003 (Folio 4053).

AMOURS TRANSVERSALES, roman, Blanche, 2004 (Folio 4261).

UN BRILLANT AVENIR, roman, Blanche, 2008 (Folio 5023). Prix Goncourt des lycéens 2008.

INDIGO, roman, Blanche, 2013 (Folio 5740).

UNE ÉDUCATION CATHOLIQUE, roman, Blanche, 2014 (Folio 6072).

L'AUTRE QU'ON ADORAIT, roman, Blanche, 2016 (Folio 6401).

VIE DE DAVID HOCKNEY, roman, Blanche, 2018 (Folio 6601). Prix Anaïs Nin 2018.

TROIS FOIS AU BOUT DU MONDE (NÉPAL, COSTA RICA, CHINE), Le sentiment géographique, 2020.

Dans la collection Écoutez lire

INDIGO, lu par Cécile Cassel, 2013.

L'AUTRE QU'ON ADORAIT, lu par Catherine Cusset, 2017.

Aux éditions du Mercure de France

NEW YORK, JOURNAL D'UN CYCLE, récit, 2009 (Folio 5279).

Aux éditions Dialogues

LE CÔTÉ GAUCHE DE LA PLAGE, illustrations d'Alain Robet, 2015.

Aux éditions Honoré Champion

LES ROMANCIERS DU PLAISIR, 1998, essai.

LA DÉFINITION DU BONHEUR

CATHERINE CUSSET

LA DÉFINITION DU BONHEUR

roman

nrf

GALLIMARD

À la mémoire de Josette Pacaly
et d'Anisioara Genunchi

Pour Vlad et Claire

Pour Nathalie

J'aime l'araignée et j'aime l'ortie,
Parce qu'on les hait ;
[…]
Parce qu'elles ont l'ombre des abîmes,
Parce qu'on les fuit,
Parce qu'elles sont toutes deux victimes
De la sombre nuit.

VICTOR HUGO,
Les contemplations

Déjà, alors, je craignais l'écriture. Au fond de moi je savais qu'elle était liée à une observation douloureuse, mais je n'imaginais pas qu'avec le temps elle serait un abri, un refuge, où non seulement je me retrouverais, mais où je retrouverais aussi ceux que j'avais connus et dont les visages avaient été conservés en moi.

AHARON APPELFELD,
Mon père et ma mère
(traduit par Valérie Zenatti)

Prologue

29 janvier 2021

Paul et moi passions la nuit chez mes parents à Boulogne. Nous avions fait l'aller-retour pour enterrer Clarisse et reprenions l'avion le lendemain matin pour New York.

Entre le décalage horaire, les ronflements de mon mari et ceux de mon père dans la pièce adjacente – mon ancienne chambre, où il s'était installé parce qu'il empêchait ma mère de dormir –, je n'arrivais pas à glisser dans le sommeil. Je revoyais chaque moment de la journée, le cimetière de Bagneux froid et humide sous le ciel gris d'hiver, le cercueil sur lequel j'avais jeté comme tout le monde ma poignée de terre.

Je me suis levée sans réveiller Paul, j'ai attrapé mon sac à main. La moquette était râpeuse sous mes plantes de pied. La porte a produit un grincement. J'ai appuyé trois fois sur l'interrupteur avant que s'allume la faible lumière du couloir, dont le papier peint n'avait pas été changé depuis l'origine – quarante-cinq ans. Dans cet appartement de mon adolescence, tout était obsolète. Le chauffage par le sol ne fonctionnait plus. J'avais froid.

Dans le dressing j'ai attrapé un vieil édredon en haut d'une pile de linge. J'ai respiré l'odeur particulière à ce lieu, mélange de l'après-rasage de mon père, des tas de chaussures en cuir, des boîtes en carton remplies de bouts de ficelle, des vêtements et des tissus usés. L'odeur de mes parents, de la vieillesse.

J'étais dans cette humeur bizarre qui suit un enterrement, quand le néant pénètre la vie et nous rappelle la vanité de toute chose. Mon père ne jette rien et ma mère, qui ne voit pas les objets et déteste la vie matérielle, conserve tous les livres. Il y en avait dans chaque pièce, en double rangée sur chaque étagère, en hautes colonnes à l'équilibre précaire au pied de son lit. Maman m'avait dit en riant avoir lu un article sur un vieil homme mort sous ses piles de livres qui s'étaient écroulées sur lui. Un jour, que j'espérais le plus lointain possible, je nous voyais, mes frères et moi, remplir d'énormes sacs-poubelle et nous débarrasser de cet amoncellement, de ces kilos de papier – ces traces de deux vies.

En ce moment même les fils de Clarisse étaient en train de le faire chez elle avant l'heure. De ce nid qu'elle s'était bâti, de ce cocon où elle avait éduqué ses garçons et comptait vieillir, de ce lieu où elle avait tant fait l'amour, où chaque chose avait une histoire, une âme, il ne resterait rien. Les livres, les céramiques japonaises – celles qui avaient survécu à la fureur de Boris –, les marionnettes indonésiennes, le batik recouvrant le canapé, tout allait disparaître. Y compris son visage, le souvenir de son sourire, de ses yeux noirs et vifs. Et sa voix. J'avais l'image d'un torrent emportant tout, nettoyant tout. Même la mémoire est friable, comme les berges d'un fleuve, et s'éparpille comme la poussière.

Rien ne reste. Ne reste que le rien.

À moins que... Je suis allée m'asseoir devant l'antique ordinateur de mon père, dans son bureau étroit aux murs recouverts de bibliothèques, et j'ai sorti de mon sac la clef USB que m'avait remise le fils aîné de Clarisse à la réception suivant l'enterrement.

Première partie

LE ROMAN DE CLARISSE

CHAPITRE 1

La définition du bonheur

Août 1979

« Tu m'écriras ? » lui dit Irina en la couvrant de baisers comme si elle avait cinq ans. Deux filles assises un peu plus loin les regardaient.

« Oui. Descends, maman. Le train va partir. »

Clarisse ressentit un mélange de culpabilité et de soulagement alors que le train s'éloignait. Elle occupait un siège en sens inverse de la marche et passa le trajet à regarder le paysage filer en arrière, les champs de blé ou de tournesols, les villages sur les collines bâtis autour d'églises romanes dont le clocher s'élevait au-dessus des toits, les fermes, les vaches, les villes où le train s'arrêtait pour quelques minutes. Sa joie croissait en même temps que la distance avec sa mère. Elle commença à penser à ce qui l'attendait, la mer, le sable, la chaleur, l'espace, la solitude.

Elle descendit du train à Toulon parmi une foule de voyageurs. Sa marraine – de cœur, Clarisse n'étant pas baptisée – l'attendait au bout du quai, élégante dans sa robe à fleurs et ses sandales à talons, ses cheveux coiffés en un chignon parfait, maquillée, si soignée par rapport à sa mère. Paulette embrassa l'adolescente.

« Que tu es belle ! Tu es devenue une vraie jeune fille ! Mais pâlotte. Trois semaines ici vont te faire du bien. »

Clarisse aimait son accent chantant du Sud. Elles montèrent dans la 4L et bavardèrent sur le chemin d'Hyères.

« C'est bien que ta mère ait une nouvelle élève. »

Paulette croyait-elle à l'histoire que lui avait racontée Irina ? Clarisse était convaincue que sa mère n'avait simplement pas le courage d'affronter le regard de Jacques et Paulette, qui se seraient vite rendu compte de la gravité du problème. Paulette n'aurait pas hésité à secouer sa plus ancienne amie, rencontrée enfant pendant la guerre, dans le village de Haute-Provence où la mère de Clarisse était cachée. Irina avait trouvé un prétexte pour se débarrasser de sa fille et se noyer dans le vin et le whisky bon marché.

« Tu ne vas pas te sentir seule ? En août on travaille à plein temps.

— Oh non. J'ai apporté des livres. Et je vous aiderai au restaurant.

— Pas question. Ici tu es en vacances. »

Il était agréable d'être traitée en enfant gâtée.

Le club de vacances que géraient Jacques et Paulette se trouvait sur une petite péninsule au bout d'une longue route. Paulette se gara devant le bâtiment principal. Clarisse descendit de voiture et huma à pleins poumons le thym, la lavande, les pins et les eucalyptus. C'était son sixième été ici. Elle se sentait chez elle. Jacques se précipita hors du bureau et la serra contre lui.

« Et voilà la plus belle ! Tu n'as pas changé du tout ! »

Paulette rit.

« Je viens de lui dire le contraire ! »

Il avait la carrure d'un ours, une barbe douce et un rire sonore. Il attrapa la valise et la précéda sur le chemin sableux.

« On t'a mise à Jasmin. Tu n'auras pas besoin de marcher longtemps la nuit en rentrant du restaurant. »

Le club était composé de « hameaux » aux noms de fleurs répartis dans un vaste parc boisé. Les bungalows de béton avaient tous la même distribution. On pénétrait dans une entrée avec un placard métallique et des lits superposés (où Clarisse dormait les années précédentes), séparée par une salle de bains de la chambre carrée que remplissaient un lit double et deux tables de chevet. La différence cette année, c'était qu'elle dormirait dans le grand lit et ne partagerait pas la salle de bains avec sa mère.

Elle vida sa valise. En dehors du jean et du tee-shirt qu'elle portait pour le voyage, elle n'avait que deux robes, trois hauts, deux maillots et une paire de claquettes, ainsi que son journal, un carnet de croquis, des crayons de couleur et trois livres. Et son doudou, un petit chien aux grandes oreilles devenu mou comme un chiffon à force de lavage, qu'elle avait réussi à sauver des griffes de sa mère. Réglisse.

« On est à Hyères ! l'informa-t-elle. Tu entends les cigales ? »

Elle enfila une robe, mit ses claquettes et prit le chemin de la plage.

Les arbres se profilaient comme des ombres chinoises contre le ciel bleu clair. Elle se gratta le bras. Sa mère avait une recette contre les moustiques – du citron, du vinaigre ? Une famille arrivait en sens inverse, le père et la mère encadrant un petit garçon dont ils tenaient la main. Les parents avaient l'air en colère et l'enfant pleurait.

« Cesse de pleurnicher ! cria l'homme. Tu n'avais qu'à faire attention. Tant pis pour toi ! Un camion tout neuf ! »

Les pleurs du gamin redoublèrent. Ils la croisèrent sans lui dire bonjour. Comment pouvaient-ils être si tendus dans un endroit si beau ?

Elle descendit par un sentier caillouteux sur la plage. Il n'y avait plus personne. Ses plantes de pied entrèrent en contact avec le sable, chaud et doux. Par contraste avec l'air, la mer était fraîche. Elle plongea.

Quand elle sortit de l'eau, elle se sentait merveilleusement bien, ses longs cheveux gouttant dans son dos. Maintenant elle était vraiment arrivée.

Après une douche chaude, elle se rendit au restaurant, en terrasse sous les arbres. Les vacanciers, assis à des tables communes, se servaient à un grand buffet. Des tortillons de citronnelle brûlaient ici et là. L'endroit résonnait de rires et de conversations. Il y avait au moins une centaine d'adultes et de nombreux enfants. Clarisse reconnut la famille croisée sur le chemin de la plage. Les yeux fixés sur leur rejeton, les parents semblaient à nouveau le réprimander. Il y avait une place libre près de la mère. Clarisse y alla tout droit. Ces gens ne risquaient pas de lui adresser la parole. Après le dîner elle resta dans son coin, même quand la musique commença. La famille à côté d'elle était partie coucher l'enfant.

« Tu veux boire quelque chose ? lui demanda Jacques en apportant des cocktails à un groupe non loin d'elle. Un gin-tonic ?

— Non merci.

— Quelle fille raisonnable ! Amuse-toi, ma puce, tu as seize ans ! »

Clarisse en eut vite assez du disco et rentra dans son bungalow par le sentier qu'éclairait encore la lumière diffuse du crépuscule. Assise au milieu du grand lit, calée contre deux oreillers, elle commença *Illusions perdues*. Ce qui arrivait à David et Ève, leur amour, l'égoïsme et la cupidité du père de David qui vendait son imprimerie à son propre fils en cherchant à s'enrichir sur son dos, était plus réel et plus fascinant que sa propre vie.

*

Les jours passaient, semblables les uns aux autres, sans qu'elle se lasse de l'alternance des bains de mer et des bains de soleil. Dans l'eau, elle faisait la planche et contemplait le ciel. Une fois sèche, elle lisait ou dessinait le paysage. Elle sentait sur elle le regard des hommes – des maris, des pères. Jacques lui avait dit de le prévenir si quelqu'un l'embêtait. Elle restait à l'écart. Sa timidité créait une distance protectrice.

Au restaurant elle regardait et écoutait, discrètement. Le témoin invisible. Elle avait identifié plusieurs familles. Les retrouver jour après jour, c'était comme suivre ces feuilletons télévisés dont sa mère était friande. La famille à côté d'elle à table, par exemple. Le fils était un insecte aux ailes épinglées sur une planche par ces deux paires d'yeux qui suivaient chacun de ses mouvements. Le père aboyait, le gamin pleurait, la mère le grondait tout en jetant au père un coup d'œil furibond. Il y avait tant de frustration entre cet homme et cette femme qui se renvoyaient l'enfant comme une balle.

À l'autre bout de la table était assise la famille parfaite : deux jolies fillettes et leurs parents pédagogues, qui ignoraient discrètement les disputes de leurs voisins tout en se montrant le plus serviables possible. De sa place, Clarisse n'entendait pas leurs conversations mais leurs gestes exprimaient leur tendresse mutuelle. Même la sœur aînée, à peine âgée de huit ans, offrait à sa cadette ce qui était sur son assiette et souriait gentiment de ses questions naïves.

Mais la tablée qui l'intéressait le plus se trouvait un peu plus loin. Elle était composée de trois couples et de six enfants, cinq garçons d'à peu près huit à dix-huit ans et une fillette de cinq ans, la princesse du groupe. Ils étaient bruyants et riaient beaucoup. Clarisse put bientôt dessiner leur arbre familial. Les trois hommes robustes aux cheveux et aux yeux sombres, à la poitrine velue, semblaient frères. Leurs femmes avaient les cheveux teints et les ongles vernis. Parmi les garçons elle remarqua surtout un brun au sourire éclatant et aux longs cils. Les deux plus jeunes devaient être ses petits frères, et les deux adolescents – l'un enveloppé et l'autre, qui ressemblait à la princesse, maigre avec des taches de rousseur – ses cousins.

Inévitablement, elle se fit prendre à les regarder. Un soir à la fin du dîner, alors qu'elle les observait à travers son verre de coca, le beau garçon leva la tête et leurs yeux se rencontrèrent. Elle n'eut pas le temps de les baisser. Il l'emprisonna dans son regard, lui sourit et pointa du doigt le baby-foot un peu plus loin.

« Tu joues ? »

Elle se retourna, certaine qu'il s'adressait à quelqu'un derrière elle. Il n'y avait personne. Elle secoua la tête en rougissant.

Il était absent du club pendant la journée, qu'il passait à l'école de voile avec ses cousins et ses frères ou sur des plages éloignées que préféraient les adultes. Elle le savait par quelques mots glanés ici et là. En fin d'après-midi il jouait au ping-pong ou au baby-foot avec ses cousins et d'autres vacanciers, dont deux blondes un peu plus âgées aux cheveux lisses noués en queue-de-cheval. Il coupait les balles admirablement. Un jour, en rentrant de la plage, Clarisse s'arrêta pour les regarder. Elle ne pouvait retenir un sourire et ses yeux brillaient de plaisir quand la fille ratait la balle qu'il avait déviée de sa trajectoire. Il se tourna vers elle.

« Tu fais la prochaine ?

— Je ne sais pas jouer.

— Je peux t'apprendre. Tu t'appelles comment ? Moi c'est Samuel. »

Il lui présenta ses cousins et les deux blondes. Clarisse s'éloigna en se sentant stupide. Elle aurait rêvé d'être une de ces filles qui jouaient avec lui. Mais elle aurait raté toutes les balles : il se serait lassé au bout de cinq minutes.

Samuel était un beau prénom. Elle le répéta à voix basse.

La première semaine s'achevait. Le vendredi soir il y avait une fête. Elle resta au restaurant plus tard que d'habitude. Il invitait tout le monde : ses tantes, sa petite cousine, ses partenaires de ping-pong, sa mère. Il dansait le slow ou le rock comme il jouait au ping-pong et au baby-foot : avec grâce et énergie. Il était terriblement sexy dans son tee-shirt Fruit of the Loom, son jean à pattes d'éléphant et ses espadrilles bleu marine. Quand il fit un geste vers elle, elle baissa les yeux. Au moment où retentirent les premiers accords d'*Alexandrie Alexandra*, une trentaine de vacanciers, dont les deux blondes, se mirent en rang pour reproduire la chorégraphie. Samuel était au centre, à la place du chanteur, comme si tous reconnaissaient son aura. Clarisse partit se coucher.

Alors qu'elle approchait du restaurant le lendemain matin, elle vit le petit garçon assis sur un banc près des valises de ses parents. Elle sortit une sucette de son sac et la lui tendit.

« Tiens. Pour le voyage. »

Sans la prendre, il se retourna nerveusement vers la réception où ses parents finissaient de payer. Sa mère surgit et la dévisagea d'un œil suspicieux. Clarisse s'éloignait en haussant les épaules, quand elle se rendit compte qu'elle s'était comportée exactement comme l'enfant lorsqu'elle avait refusé de jouer au ping-pong ou de danser avec Samuel. Elle s'était privée d'un plaisir comme si quelqu'un la surveillait.

Elle fut soulagée de voir la famille de Samuel au restaurant ce soir-là. Ils restaient donc encore une semaine. Les deux blondes étaient parties. Une nouvelle famille s'assit à la place du petit garçon et de ses parents, un couple et une vieille dame aveugle qui la laissèrent tranquille après les politesses d'usage.

Les jours suivants, Samuel ne lui adressa pas un mot.

Au restaurant le mercredi soir régnait un calme inhabituel. La table de sa famille était vide. Il ne lui avait même pas dit au revoir. Sans lui l'endroit semblait désert.

Elle dormit mal. Le lendemain elle n'éprouva pas de plaisir à nager ni à lire sur le sable. Lorsque, au retour de la plage, elle entendit les voix autour de la table de ping-pong, la joie gonfla ses veines. Pendant le dîner il s'approcha pour lui dire qu'ils avaient fait une excursion à Monaco la veille et qu'ils étaient rentrés tard. Comme s'il lui devait quelque chose.

Ce soir-là, quand retentirent les premières notes du tube de l'été, *Je l'aime à mourir,* et que Samuel se tourna vers elle avec un sourire, elle se leva. Elle trouvait insupportables les gens qui accompagnent une chanson de leur chantonnement, mais la voix de Samuel soufflant les mots de Cabrel dans son oreille – « *Elle a gommé les chiffres des horloges du quartier, / Elle a fait de ma vie des cocottes en papier, / Des éclats de rire* » – lui donna des frissons très doux. Elle dansait entre ses bras sans conscience de son corps maladroit, juste un peu inquiète à l'idée de lui marcher sur les pieds. Après Cabrel, le DJ choisit un morceau plus énergique : *Heart of Glass.* Il lui tendit la main pour un rock, mais elle préférait danser seule face à lui. Son corps se détendit peu à peu, entrant dans le rythme, surtout quand Bob Marley succéda à Blondie.

Quand la musique s'arrêta à minuit, elle fut aussi déçue que lui. Ils supplièrent le DJ de passer encore une chanson, juste une, un slow, mais il ne voulut pas déroger à la règle. Les cousins de Samuel étaient partis se coucher. Elle descendit avec lui vers la plage. Ils s'assirent sur le sable, il lui dit de compter douze étoiles et de faire un vœu silencieux. Elle ne souhaitait qu'une chose, qu'il l'embrasse, mais se décida superstitieusement pour un vœu moins égoïste : que sa mère cesse de boire. Il lui offrit une cigarette, qu'elle refusa. Il lui tendit la sienne pour une taffe, qui la fit tousser. Il rit. Il habitait Versailles, avait dix-neuf ans et venait de réussir sa première année de médecine. Elle expliqua que sa mère travaillait à Paris et que ses parents étaient divorcés.

« Tu es toute seule, ma pauvre ! Si seulement on pouvait changer de place pour un jour et que je te prête ma grande famille ! J'aurais un peu de silence et de paix ! »

Il se mit à chanter doucement les paroles de Cabrel sur lesquelles ils avaient dansé leur premier slow, « *Moi je n'étais rien et voilà qu'aujourd'hui / Je suis le gardien du sommeil de ses nuits, / Je l'aime à mourir...* », tout en la fixant du regard et en approchant lentement son visage. Ce qu'elle osait à peine espérer eut lieu. Ils tombèrent sur le sable. Ses mains se glissèrent sous sa robe, partout. Clarisse tremblait de désir. Elle ouvrit la fermeture éclair du jean de Samuel et sortit son sexe du slip, soucieuse de lui montrer qu'elle n'était pas totalement ignare dans tous les domaines. Il sembla surpris qu'elle se montre si entreprenante. Elle n'eut pas besoin de le caresser longtemps avant qu'un liquide tiède poisse sa main. Il s'assit et regarda sa montre.

« Deux heures ! Il faut que j'y aille. On fait une régate demain et mes cousins comptent sur moi. »

Elle se rinça les mains dans la mer avant qu'il la raccompagne à son bungalow. Ils passèrent une demi-heure à s'embrasser.

« À demain », dit-il.

Ce serait le dernier soir. Il partait samedi.

Elle resta allongée dans son lit, les yeux ouverts, incapable de dormir, en tripotant Réglisse. Elle finit par rallumer et consigna dans son journal chaque minute de la soirée. Ce qui lui arrivait n'avait rien à voir avec son amour pour ce garçon de terminale qu'elle appelait son petit copain et qu'elle avait vu sortir du lycée, en juin, enlacé à sa meilleure amie (qui n'était plus sa meilleure amie). La gentille dérision de Samuel l'encourageant à sortir de sa coquille, le souvenir de sa voix chantant «*je l'aime à mourir*» remuaient ses entrailles. Il était content qu'elle soit juive – sinon, il ne l'aurait pas embrassée. Le reverrait-elle à Paris? Il avait dix-neuf ans, il était en médecine. Serait-il encore intéressé par une lycéenne de seize ans quand il serait entouré d'étudiantes aux longs cheveux lisses? Les premiers rayons de l'aube perçaient l'obscurité quand elle glissa dans le sommeil.

«Que tu es belle! lui dit Paulette au matin. Bronzée, radieuse. Rien à voir avec la souris pâlotte d'il y a quinze jours!

— Il est mignon, hein?» ajouta Jacques avec un clin d'œil.

Elle s'empourpra.

«Jacques! Laisse-la tranquille! Ne l'écoute pas, ma cocotte.»

Elle passa la journée à la plage, nagea, lut, somnola, rêva. Au loin elle vit se profiler les voiles blanches et se demanda sur quel bateau se trouvait Samuel. Il devait être fatigué. Elle espéra qu'il ne serait pas fâché s'il perdait.

Le soir elle choisit ses vêtements avec soin. Elle mit son

jean avec le dos-nu en soie rouge qu'elle avait emprunté à sa mère sans le lui dire : il se nouait derrière le cou et se portait sans soutien-gorge. Elle se fit un chignon. Le haut élégant et le chignon lui donnaient l'air un peu plus âgée.

Ses cousins et lui étaient arrivés troisièmes. À la façon dont les adolescents la regardaient, elle comprit qu'il s'était vanté de sa bonne fortune.

« J'ai une surprise pour toi tout à l'heure », glissa-t-il quand ils se croisèrent près du buffet.

Un cadeau ? Elle n'avait pas l'habitude d'en recevoir.

À la fin du dîner, un serveur apporta un gâteau, et la famille de Samuel chanta *Happy birthday.* Le reste des vacanciers se joignit à eux. Clarisse scruta la tablée avec curiosité. Le gros cousin fêtait ses dix-huit ans. Il souffla ses bougies, qu'on ralluma pour la petite princesse. Le photographe du vendredi soir les mitrailla, surtout la fillette qui portait une robe rose à volants et à paillettes, le genre de robe que la mère de Clarisse aurait qualifiée de vulgaire.

Elle veilla à ne pas danser seulement avec Samuel pour ne pas se faire trop remarquer par Paulette et Jacques. Mais quand repassa *Je l'aime à mourir,* il la chercha du regard : c'était leur chanson. Ils dansèrent le slow étroitement enlacés. Clarisse s'époumona et leva les bras comme les autres en dansant sur *YMCA,* le hit de l'été. Elle accepta que Jacques lui prépare un mojito, léger. L'alcool brûla sa gorge, mais répandit dans son corps une douce chaleur.

Le vendredi, la fête s'achevait plus tard. Il était presque une heure quand les derniers danseurs se dirent au revoir. Elle pensait que Samuel l'emmènerait sur la plage, comme la veille. Elle avait renoncé à l'inviter dans son bungalow, de crainte qu'une femme de ménage ne devine ses activités nocturnes en remarquant les taches sur les draps et ne le dise à Jacques et Paulette.

Elle suivit Samuel et ses cousins jusqu'à la place devant le bâtiment principal. Ils s'arrêtèrent près du banc où elle avait vu le garçonnet une semaine plus tôt.

« Voilà. »

Il ne lui tendait pas un cadeau mais pointait du doigt deux vélomoteurs.

« On va en boîte de nuit. Tu viens ? »

Elle n'hésita pas. Elle n'était encore jamais montée sur une mobylette.

Avoir seize ans, foncer dans la nuit calme sur une route déserte et sentir la brise tiède caresser vos épaules tout en enlaçant la taille d'un garçon qui vous a embrassée hier pour la première fois, la joue appuyée contre son dos : ce devait être la définition du bonheur.

Les cousins roulaient à toute allure et se dépassaient tour à tour dans un bruit de moteur. La mobylette penchait dangereusement par moments et Clarisse laissait échapper de petits cris sans avoir vraiment peur. Samuel semblait contrôler son engin. Une voiture qui les klaxonna longuement en les doublant les força à se ranger.

La ville était à quelques kilomètres. La soirée commençait à peine dans la boîte quand ils y pénétrèrent à une heure et demie. L'entrée était gratuite, et personne ne vérifiait les cartes d'identité. Les gens dansaient frénétiquement dans la fumée de cigarette et la lumière clignotante des spots. Il n'y avait pas d'enfants. C'était la vraie vie, pas comme le club de vacances. Clarisse ignorait jusque-là à quel point elle aimait la nuit. Ils dansèrent presque sans interruption jusqu'à la fermeture à quatre heures. Les gens se déhanchaient et remuaient les bras en l'air dans un mouvement de balancier, secouaient sauvagement leurs cheveux, tombaient sur les genoux, pivotaient sur eux-mêmes, se renversaient en arrière. Elle défit son chignon et n'eut pas honte de sa masse de cheveux frisés. Les garçons burent plusieurs gin-tonic. Elle en accepta un. Elle n'avait pas l'habitude de l'alcool et se sentit délicieusement ivre.

Au retour ils s'arrêtèrent pour laisser le gros cousin vomir au bord de la route. Quand ils croisèrent une camionnette dont les phares les aveuglèrent, Samuel fit un écart. Clarisse le serra encore davantage. Un vent fort s'était mis à souffler, un début de mistral, et elle avait froid dans son dos-nu, même blottie contre lui.

Il était quatre heures vingt quand ils éteignirent les moteurs à l'entrée du club. Ils poussèrent les mobylettes jusqu'au bâtiment de la réception. Les cousins n'étaient pas frais, surtout celui qui avait été malade, même si l'air les avait un peu ranimés. Ils s'éloignèrent vers leur bungalow. Samuel et elle restèrent seuls. Elle frissonna.

« Tu as froid ? »

Il ôta son tee-shirt et le lui tendit. Il avait transpiré en dansant et son odeur imprégnait le coton – une odeur d'homme, de sueur, de sel, d'alcool et de lessive. Il enlaça ses épaules. Ils prirent la direction opposée à celle des cousins. Au bout de quelques minutes il proposa d'aller dans sa chambre. Ils seraient à l'abri du vent.

« Tu ne partages pas un bungalow avec tes frères ?

— Ils dorment dans l'entrée, rien ne les réveille. On fermera la porte à clef. »

Elle apprécia sa délicatesse : il n'avait pas demandé à aller chez elle.

Samuel logeait dans le hameau le plus éloigné : ils marchèrent dix bonnes minutes sur un sentier sableux serpentant entre les arbres qui, à cette heure tardive, n'était éclairé que par la lune passant entre les branches. Elle ignorait que le parc était si grand.

« Tu me raccompagneras ?

— Évidemment ! Je ne suis pas un porc ! »

Le mot lui sembla étrange. Qui aurait pu qualifier le beau Samuel de porc ?

Sans la voir dans l'obscurité, elle sentait et entendait la mer, toute proche. Ils arrivèrent enfin dans le hameau éclairé par les veilleuses au-dessus de chaque porte. Il introduisit sa clef dans la serrure et se tourna vers Clarisse en mettant un doigt sur ses lèvres. Le bungalow était configuré comme le sien : elle savait où aller, même dans le noir. Dans les lits superposés, les deux enfants ronflaient. Il referma sans bruit la porte de la chambre et la verrouilla. Le volet mécanique était baissé et l'obscurité, totale. Il posa une main sur ses reins, tandis que l'autre effleurait ses lèvres. Une troisième main la poussa sur le lit. Trois mains. Trop pour un seul homme.

Son cerveau fabriqua instantanément une explication innocente : les petits frères de Samuel avaient monté une embuscade pour lui faire une blague. Mais ces mains, elle le sut tout de suite, n'étaient pas celles d'enfants. La main sur sa bouche, bloquant ses narines, rendait sa respiration difficile. Quand elle essaya de l'ôter, on l'en empêcha. Une autre s'empara de son poignet droit et posa les doigts de Clarisse sur quelque chose de chaud, mou et poilu. Elle était pétrifiée. Elle devina qu'ils étaient trois. Les deux autres étaient ses cousins, bien sûr. La surprise, c'était elle : le cadeau d'anniversaire de celui qui avait dix-huit ans.

Des mains tirèrent sur le nœud dans son cou et lui ôtèrent son haut si brusquement qu'elle entendit craquer la soie. On lui enleva ses sandales en forçant, sans même ouvrir la boucle. Le jean glissait mal : ils s'y mirent à deux. Le slip suivit. Elle était nue. Un des garçons, le gros, s'assit à califourchon sur elle. Il l'écrasait, coinçant un de ses bras sous son genou. On lui pinça le nez, elle dut ouvrir la bouche pour respirer et un sexe s'y engouffra. Un autre se frottait contre sa main. Si elle avait crié, personne ne l'aurait entendue, pas même les garçons qui dormaient dans l'entrée, séparés d'eux par la salle de bains. Elle était entrée de son plein gré dans cette chambre, s'était jetée tête la première dans la trappe. Comme l'animal pris au piège par des braconniers, elle n'avait plus d'autre choix que de se laisser faire pour en finir au plus vite.

Elle assistait à la scène de loin, comme s'il s'agissait d'un film qui ne la concernait pas. Des mots lui parvenaient : « Pousse-toi », « À moi », « Vas-y ». Elle fut tournée et retournée comme une crêpe. L'un d'eux, le plus jeune peut-être, éjacula tout de suite et ses cousins se moquèrent de lui. Puis ils finirent tour à tour, dans des grognements ou des cris. Ils ne la retenaient plus.

Elle se désemmêla des corps allongés, se leva, récupéra son jean et son dos-nu au pied du lit, ramassa une sandale et puis l'autre, tourna le verrou, traversa le couloir et se retrouva dehors. La nuit était moins sombre que l'intérieur de la chambre. Elle courut, nue de la tête aux pieds sur les pavés. Cinq portes plus loin, elle s'arrêta pour enfiler son haut déchiré et son jean. Elle n'avait pas sa culotte. Elle s'accroupit pour attacher ses sandales et se remit à courir. Entendant la mer sur sa droite, elle tourna à gauche et avança dans l'obscurité. Le mistral froissait les feuilles des palmiers. Le bâtiment central, éclairé, finit par apparaître. Un employé en sortit en tirant deux grosses poubelles. Elle se cacha derrière un arbre. Les premières lueurs de l'aube éclaircissaient la nuit. Elle atteignit son bungalow et prit une longue douche très chaude en frottant au savon toutes les parties de son corps.

Elle passa des heures allongée sur son lit, les yeux ouverts, sans poser Réglisse contre son cou, comme si un contact avec sa peau allait le souiller. Elle se sentait sale malgré la douche. Elle attendit une heure de l'après-midi avant de se lever et de se diriger vers le restaurant. Elle était sûre qu'ils seraient partis, la route était longue jusqu'à Versailles. Mais en approchant de la terrasse, elle entendit leurs voix. Elle s'arrêta derrière un pilier. La famille déjeunait. Samuel et ses cousins riaient comme d'habitude. Il regarda dans sa direction et sourit. Elle était certaine qu'il l'avait repérée. Malgré sa faim elle n'eut pas le courage d'aller jusqu'au buffet. Elle prit un café à l'intérieur et retourna à son bungalow. Tout son corps tremblait. Elle passa l'après-midi au lit à lire *Au bonheur des dames*. Denise et ses frères arrivant à Paris lui permirent de s'oublier : elle en fut reconnaissante à Zola. Quand elle retourna au restaurant vers dix-neuf heures, affamée, ils étaient partis.

C'était la fin du mois d'août, les arrivants étaient moins nombreux. Paulette remarqua qu'elle n'était pas en forme. Clarisse prétendit qu'elle avait ses règles. Sa marraine lui apporta un thé chaud au citron. Elle était maternelle, pleine de sollicitude, mais il était impossible de lui dire ce qui était arrivé. Clarisse avait trop honte. Il fallait une sacrée dose de stupidité, à seize ans, pour suivre un inconnu dans sa chambre et le croire amoureux. Comme son petit ami parisien, Samuel avait remarqué qu'elle était disponible. Il l'avait partagée avec ses cousins parce qu'il était généreux ou que c'était amusant. Elle savait ce que diraient les gens, sa mère la première : « Tu l'as cherché, ma pauvre fille. » Personne ne devait savoir, jamais. Au souvenir de l'usage qu'on avait fait d'elle, elle éprouvait de la révulsion. Pas seulement vis-à-vis des garçons, de leur sexe et de leurs pulsions, mais d'elle-même. Elle n'avait pas juste été passive. Elle avait coopéré – pour en finir plus vite, mais pas seulement. Pour plaire, pour ne pas les décevoir. Parce qu'elle était gentille.

Il n'y avait pas de fenêtre d'où elle aurait pu sauter, ni de réserve de cachets à avaler. Et elle avait peur de la douleur physique.

Elle n'écrivit rien de cela dans son journal. Un journal pouvait tomber entre les mains de sa mère.

Le samedi soir elle se rendit à l'accueil. Les photos prises le vendredi étaient toujours exposées sur un mur. Il n'y avait plus celles de Samuel ni du cousin aux taches de rousseur, mais elle acheta celle du gros cousin, qu'elle paya cinq francs. Elle ne prit pas la photo d'elle, souriante, dans le haut en soie de sa mère.

Elle jeta à la poubelle le dos-nu déchiré, irréparable.

La dernière semaine fut différente des deux premières. Elle passait toujours ses journées sur la plage mais ne dessinait plus, ne parlait à personne et restait dans son coin. Paulette et Jacques mirent sa tristesse sur le compte du départ de Samuel. Paulette y fit allusion un jour.

« Tu es calme, Clarisse, mais aussi profonde et intense. Comme ta mère. Un torrent sous une eau dormante. La passion fait souvent peur aux garçons. Tu rencontreras la bonne personne. Tu es très jolie, ma chérie. »

Le 25 août, sa mère l'attendait au bout du quai à la gare de Lyon. Son haleine n'empestait pas l'alcool. Elle avait perdu du poids. Elle était presque belle avec ses lunettes de soleil plantées dans ses cheveux châtains, qu'elle avait lavés et coiffés. La séparation lui avait fait du bien. Clarisse avait envie de pleurer dans ses bras mais se contenta de la serrer fort. Elle ne lui faisait pas entièrement confiance.

Son petit ami avait passé son bac. Elle ne le revit pas. Il ne lui téléphona pas. Cette année-là elle eut faim constamment, surtout de sucreries et de chocolat, qu'elle volait au supermarché. Elle prit quinze kilos. Plus personne ne la regardait. Elle alla à quelques fêtes mais se sentait différente de tous ces jeunes qui dansaient, riaient et avaient l'air heureux. Elle avait fait déjà l'expérience de la solitude, mais jamais à ce point.

L'été suivant, elle travailla deux mois comme caissière à Prisunic et ne retourna pas à Hyères.

CHAPITRE 2

L'édredon jaune

Février 1982

« Porte de Saint-Cloud, terminus : tout le monde descend », annonça le conducteur. Il n'y avait plus de métro en direction de Boulogne et les passagers se dirigèrent vers la sortie, mécontents et résignés. Ève était à une station de chez elle, pas plus de vingt minutes de marche. Elle franchit le pont au-dessus du périphérique. Le garage Renault éclairait la nuit. Route de la Reine elle s'arrêta pour allumer une cigarette et vérifier furtivement qu'on ne la suivait pas. Elle tenait dans la main le gadget d'autodéfense que lui avait offert sa grand-mère. Il émettait un sifflement à déchirer les tympans quand on appuyait dessus.

La fatigue l'écrasa d'un coup. Elle aurait voulu être transportée par magie dans son lit. Son cartable pesait sur ses épaules. Ses mocassins aux semelles de crêpe glissaient sans bruit sur le trottoir. Son blouson fourré la protégeait mal du froid humide de la fin février. Elle rougit en pensant au cadeau ridicule qu'elle avait fait à Stéphane pour ses dix-neuf ans, une boîte de Quality Street achetée à la dernière minute dans une supérette avec Lise. Mais quel bonheur de découvrir où il vivait ! Toutes ces piles de livres par terre. Ces grandes fenêtres. Cette pièce sans un angle droit. Cette charmante petite rue à l'est de Paris, si différente de la banlieue ouest aux immeubles modernes, cossus et moches.

Si seulement. Si seulement ses parents n'avaient pas dit non. Au souvenir de la scène qui l'avait opposée à eux cinq mois plus tôt, Ève sentit sourdre la colère. Elle avait peaufiné ses arguments. Elle ne leur demandait pas un sou ; elle utiliserait l'argent qu'elle avait gagné comme jeune fille au pair et sa grand-mère maternelle lui donnerait le reste. Puisque ses parents ne pensaient qu'aux études, c'est la raison qu'elle avait mise en avant : le bruit de ses trois petits frères qui l'empêchait de se concentrer sur ses dissertations ; le temps qu'elle gagnerait – une heure de métro en moins par jour, sept heures par semaine en plus à consacrer au travail ; elle pourrait se lever à sept heures et quart au lieu de six heures et demie, être plus éveillée en cours, travailler plus tard le soir.

Non, avaient-ils dit. Un non inébranlable comme un mur en béton. Pour réussir, elle devait manger chaque soir un repas équilibré et chaud. « *Mens sana in corpore sano.* » Elle ne savait pas cuisiner et n'en aurait pas le temps. Elle n'avait jamais réfléchi à cet aspect des choses, mais Charlotte, Stéphane et Lise, qui avaient tous les trois une chambre dans Paris, ne dépérissaient pas : ça ne devait pas être si compliqué. Ses parents avaient ajouté qu'ils ne tenaient pas à ce qu'elle vive seule, en raison de sa fragilité psychique.

Sa « fragilité psychique » ? Tant de mauvaise foi l'avait

révoltée. Ils faisaient référence au choc qui avait suivi sa découverte du secret, de leur secret, un an plus tôt. Tomber par hasard sur un paquet de vieilles lettres au fond d'un tiroir et lire dans un post-scriptum ces mots de votre père, enfin de celui que vous avez cru jusque-là être votre père : « Embrasse mon Évounette que j'aime comme ma propre fille », ça peut vous déséquilibrer, non ?

« De quel droit tu m'en empêches ? » avait hurlé Ève en regardant Christian, sans aller jusqu'à prononcer les mots qu'elle avait sur le bout de la langue : Tu n'es pas mon père ! Mais sa mère les avait entendus, qui s'était mise à pleurer. Ève leur avait dit qu'elle les haïssait, qu'à cause d'eux elle ne serait jamais normale. Françoise avait battu en retraite dans sa chambre à l'autre bout de l'appartement, bientôt suivie par Christian.

Ève avait passé la nuit à pleurer d'impuissance et de rage. Elle avait dix-huit ans, elle habitait chez papa-maman, elle resterait vierge toute sa vie. Jamais elle ne serait cette fille cool et sympa qui grimpait six étages pour rentrer dans sa chambrette sous les toits à l'heure qu'elle voulait, qui n'était pas obligée de quitter une fête à minuit à cause du dernier métro.

Le lendemain son père lui avait dit qu'ils l'aideraient à louer une studette quand elle aurait vingt ans, quels que soient ses résultats aux examens et aux concours. Ils s'étaient réconciliés, laissant cette terrible nuit derrière eux.

Elle arrivait enfin chez elle. Elle tourna à droite dans l'allée couverte au bout de laquelle se trouvait la porte de l'immeuble. Cet endroit éloigné du boulevard était celui où elle avait le plus peur. Elle serrait dans sa main le gadget d'autodéfense. Elle se retourna et inspecta l'allée du regard. Personne.

Alors qu'elle poussait la porte en verre, elle s'arrêta, tétanisée. Il y avait quelqu'un dans le petit vestibule à la lumière tamisée. Une forme recroquevillée sur le coffrage en bois sombre surmonté d'un miroir. Un homme. Qui semblait dormir. Ève recula, les yeux fixés sur le corps sans mouvement, et laissa la porte se refermer devant elle en la retenant. Elle redescendit en courant vers le boulevard et se cacha dans l'encoignure d'une bijouterie.

Son cœur battait la chamade. La paume dans laquelle elle tenait le gadget noir était trempée de sueur et sa main tremblait. Elle n'avait qu'un désir, se glisser entre ses draps, dormir, et un clochard lui barrait l'accès à son lit. Inutile d'attendre l'arrivée d'un voisin. Le soir tous les habitants de la résidence rentraient par le parking souterrain, où se trouvaient les ascenseurs des différents immeubles. Le gardien de nuit qui arpentait les trois étages du vaste parking privé avec son chien-loup ne montait pas au rez-de-chaussée des immeubles. Ève était piégée.

Gardien, chien-loup, piégée : elle se mettait à penser comme eux ! Elle vit le sourire de Stéphane, ce sourire qui avait pénétré et irradié son corps quand il le lui avait adressé un an plus tôt, au moment où elle entrait dans la salle de classe. Comment pouvait-elle vivre seule si elle n'était pas capable d'affronter sa peur ? Il n'y avait pas qu'à Boulogne qu'on risquait de se faire agresser. Une de leurs camarades qui rendait visite à son copain boulevard

Barbès avait été attaquée dans le hall de l'immeuble. Alors qu'elle allait appuyer sur l'interrupteur, elle avait senti une présence dans l'obscurité, elle avait demandé : « Il y a quelqu'un ? », et une main s'était plaquée sur sa bouche tandis qu'un bras enserrait son cou. Elle était grande et s'était battue férocement. Elle avait hurlé. Une porte s'était ouverte au premier étage, quelqu'un avait allumé l'escalier et l'agresseur s'était enfui. Elle avait eu une boucle d'oreille arrachée, l'oreille en sang, et son récit les avait tous impressionnés – Stéphane le premier.

Dans cet immeuble moderne, rien ne servait de crier. Des portes coupe-feu barraient l'accès aux escaliers. Le son ne montait pas du rez-de-chaussée au premier étage.

Qui disait que l'homme dans le vestibule était un violeur et un assassin ? Il n'était pas en train de suivre une fille à la sortie du métro. Il dormait. De toute façon elle n'avait pas le choix. Il fallait qu'elle rentre.

Sa peur, c'était ce que ses parents entretenaient en elle, ce qui faisait qu'elle demeurerait à jamais vierge et timorée. Il ne lui arriverait rien si elle n'avait pas peur. La peur attire le mal en projetant le soupçon sur l'autre.

Elle remonta l'allée jusqu'à l'immeuble. Le corps sur le coffre en bois n'avait pas bougé. Elle avait un plan. Elle pénétra à pas de loup dans le vestibule si étroit qu'elle aurait pu toucher l'individu en tendant le bras. Elle entendait sa respiration, sentait presque son souffle. Elle inséra sa clef dans la serrure de la deuxième porte vitrée, qui séparait le vestibule du hall aux ascenseurs. Le « clic » que la porte ferait en se verrouillant le réveillerait peut-être mais Ève serait déjà de l'autre côté. S'il lui sautait dessus avant, elle sonnerait à tous les boutons de l'interphone, appuierait sur le gadget au sifflement strident, lui enfoncerait sa clef dans l'œil et lui donnerait un coup de genou dans les parties sensibles.

Elle entendit bouger dans son dos. Son cœur battait à toute allure.

« N'ayez pas peur. »

Elle se figea.

« Je vous prie de m'excuser si je vous ai fait peur, mademoiselle. »

Une voix pleine de déférence, s'exprimant avec un accent dans un langage châtié. Il aurait été grossier de refermer la porte sans répondre. Elle se retourna.

Il s'était redressé sur un coude. Les cheveux courts ondulés, la peau foncée, des lèvres épaisses, la trentaine, il était vêtu d'un pantalon de survêtement gris taché et d'un pull en matière synthétique à motifs gris et rouges.

« Je vous ai réveillé, pardon.

— Pas de problème, je vais me rendormir. Vous habitez là ?

— Oui.

— Je vivais chez mon frère à Issy, mais c'est un peu compliqué avec sa femme en ce moment. Dans les foyers, on vous vole. Je préfère ici. C'est sec et il ne fait pas froid. Je pars avant six heures du matin. »

Elle hocha la tête.

« Je peux vous demander quelque chose ? reprit-il.

— Quoi ? »

Il voulait sûrement de l'argent ou une cigarette. Il tombait mal. C'était la fin du mois, donc la dèche.

« Je peux vous prendre en photo ?

— En photo ?

— Vous êtes belle. C'est ma passion, la photo. Je veux devenir photographe. »

Il attrapa derrière lui un sac à dos sale et usé, l'ouvrit et en sortit un appareil – pas un gadget, pas un jetable, non, un vrai appareil photo, qui ressemblait à celui du père d'Ève.

Il dut prendre son silence pour un assentiment, car il ôta le cache et régla l'objectif. Elle laissa se refermer la porte du vestibule.

Il était une heure quarante. Même en séchant le cours de latin de Mme Trépied à huit heures, elle devrait se lever à sept heures et demie au plus tard. Il fallait vraiment qu'elle aille dormir. Mais il était incongru de se faire prendre en photo par un Arabe dormant dans l'entrée de son immeuble : quelque chose se passait enfin à Boulogne-Billancourt.

« Vous vous appelez comment ?

— Ève. Et vous ?

— Mohammed. »

Il prononçait le « h » comme si c'était une consonne au son âpre. Tout en la photographiant, il lui posa des questions. Elle dit qu'elle avait dix-huit ans, était étudiante et avait trois petits frères, que sa mère était professeure d'histoire et son père ingénieur. Elle apprit qu'il était récemment arrivé d'Oran – en Algérie, précisa-t-il en remarquant l'incertitude dans les yeux d'Ève. L'éclairage ne le satisfaisait pas : il souhaitait la photographier à l'intérieur, dans l'espace plus vaste devant les ascenseurs. La politesse de cet homme inspirait confiance, et la confiance était plus noble que la peur. Elle le fit pénétrer dans l'immeuble. La lumière des néons était trop dure, trop crue. Au bout de cinq minutes il préféra aller dehors. Elle le suivit à nouveau. L'appareil crépitait. Il voulut savoir de qui elle tenait ses yeux bleus : de sa mère bretonne, dit-elle. Tandis qu'il tournait autour d'elle comme un tigre patient autour de sa proie, reculait, appuyait sur le déclencheur, elle pensa à la plage sauvage à l'extrémité du Finistère où la baignade était interdite à cause des courants. Chaque fois qu'elle sortait de cette mer violente après s'être laissé tournebouler dans les vagues, elle se sentait belle, débarrassée de sa peur de l'échec, « douée pour le bonheur », comme aurait dit sa mère, lectrice de Simone de Beauvoir. N'était-ce pas cette Ève intrépide qu'elle venait de retrouver en laissant un Arabe sans abri la photographier devant chez elle à deux heures du matin ? Le froid humide rentrait par le col de son blouson. Une chape de fatigue lui tomba dessus. La nuit serait courte.

« Je suis fatiguée.

— J'ai fini. »

Il remit aussitôt le cache sur l'objectif. Il ouvrit la porte en verre et la laissa passer. Juste avant de franchir la deuxième porte, elle se retourna et lui tendit la main. Le visage de Mohammed exprima une gratitude qui émut Ève.

Chez elle, tout le monde dormait : ses parents dans leur suite parentale à un bout de l'appartement et ses trois frères à l'autre, dans les deux chambres qui entouraient celle d'Ève. Le vaste salon était plongé dans l'obscurité. La moquette du couloir absorbait le bruit de ses pas. Elle n'avait plus qu'à se brosser les dents dans la salle de bains des enfants, enfiler sa chemise de nuit et se glisser entre ses draps de coton changés tous les quinze jours par la femme de ménage. Son photographe d'un soir avait repris sa position fœtale sur le coffre au pied du miroir et devait frissonner dans son pull synthétique.

Ève entra dans le dressing, où étaient suspendus les vêtements de son père. La peau de mouton retournée aurait tenu chaud à l'Algérien, mais il serait impossible d'en expliquer la disparition. Il y avait aussi un loden vert, une parka, un blouson en cuir, des costumes, des blazers en laine. Elle ignorait lesquels Christian ne portait plus. Elle fouilla dans les grands sacs en plastique par terre qui contenaient des affaires à donner : des habits de petits garçons, quelques tailleurs de sa mère, des chemises au col usé et des cravates. Pas un manteau d'adulte. Alors qu'elle scrutait les étagères remplies de boîtes et de piles de linge, son regard tomba sur un édredon. Elle monta sur le tabouret et l'attrapa. C'était un vieil édredon jaune avec une grosse tache d'encre. Ses parents avaient le même, en bleu et sans tache, sur leur lit. Celui-ci ne servait à rien. L'édredon sous le bras, elle reprit l'ascenseur. Mohammed, recroquevillé sur le caisson en acajou, se redressa dès qu'elle ouvrit la porte. Elle lui tendit l'édredon.

« Vous aurez moins froid.

— Merci, Ève, mais ce n'est pas la peine ! »

Il l'accepta néanmoins. Elle aurait dû lui descendre aussi un coussin. Sa tête reposait à même la surface dure. Quand il voulut connaître son nom de famille, elle le donna sans hésiter.

Le lendemain matin à huit heures, il n'y avait pas plus de trace de la présence de Mohammed dans l'entrée de l'immeuble que si elle avait rêvé la scène de la nuit. Sur le chemin du métro elle n'y pensait déjà plus. Elle se récitait les dates pour le contrôle d'histoire. Elle songeait à Stéphane et Charlotte qui révisaient sans doute ensemble – ou ne révisaient pas et se moquaient du contrôle.

« J'ai l'impression que Rosa s'équipe à nos dépens », dit abruptement son père pendant le dîner quelques jours plus tard.

Ève se crispa. Son père était quelqu'un d'exact.

« Pourquoi tu dis ça ? Rosa est très honnête, répondit sa mère.

— Impossible de mettre la main sur l'édredon jaune. Il était dans la penderie, sur une couverture en mérinos rangée dans une housse en plastique.

— Tu vas le retrouver.

— J'ai cherché partout.

— Vous n'avez pas déjà un édredon sur votre lit ? demanda Ève.

— Il faut qu'on le lave, figure-toi.

— On peut parler d'autre chose ? » dit Françoise d'un ton impatient.

Après le dîner Ève entra dans le dressing où son père ôtait ses chaussettes.

« Papa, l'édredon, c'est moi qui l'ai pris.

— Pourquoi tu ne l'as pas dit ? Si tu as froid, prends plutôt la couverture en laine.

— Je l'ai donné. »

Elle avait hésité à dire la vérité mais c'était le plus simple. Christian était généreux, il comprendrait qu'elle donne un édredon à un sans-abri. Elle lui raconta son retour tardif de la fête quelques jours plus tôt. Il fronça les sourcils.

« Tu t'es fait photographier par cet homme ? Tu es folle.

— C'est juste des photos. Il ne m'est rien arrivé.

— Tu as entendu parler de la traite des Blanches ? »

On ne pouvait rien dire aux parents sans qu'ils imaginent aussitôt le pire. La traite des Blanches, en plein Paris ! Christian remarqua son air sceptique et lui donna des statistiques précises sur les disparitions de femmes en France. Âgée de dix-huit ans, blanche, elle était la cible idéale. N'avait-elle pas trouvé étrange qu'un sans-abri possède un appareil photo professionnel ? À son avis, qui le lui avait donné, et pourquoi ? Devait-il lui montrer des chiffres, des avis de recherche lancés par la police et des parents désespérés ? Imaginait-elle ce que cela voulait dire, être kidnappée et devenir d'un jour à l'autre une esclave sexuelle, droguée, violée ?

Il avait fait mouche en évoquant la provenance de l'appareil photo. Elle rougit quand il prononça les mots « esclave sexuelle », qui semblaient exhiber devant lui son corps nu. Mais il n'y avait aucune perversité dans la voix de son père. Il cherchait seulement à lui faire prendre conscience d'une réalité terrifiante. Elle songea aux photos d'elle qui allaient circuler loin, dans un pays arabe. Cela lui paraissait ridicule, mais que faisait Mohammed dans ce quartier résidentiel ? Et pourquoi lui avait-il demandé son nom de famille ? Chacun des mots qu'il avait prononcés n'était-il qu'un leurre visant à l'attraper par le plus universel des sentiments féminins, la vanité ?

Les jours suivants elle ne cessa de se retourner sur le chemin du métro à sept heures du matin, quand il faisait encore nuit, ou en revenant en fin d'après-midi. Vers dix-huit heures il n'y avait rien à craindre dans l'allée : les boutiques étaient ouvertes, de nombreux enfants rentraient avec leur mère ou leur nourrice. Elle ne restait plus à la bibliothèque jusqu'à dix heures du soir. Le vendredi elle alla garder des enfants et demanda au père qui la reconduisit à une heure du matin d'attendre sur le boulevard jusqu'à ce qu'elle soit entrée dans l'immeuble. Le samedi elle alla au cinéma avec Lise et dormit chez elle pour ne pas avoir à prendre le dernier métro.

Une deuxième semaine passa, puis une troisième : elle finit par ne plus se retourner dans la rue. Elle sortait à nouveau le soir, le gadget au sifflement strident serré dans sa paume quand elle rentrait tard. Personne ne dormait plus dans le vestibule. Il y avait une ronde du gardien de nuit depuis que son père avait téléphoné au syndicat des copropriétaires.

À peu près un mois plus tard Christian lui tendit un paquet de forme rectangulaire. Ève ne put s'empêcher d'espérer que Stéphane lui avait envoyé le nouvel essai philosophique de son père, dont on parlait beaucoup, même si l'écriture sur l'enveloppe ne ressemblait pas aux pattes de mouche de Stéphane : elle était haute et régulière, penchant vers la droite, semblable au modèle dans les cahiers d'écolier. Elle s'empressa d'ouvrir l'enveloppe, et son propre visage lui sauta à la figure. Son visage en noir et blanc, le grain de sa peau, ses lèvres, des mèches de cheveux sur son front, la lumière de ses yeux clairs, le col en fausse fourrure de son blouson.

Elle n'avait jamais vu d'aussi belles photos d'elle. Il y en avait six. Elle n'y souriait pas. Sur la plupart ses lèvres entrouvertes indiquaient qu'elle était en train de parler. Il avait réussi à capter l'expression de la vie. Sur l'une d'entre elles il avait coloré les yeux en bleu. Ils ressortaient sur le cliché noir et blanc comme des billes de poupée. C'est la seule que ne lui plaisait pas. Elle n'aimait pas que les yeux bleus aient eu cet effet sur Mohammed, mais était heureuse que la vision du monde paranoïaque de son père se révèle sans fondement. Le sans-abri avait joint à son envoi un mot dans lequel il la remerciait pour sa confiance et pour l'édredon. Pas une faute. Avait-il demandé à quelqu'un de le relire ? Qui eût cru que cet Arabe en pantalon de survêtement sale dormant dans l'entrée de son immeuble fût un photographe doué ainsi qu'un gentleman à l'orthographe parfaite ?

Ève garda l'enveloppe avec l'adresse de l'expéditeur, dans l'intention de lui écrire chez son frère à Issy pour le remercier, mais n'en trouva pas le temps : le concours approchait, elle croulait sous le travail. Elle pensait jour et nuit à Stéphane, amical avec elle et amoureux d'une autre. Elle lui avait raconté la rencontre de Mohammed dans le vestibule de l'immeuble (sans rapporter les ridicules craintes de son père), pour lui prouver qu'elle était une fille à l'esprit ouvert et avoir l'occasion de lui montrer ces photos si belles. Il l'avait écoutée, mais sa curiosité n'était pas allée jusqu'à demander à les voir. Elle les relégua au fond d'un placard et les oublia.

CHAPITRE 3

L'homme de Koh Samui

1983-1985

Il lisait une lettre, assis en lotus, le dos très droit, absent à la foule autour de lui. Son torse svelte aux épaules de nageur, ses jambes musclées couvertes de fins poils blonds, son visage aux pommettes hautes auréolé de cheveux blonds ondulés étaient un miracle d'équilibre et de grâce. Il avait les yeux du même gris-bleu que son tee-shirt, et des mains aux longs doigts. Ce qu'il lisait le fit sourire et ses dents apparurent, régulières, éclatantes – des dents de Californien. C'était le plus bel homme qu'elle ait jamais vu. Dissimulée sous son chapeau en bambou, Clarisse le croqua dans son carnet.

Il finit par regarder dans sa direction. Elle ne baissa pas la tête. Ils bavardèrent. Il n'était pas américain mais belge – d'Anvers. Il était plus à l'aise en flamand et en anglais qu'en français. Elle fut impressionnée d'apprendre qu'il voyageait en Asie du Sud-Est depuis six mois, pas huit jours comme elle. Il rejoignait sur l'île sa petite amie, une Suédoise, l'auteure de la lettre. Un homme aussi beau était déjà pris, bien sûr. Il était un peu plus âgé qu'elle, vingt-deux ans, et voulait devenir grand reporter.

Il connaissait Koh Samui et lui recommanda la plage de Lamai. Ils se dirent au revoir en descendant du bateau. Elle prit un bus pour Lamai.

Depuis le début tout se passait ainsi, facilement. Le code des routards permettait de s'adresser à n'importe qui, n'importe où. Ici elle n'était qu'une Française souriante avec un sac à dos qui contenait tout ce dont elle avait besoin, sans passé et sans futur. La vie ne coûtait presque rien. Elle venait de faire un trek d'une semaine dans le nord de la Thaïlande. Tout en voyageant seule, elle n'avait jamais connu une telle absence de solitude. Dès qu'elle avait atterri à l'aéroport de Bangkok huit jours plus tôt, elle avait su qu'elle avait eu raison de choisir une destination aussi peu familière, à la langue aussi étrangère, plutôt que l'Amérique latine.

Lamai était une grande plage de sable blanc déserte sur laquelle elle trouva une hutte pour cinq francs, avec un lit et une moustiquaire. La plage et la mer turquoise lui rappelèrent Hyères, sauf que le sable était ici plus blanc, l'eau plus claire et les palmiers plus verts. Elle était allongée sur ce sable, habitée d'un pur sentiment de bien-être, quand elle sentit une ombre entre elle et le soleil. Elle ouvrit les yeux. Le garçon du bateau se tenait au-dessus d'elle, tout sourire, d'une beauté stupéfiante. Une pensée lui traversa l'esprit : C'est l'homme de ma vie.

« Tu sais ce qui m'arrive ? Ma copine m'attend à Koh Samet, à l'est de Bangkok, pas à Koh Samui ! »

Elle s'assit.

« Non ! Qu'est-ce que tu vas faire ?

— Ce n'est pas la fin du monde, elle m'attendra. Mais je dois passer la nuit ici. Ça t'embête si je partage ta piaule ? »

Ça ne l'embêtait pas.

La fidélité ne faisait pas partie du code des routards. Il était très grand, au moins un mètre quatre-vingt-dix, et le poids de son corps la surprit. La première fois ce fut trop rapide pour qu'elle se détende, mais ils recommencèrent. Il resta une deuxième nuit car il n'y avait pas de bateau le lendemain. Le troisième jour il ne manifesta aucune volonté de repartir.

Ils passèrent la semaine à nager et à faire l'amour sous la moustiquaire. Le soir ils jouaient aux cartes ou au backgammon. Si quelqu'un avait une guitare, un cercle se formait. Sa voix fut une autre merveille. Grave et profonde, elle pénétra sous la peau de Clarisse. L'idée qu'elle repartait dans deux jours semblait irréelle. Paris se trouvait sur une autre planète.

« Pourquoi tu ne changerais pas ton billet ? »

Un coup de fil d'Hendrik à la compagnie aérienne régla la question.

Allongés côte à côte sur la plage, ils regardaient les étoiles.

« À quoi tu penses ? lui demanda-t-elle en caressant doucement sa paume, certaine qu'il pensait comme elle à ce point de l'espace et du temps où se rencontraient miraculeusement leurs corps et leurs esprits.

— À ma voiture que j'ai laissée à Anvers. »

Elle rit et enfonça son index dans son plexus.

« Ben quoi ? C'est une bonne bagnole. Trois cent cinquante mille kilomètres au compteur et le moteur est nickel. Elle me manque. »

Elle aimait sa façon d'être lui-même en se moquant de ce qu'on pensait de lui.

Le dernier soir, il lui offrit un de ces coquillages où l'on entend la mer.

« Pour que tu n'oublies pas ton rêve de repartir. »

Ce cadeau bon marché lui parut plus précieux qu'un diamant.

Il retourna à Bangkok avec elle et l'accompagna à l'aéroport. Ils s'embrassèrent sous les yeux attendris des employés de la sécurité comme deux tourtereaux dont la séparation brisait le cœur, alors qu'il allait retrouver sa petite amie dès qu'il l'aurait quittée et n'en faisait pas mystère. Il était peu probable que leurs chemins se recroisent, mais ces deux semaines avaient été si idylliques qu'il n'y avait pas moyen d'être triste. Un sourire aux lèvres, elle rêva à lui pendant tout le vol de retour.

*

À Paris il faisait gris et froid. L'aéroport en béton lui parut sinistre. Elle frissonnait dans son pull et son K-way. Son chapeau de bambou et sa peau bronzée avaient l'air incongrus. Personne ne l'attendait. Ici on ne souriait pas à des étrangers. Clarisse appela sa mère d'une cabine publique. Elle avait envie de lui rendre visite à l'instant et de tout lui raconter sur ce pays extraordinaire où Irina, qui la croyait en Bretagne chez son amie Florence, ne savait même pas qu'elle était partie. Elle décrocha en toussant.

« Maman ? »

Il y eut une seconde de silence stupéfait.

« Tu es vivante ? »

La voix rauque contenait de la rage. Irina raccrocha.

Florence confirma ce dont Clarisse se doutait : elle

était tombée sur Irina à la Samaritaine. « Oh, Florence ! Vous êtes rentrées, alors ! C'était bien la Bretagne ? — La Bretagne ? » Florence, que Clarisse avait omis de prévenir, avait compris sa gaffe trop tard pour la rattraper.

Clarisse prit le RER et descendit gare du Nord. Elle marcha jusqu'à la rue Marx-Dormoy, grimpa les sept étages. La chambre mansardée était aussi propre qu'elle l'avait laissée, et son vieux Réglisse qui avait survécu à l'incendie de l'avenue de Saint-Mandé, toujours sur l'oreiller. Elle sortit du sac à dos le batik aux teintes indigo, le déplia et l'étala sur le lit. Magnifique, il fit surgir l'image du village où elle l'avait acheté. Elle attrapa le coquillage enroulé dans un tee-shirt et le mit contre son oreille.

Elle éternua trois fois et se glissa sous les couvertures avec Réglisse. Les livres empruntés à la bibliothèque de la Sorbonne pour un cours de licence sur Moravia étaient empilés sur son bureau. À part le batik, le coquillage, le chapeau de bambou et le sarong coloré qui sentait l'huile de coco, tout dans cette pièce appartenait à une Clarisse qui n'existait plus. Elle se leva pour aller aux toilettes sur le palier. Une espèce de mousse blanche flottait dans la cuvette, comme si un voisin s'était masturbé. Elle tira sur le cordon qui actionnait la chasse d'eau. Pisser fut douloureux.

Le téléphone sonna. Elle courut dans sa chambre. Sa mère était trop en colère pour la rappeler déjà. C'était sûrement Mehdi. Elle décrocha joyeusement.

« Salut !

— Clarisse. »

Elle reconnut la voix rarement entendue.

« Papa ?

— Tu es une adulte, tu fais ce que tu veux, mais tu ne peux pas disparaître sans prévenir. Ta mère a appelé la police et les hôpitaux, elle a cru que tu étais morte. Elle m'a contacté, j'ai joint ta banque et découvert que tu avais pris un billet pour Bangkok. Ça ne nous a pas rassurés.

— Mais je…

— Tes lubies ne m'intéressent pas. Tu vas écrire une lettre d'excuses à ta mère. À l'instant, ou je cesse de payer ton loyer. »

Peu après l'incendie, elle avait trouvé, aussi loin que possible de l'avenue de Saint-Mandé, cette chambre que son père avait accepté de payer le temps de ses études. C'était la première fois qu'il faisait quelque chose pour elle. Elle ne pouvait pas croire que sa mère s'était plainte à l'homme, entre tous, qui avait disparu de leur vie ! En moins de deux heures les voix de ces deux personnes, ses parents, avaient annulé l'effet du voyage. Elle sut qu'elle repartirait dès qu'elle en aurait les moyens.

Elle écrivit une lettre d'excuses froide à sa mère. Son généraliste lui prescrivit des antibiotiques pour l'infection urinaire. Elle chérissait cette trace douloureuse de ses deux semaines d'amour à Koh Samui, dont le souvenir s'estompait si vite. Elle avait appelé Mehdi le jour de son retour.

« Clarisse ! Tu étais où ? »

Il fut vexé d'apprendre qu'elle était partie en Thaïlande sans le lui dire.

« Tu n'étais pas très disponible, Mehdi, depuis que tu avais rencontré Josh. »

Josh venait de rentrer en Californie et lui manquait

terriblement. Dès qu'il vint la voir, elle lui montra des photos d'Hendrik.

« C'est un dieu ! Pourquoi tu ne l'as pas ramené ? On aurait pu le partager ! »

C'était un plaisir de plaisanter à nouveau avec lui.

Elle trouva un emploi dans un magasin Benetton boulevard Saint-Michel et Mehdi eut beau lui rappeler qu'un diplôme était toujours utile, ne mit plus les pieds à la fac. Elle ne mangeait que du riz et économisait chaque centime, tendue vers un seul but.

Mi-mars, un peu plus d'un mois après son retour, elle reçut une carte postale d'Hendrik. D'une grosse écriture bouclée où les points sur les « i » formaient des cercles (Mehdi lui avait dit un jour que c'était un signe d'immaturité), il l'informait que sa petite amie était repartie en Suède, et lui disait de le contacter en écrivant à la poste restante de Bangkok si elle revenait en Thaïlande.

Aussi bref et factuel fût-il, ce message l'imprégna d'une infinie douceur. Il énonçait l'essentiel : Hendrik était célibataire et voulait la revoir. Elle se rappela le moment où elle avait pensé : C'est l'homme de ma vie.

« Tu es amoureuse, ma chérie ! » s'exclama Mehdi.

Les yeux clos, elle sentait le grain de la peau d'Hendrik et le contour de ses muscles, comme si elle le touchait. À la pensée qu'elle le serrerait contre elle d'ici un mois ou deux, tout son corps frémit d'une joie ardente. Elle comprit que sa nostalgie sans tristesse des deux semaines avec lui contenait la certitude de le retrouver. Elle lui écrivit pour lui annoncer qu'elle reviendrait en mai.

En avril elle trouva dans sa boîte aux lettres une

enveloppe avec la grosse écriture, le rond sur le « i » de Clarisse et le timbre qui véhiculait les sons, les odeurs et les couleurs du pays exotique. Elle bondit d'étage en étage jusqu'au septième, légère comme un ballon d'hélium.

La carte annonçait une nouvelle inattendue : « J'en ai marre de l'Asie. Je rentre à Anvers. » Debout au milieu de sa chambre, elle sanglota.

Au moins les choses étaient claires. Hendrik n'était pas amoureux. Mehdi la trouvait belle parce que, avec son type sémite, elle ressemblait à ses sœurs – il l'avait même prise pour une Algérienne le jour de leur rencontre à la Sorbonne, deux ans plus tôt – mais elle ne se faisait pas d'illusions : il fallait la rencontrer sur une île lointaine pour la désirer.

Mehdi fut presque aussi déçu qu'elle.

« Ma pauvre chérie ! Qu'est-ce que tu vas faire ? »

Elle réfléchit.

« Ce n'est pas lui, mon but. Sinon je prendrais le train pour Anvers. »

*

Dès qu'elle atterrit à l'aéroport de Bangkok, les sons, les odeurs lui donnèrent l'impression qu'on appuyait sur un bouton et qu'elle redevenait l'autre Clarisse, celle qu'elle avait découverte en février. Elle fut soulagée de constater que l'enchantement du voyage, auquel s'ajoutait maintenant le plaisir de la familiarité, était dissocié d'Hendrik. Elle descendit la péninsule jusqu'à Phuket. Il faisait très chaud, il pleuvait plusieurs fois par jour et il y avait beaucoup moins de routards qu'en janvier. Elle se réveillait chaque matin sans savoir où elle dormirait le soir : elle improvisait selon sa fantaisie. Un Danois qu'elle rencontra à un spectacle d'ombres chinoises lui conseilla d'aller à Pulau Tioman en Malaisie, que le magazine *Time* venait de désigner comme l'une des plus belles îles de la planète en raison de son écosystème. À la fin de la troisième semaine, elle franchit la frontière malaise. Un nouveau pays d'Asie du Sud-Est. Un nouveau visa sur son passeport. Elle prit le ferry à Mersing, dans l'État de Johor.

Le Danois n'avait pas menti : Pulau Tioman était un paradis, presque désert en cette saison. Au restaurant ce soir-là elle ne vit qu'un routard, un Australien de vingt-trois ans qui terminait un périple d'un an en Europe et en Asie. Ils s'assirent à la même table et il fut tout naturel de retourner avec lui à la hutte sur pilotis qu'elle louait dans la jungle, non loin de la plage.

Ce grand gaillard deux fois plus large qu'elle avait quelque chose de doux et de protecteur qui lui rappelait Jacques, le mari de Paulette. Naïf, il lui donnait envie d'inventer des bêtises. Elle lui raconta qu'elle avait joué dans un film hollywoodien avec Harrison Ford ; qu'un de ses hobbys consistait à charmer les serpents. Il ouvrait de grands yeux ; elle éclatait de rire. La nuit où Clarisse hurla en voyant une énorme araignée velue sortir de son sac à dos, il attrapa délicatement le monstre par ses longues pattes et le déposa à l'extérieur. Ce n'était pas le plus imaginatif des amants, mais il était soucieux de donner du plaisir.

Le sixième jour ils se séparèrent. Il partit pour l'Indonésie qui serait sa dernière étape avant son retour en Australie où l'attendait déjà un poste d'ingénieur informatique. L'Indonésie : encore un autre pays, composé de nombreuses îles qu'elle explorerait lors de son prochain voyage. Il y aurait toujours de nouvelles frontières à franchir, ça ne s'arrêterait jamais.

Sur le chemin de Bangkok, elle fit halte à Lamai. Les cinq jours avec l'Australien avaient avivé le souvenir des deux semaines avec Hendrik, qui brillaient comme un diamant dans sa mémoire. La beauté d'Hendrik faisait la différence, bien sûr, mais aussi le fait qu'elle l'avait rencontré alors qu'il lisait une lettre d'une autre femme et qu'elle s'était résignée à sa perte avant qu'il ne surgisse sur la plage de Lamai comme une apparition sortie de la lampe d'un génie. Elle était habitée d'une étrange nostalgie. Les huttes sur la plage étaient en plein nettoyage et réaménagement. L'hôtelier, qui se rappelait son séjour en février, la laissa en occuper une gratuitement. Comme il n'y avait pas d'électricité et qu'elle avait perdu sa lampe de poche, elle se coucha à la tombée du jour pour se lever avec le soleil. Au cœur de la nuit, elle fut réveillée par une douleur atroce qui traversa son corps, se propageant à toute allure dans son bras droit et dans son épaule. Sa main la brûlait. Elle pensa tout de suite à une morsure de cobra ou de bongare. Terrifiée à l'idée que le reptile rampait peut-être encore sous la moustiquaire, elle n'osait ni bouger ni respirer.

Elle avait entendu dire que le venin vous tue en moins de trois heures. Il faisait nuit noire et il n'y avait personne à proximité. Elle allait mourir. Elle éprouvait déjà une sensation d'étouffement mais se sentait étrangement en paix. Elle avait fait deux tentatives de suicide à quinze et seize ans. Une autre mort était écrite pour elle, à l'endroit où elle avait connu un bonheur inaccessible à la plupart des humains. Elle aurait juste aimé embrasser sa mère une dernière fois. La douleur était si forte qu'elle perdit conscience.

Quand elle se réveilla, il faisait jour. Son bras droit avait gonflé comme un pneu de la main à l'épaule.

Le surlendemain, sur la plage, alors que son bras était déjà moins enflé, un étudiant en médecine néo-zélandais examina sa main, où les deux points de la morsure étaient visibles.

« Pas un serpent : un scorpion. »

Leur piqûre est rarement fatale. La douleur et la fièvre indiquaient que celle-ci aurait pu l'être. Clarisse songea qu'il y avait en elle une force qui n'était pas seulement la jeunesse, mais aussi un désir de vivre plus puissant que les piqûres de scorpion et les déceptions amoureuses.

*

Dès qu'elle atterrit à Roissy, elle sut qu'elle allait repartir. Pas pour quelques semaines. Pour un an comme l'Australien. Mehdi changea de couleur quand elle parla du scorpion. Un nouveau voyage en Asie du Sud-Est après avoir frôlé la mort lui semblait relever de la folie.

« Pour moi la folie, Mehdi, c'est de passer sa jeunesse à la fac, dans un bureau ou dans une usine au lieu de parcourir le monde. »

Fin août Mehdi s'envola pour la Californie. Il avait

obtenu un poste de chargé de cours pendant un an à UCLA, où Josh était étudiant. Il lui écrivit une lettre enthousiaste sur les bars gay de Venice, de Malibu et de Santa Monica, les études *queer* à l'université, les fêtes dans les villas avec piscine des collines d'Hollywood.

Chaque mot de cette lettre confirmait à Clarisse que ce continent ne l'intéressait pas. Son cœur était tourné vers l'est. Elle écoutait Ravi Shankar sur son magnétophone. Elle lut Tagore. Elle emmena Florence voir les films de Satyajit Ray au cinéma de la rue Christine, et adora la trilogie d'Apu. Elle aimait la poésie indienne, la musique indienne, le cinéma indien, le curry. L'Inde était le pays fait pour elle.

Elle travaillait à plein temps dans un grand magasin de la rue de Passy où elle vendait des manteaux de fourrure à des bourgeoises du XVIe. La cheffe de rayon la traitait comme une bonniche et Clarisse fut plusieurs fois sur le point de claquer la porte, mais le salaire était plus élevé que chez Benetton. Elle déjeunait une fois par semaine chez sa mère avec qui elle s'était réconciliée et qui admirait son audace.

Pour Noël Clarisse reçut une carte de vœux de l'Australien. Son cœur battit plus vite quand arriva l'enveloppe avec la grosse écriture enfantine. Hendrik lui envoyait une carte standard effarante de neutralité, « Bonne année bonne santé », sans donner aucune nouvelle de lui. Tous les deux écrivaient « *love* » avant de signer ; elle savait qu'il s'agissait d'une simple formule de politesse, comme « je t'embrasse » en français. Elle ne répondit pas.

Elle épargnait chaque centime. Sans Mehdi sa vie était

encore plus austère. Un soir de janvier le téléphone sonna.

« Hé, Clarisse ! Je suis à Paris demain soir, je peux dormir chez toi ? »

Hors contexte, c'est seulement parce qu'il parlait anglais qu'elle reconnut Hendrik. Ils ne s'étaient pas vus depuis un an. Avait-il besoin d'un lit pour la nuit ?

Elle lui dit de venir à vingt heures car elle travaillait jusqu'à dix-neuf heures, et paniqua en raccrochant. L'hiver elle ne se rasait pas les jambes ni les aisselles. Il fallait le faire tout de suite, et laver sa tignasse. Pas facile dans une chambre de bonne avec juste un lavabo et un filet d'eau chaude, où elle se nettoyait au gant de toilette. Elle devait aussi maigrir d'ici au lendemain soir. Elle aurait dû lui dire qu'elle s'absentait ce jour-là. Trop tard. Elle n'avait aucun moyen de le rappeler.

Le lendemain, au magasin, elle fut si distraite que sa cheffe la traita d'idiote, mais l'insulte lui passa au-dessus de la tête. Elle n'arrivait pas à croire qu'Hendrik serait dans sa chambre le soir même et que ses deux univers opposés allaient se rejoindre. La Clarisse de Paris et celle de l'Asie. Si seulement Mehdi avait été là pour analyser avec elle la tempête intérieure que l'annonce de cette visite avait déclenchée !

Elle rentra chez elle à dix-neuf heures quarante, se savonna les aisselles, enfila un jean et un pull noir, attacha puis relâcha puis rattacha ses cheveux, posa deux assiettes et un bougeoir sur son bureau recouvert d'une nappe, et mit une cassette de Ravi Shankar. Elle s'était préparée mentalement. À vingt heures le téléphone sonnerait, il annoncerait qu'il reprenait le train pour Anvers.

Ou bien il n'appellerait même pas. Elle avait regardé les programmes de cinéma, elle irait voir un film à vingt et une heures.

À vingt heures pile on frappa à la porte. La ponctualité flamande. Un sourire illumina son visage. Elle ouvrit. Hendrik en personne était sur son palier.

Très grand, mais différent. La peau pâle, avec un peu d'acné. Ses cheveux ternes et presque rasés comme pour le service militaire faisaient ressortir ses oreilles pointues. Il portait un pull marron moche sous une affreuse parka bleu canard. Elle reconnut à peine l'homme de Koh Samui. Il apportait un pack de bières – pour lui, puisqu'elle n'en buvait pas.

Il se cogna la tête contre le plafond en soupente dès qu'il entra dans la chambre. Elle rit et s'excusa. Il la prit dans ses bras.

Il était venu porte de la Chapelle, il avait grimpé les sept étages, elle ne pouvait pas le décevoir. Elle avait l'impression de devoir jouer un rôle, celui de la Française cool, libre et sexy.

La jambe d'Hendrik qui pesait sur sa cheville lui faisait mal, elle n'osa pas le lui dire. Elle simula. Il ne s'en rendit pas compte. L'intimité forcée sur le lit étroit les rapprocha. Au réveil ce fut plus doux, plus lent : elle réussit à se détendre. Tout en buvant un thé ils bavardèrent. Il travaillait depuis six mois dans le garage de son père et rentrait de Manchester où il était allé voir un cousin.

« Tu ne voulais pas devenir grand reporter ?

— Les études, c'est pas mon truc. Je vais partir à Vancouver. Avec un copain on va monter un business, un gymnase. »

Elle lui parla de son projet de voyage en Inde pendant un an.

« Cool. »

Ils n'allaient pas dans la même direction.

Il partit après avoir dévoré son éclair et la moitié de celui de Clarisse. Elle dut presque se battre pour en avaler deux bouchées. Il but une bière et rota bruyamment.

« Je t'en prie. »

Il ricana.

« Quoi ? Pas devant une dame, c'est ça ? Vu où t'habites, tu peux laisser tomber tes grands airs ! »

Elle le savait terre à terre, mais découvrit qu'il pouvait être odieux.

Cette visite eut le mérite de remplacer par la réalité cet Hendrik aux belles mains (maintenant calleuses et aux ongles rongés) que sa mémoire avait mythifié. Elle écrivit à Mehdi qu'il disait vrai quand il affirmait, pour justifier ses passages dans les boîtes de la rue Sainte-Anne alors qu'il était amoureux de Josh, que le plaisir de la chair était à distinguer de l'amour. Le bonheur de Koh Samui tenait aux circonstances, à l'appétit de leurs jeunes corps. Les femmes aussi pouvaient jouir sans aimer.

Elle travailla tout l'été. Il lui fallait assez d'argent pour un an. La vie n'était pas chère là-bas, mais il y aurait des billets d'avion à payer. D'Inde où l'on ne pouvait pas rester plus de trois mois de suite, elle irait au Népal et en Australie pour renouveler son visa. Elle comptait se rendre aussi au Laos, en Indonésie et au Sri Lanka.

La carte qu'elle reçut d'Hendrik en juillet n'arrivait pas du Canada mais d'Indonésie. Vancouver n'avait pas marché, il était retourné en Asie. La nouvelle ne précipita pas les battements de son cœur. Elle mit enfin un nom sur leur relation : une camaraderie. Elle lui répondit qu'elle s'envolerait pour Bombay début septembre.

Elle acquit un sac à dos un peu plus grand au Vieux Campeur et une ceinture avec une fermeture éclair, à peine plus épaisse qu'une ceinture ordinaire, pour y ranger ses liasses de billets en rouleaux serrés. Elle hésita à sous-louer la chambre de bonne mais choisit de rompre les ponts avec le passé et les menaces de son père. Elle résilia le bail et empaqueta ses quelques affaires dans deux caisses qu'elle laissa dans la cave des parents de Florence.

*

À Bombay elle trouva une petite pension bon marché dans le centre et sillonna à pied la ville, dont elle aima immédiatement le désordre, le gigantisme et la folie.

Trois jours plus tard une carte d'Hendrik lui parvint à la poste restante. « Salut Clarisse, bien arrivée ? Je suis au Népal. Rejoins-moi à Katmandou. »

Elle souhaitait d'abord explorer le Gujarat et le Rajasthan. Elle lui écrivit qu'elle irait au Népal après la mousson, en octobre.

Les cinq semaines qu'elle passa dans le nord de l'Inde furent les plus extraordinaires de sa vie. Elle descendait du car au hasard, avide de découvrir des villages dont les habitants n'avaient jamais vu de fille blanche voyageant seule, sac au dos. Ces gens qui n'avaient rien partageaient leur repas avec elle. Le seul qui chercha à profiter d'elle fut un riche commerçant d'Udaipur qui l'agressa dans une rue obscure en la raccompagnant à sa pension après l'avoir invitée à dîner. Il était ivre et pas très fort, elle réussit à s'enfuir, et dès le lendemain elle quitta Udaipur. Dans les villages où on l'accueillait, elle ne se sentit jamais menacée. Il ne se passait pas une journée sans un geste dont la beauté la remplissait d'émotion. Un matin où elle s'était assise sous un arbre pour écrire, une petite fille en haillons s'installa à ses côtés. L'enfant lui prit la main et la conduisit jusque chez elle, à quelques kilomètres de là, dans une maison sans fenêtre faite de bouse de vache et de boue où il fallait se pencher pour entrer. Clarisse passa l'après-midi à boire du thé avec les parents et les quatre frères et sœurs de la petite, et comprit ce que « bienvenue » voulait dire : celle dont la venue est agréable.

Comme elle tenait ses promesses, en octobre elle s'envola pour Katmandou, où elle trouva à la poste restante une lettre datant de deux semaines. « J'en avais marre de t'attendre. Je suis parti faire un trek sur l'Annapurna. Rejoins-moi à Jomosom. »

Elle n'apprécia guère le ton de sa lettre ni l'impression de devoir lui courir après. Hendrik utilisait l'impératif comme s'il avait un droit sur elle. Elle décida de rester à Katmandou, tout en lui laissant un message pour lui dire dans quelle pension elle logeait.

Une semaine plus tard, elle rentrait chez elle après une autre journée de magnifique errance quand elle vit un Occidental assis sur un tabouret devant sa pension.

« Hendrik ? »

Il avait la peau grise, les joues creuses et les yeux brillants de fièvre. Il tituba en se levant. Il était si différent de lui-même, si faible, qu'elle éprouva une compassion immédiate. Elle le soutint jusqu'à la chambre, l'aida à s'allonger, lui ôta ses chaussures de marche et ses chaussettes sales. Il avait tant de fièvre qu'elle sentait sa chaleur en approchant la main, et il avait perdu tant de poids que ses côtes étaient visibles. Il passa une semaine à dormir et à se vider. Elle lui faisait absorber cuiller après cuiller, tous les quarts d'heure, de l'eau de cuisson de riz afin de le réhydrater avec une lenteur supportable pour son pauvre estomac. Elle posait des serviettes mouillées sur son front, humidifiait ses lèvres sèches, lavait ses tee-shirts trempés et ses slips souillés, changeait les draps qu'elle mettait à sécher dans la courette de la pension. La diarrhée persistait : il ne gardait rien. Au bout de cinq jours elle se demanda s'il fallait l'emmener à l'hôpital. Après un pic de fièvre qui le laissa nageant dans sa sueur, il se réveilla avec de l'appétit et dévora du matin au soir les assiettes de riz, de lentilles et de pommes de terre qu'elle lui apportait.

Ils rentrèrent ensemble en Inde, en avion. De Bombay, ils se dirigèrent vers le sud en train. En l'espace de deux semaines ils étaient devenus un couple, sans qu'aucun mot d'amour ait été prononcé. Il l'avait remerciée pour ses soins mais exprimait peu de tendresse et généralement aucun sentiment. Le pragmatisme d'Hendrik – cet homme qui pensait à sa bagnole au moment où elle cherchait à entrer en communion avec lui spirituellement – la mettait à l'aise ; il lui permettait d'être elle-même au lieu de jouer un rôle comme à Paris, où sa visite impromptue avait été un ratage total parce qu'elle s'était sentie tenue d'être à la hauteur de l'occasion romantique et que cela avait bloqué son désir. Les joues du Flamand s'étaient remplies, ses mèches blondies par le soleil cachaient ses oreilles, sa peau avait retrouvé sa couleur dorée. Elle le désirait à nouveau.

Il y avait chez lui un trait de caractère qu'elle n'aimait pas : sa radinerie. Certes, il n'avait pas beaucoup d'argent et devait, comme elle, surveiller ses dépenses. Mais il s'offrait des bières et de la marijuana, au point qu'elle se demandait parfois s'il voyageait en Inde pour fumer, boire et s'amuser sous le soleil plutôt que de travailler. Elle-même ne touchait plus à l'alcool ni à la drogue, estimant que les Occidentaux devaient être exemplaires dans ce pays où les pauvres se lavaient à la fontaine du village à cinq heures du matin pour rester propres et dignes. Quand elle réglait le restaurant ou l'hôtel, il demandait machinalement : « Je te dois combien ? », tout en sachant qu'elle répondrait : « C'est bon. » Il n'insistait pas. La fois d'après, au lieu de payer la chambre ou le repas, il en divisait le prix au centime près. La mère de Clarisse n'avait rien, mais le cœur sur la main. Son père était un flambeur. Aucun de ses amis n'était radin, et surtout pas Mehdi, que la petitesse d'Hendrik aurait effaré le jour où il demanda à Clarisse de lui rembourser un thé de quelques roupies. Elle crut qu'il plaisantait.

« Pourquoi je devrais payer ton thé ? Je le ferai si j'en ai envie. »

Elle lui jeta les piécettes à la figure. Il rit mais les empocha.

Leurs façons de voyager étaient très différentes. Hendrik établissait un programme qu'il suivait à la lettre. Il prenait toujours la route la plus directe entre un point A et un point B. Il déjeunait et dînait à heures fixes. Clarisse aimait improviser et se laisser surprendre. Elle disparaissait dans une ruelle ou un bazar d'où elle émergeait deux heures plus tard avec un magnifique objet qu'elle venait d'acheter, alors qu'il était fou d'inquiétude et d'énervement. Pour se faire pardonner elle le cajolait. Et recommençait. Plus il voulait se dépêcher, plus elle opérait de détours. Ils n'étaient vraiment pas compatibles.

Mais le soir arrivait. Un Indien sortait une guitare, Hendrik chantait, Neil Young ou les Beatles ; Clarisse sentait tomber ses réticences. La nuit il dépliait ses membres avec une grâce féline.

*

Fin novembre ils arrivèrent à Goa. De la gare routière ils se dirigèrent à pied vers la mer. Elle voulait trouver un cabanon sur la plage pour voir, comme à Koh Samui, le soleil se coucher sur la mer.

« Goa c'est archi touristique, Clarisse. Un cabanon sur la plage, ça sera trop cher.

— Ne sois pas radin, pour une fois ! Ça n'a aucun sens de venir jusqu'ici et de ne pas loger au bon endroit. »

Elle sut tout de suite qu'elle l'avait blessé. Ils marchèrent au milieu de la foule en silence. Quand il rouvrit la bouche, il y avait une dureté nouvelle dans sa voix.

« Je ne te reconnais pas. Tu es devenue une bourgeoise de la route. »

Ils n'avaient rien mangé depuis le matin : la faim devait affecter son humeur. Mieux valait laisser passer l'orage. Hendrik la regarda et ses yeux s'étrécirent.

« J'en ai marre de voyager avec toi, en fait. Tu n'es ni drôle ni belle. Je ne parle pas de ton talent au lit. Le pire coup que j'ai jamais eu ! »

Elle fit une brusque volte-face et marcha droit devant elle au milieu de la foule. Il ne lui courut pas après. Il détestait cette impulsivité infantile.

Il était méchant, mais lucide et honnête. Elle n'était pas drôle, pas belle, pas un bon coup, et même plus libre. Elle ne savait plus être seule.

Elle loua une chambre dans une maison de pêcheur sur la plage à côté d'une soue à cochons. Elle pleurait tout le temps.

Comment son cœur pouvait-il saigner pour un homme dont elle avait eu deux fois – à Paris et à Katmandou – la certitude qu'elle ne l'aimait pas ? Où était la Clarisse qui avait décidé de se rendre au Rajasthan en septembre au lieu de le rejoindre au Népal ?

Le troisième jour elle lisait sur la plage, à l'ombre d'un cocotier, lorsqu'il apparut.

« Je savais bien que je te retrouverais. T'as fini de bouder ? »

Son sourire à fossettes dégageait ses dents d'un blanc éclatant. Sa voix était légère comme si rien ne s'était passé. Ses yeux étaient encore plus bleus. Il posa son sac à dos et lui tendit la main. Ils s'embrassèrent avec passion.

Ils firent l'amour toute la nuit comme au début de leur liaison à Koh Samui. Le matin, alors qu'ils reposaient sous la moustiquaire, enlacés, il reconnut que leur lien était plus fort que toutes les insultes.

« On finira par se marier », dit-il d'un ton badin.

Ce n'était pas une demande en mariage, mais un simple constat.

« Ce n'est pas de bol, continua-t-il sur le même ton en lui pinçant doucement les mamelons. Je suis coincé avec toi. Je parie que dans quelques années tu seras grosse. Tes cuisses sont larges, tes mollets épais, tes mains courtes. Et ton pif, énorme ! Sans parler de ta tignasse de rasta. »

Il ne faisait que reprendre les critiques que Clarisse s'adressait à elle-même et ses paroles auraient presque pu être tendres, s'il n'y avait eu dans sa voix quelque chose d'acide et de provocateur. Il testait les limites.

« Ne me regarde pas avec ces grands yeux tristes ! Tu sais à quoi tu me fais penser ? À un de ces chiens en plastique que les chauffeurs routiers suspendent devant leur pare-brise et qui hochent la tête tout le temps. » Il imita le mouvement du jouet en prenant l'air idiot. « Tu prétends être libre, mais tu es aussi dépendante qu'un chiot. »

Il jappa et tira la langue. On aurait dit qu'il avait lu dans ses pensées.

« C'est ça. Et toi tu es l'incarnation de la liberté ! »

Il éclata de rire.

« Elle est vexée ! Allez, je blague ! »

Il la chatouilla, elle se battit mais il était plus fort. Il s'enfonça en elle.

Comment le même homme pouvait-il être si tendre et si cruel ? Des mots que sa mère ivre avait prononcés autrefois, une nuit où Clarisse adolescente rentrait à point d'heure, remontèrent à sa mémoire : « Tu es moche, tu es nulle, tu te laisses baiser par n'importe qui comme une pute, ma pauvre fille. Personne ne t'aimera jamais ! »

Elle fit un rêve. Un serpent bleu rampait lentement

vers elle. Il l'hypnotisait de ses petits yeux brillants et s'apprêtait à la mordre. Le serpent avait le regard d'Hendrik quand il se moquait d'elle. Elle se réveilla juste avant qu'il ne la tue.

Couché à côté d'elle sous la moustiquaire, Hendrik dormait comme un ange. Il ronflait légèrement, la bouche entrouverte ; ses mèches blondes couvraient son front et une barbe commençait à apparaître sur son menton et ses joues. Il était aussi beau endormi qu'éveillé. Un dieu, aurait dit Mehdi. Elle caressa la cuisse musclée sans le réveiller, et le sexe d'Hendrik gonfla et pointa vers elle sans qu'il ouvre un œil. Elle était triste. Une tristesse hormonale, peut-être.

Cet après-midi-là ils rencontrèrent sur la plage un garçon du Groenland brun et trapu qui partagea avec Hendrik une excellente marijuana et qui ne cessait de le regarder, clairement frappé par sa beauté. Sans être vraiment bisexuel, Hendrik avait eu quelques expériences avec des hommes. Il semblait apprécier l'attention du jeune homme. Elle anticipa la suite. Ils lui demanderaient de les laisser seuls. Elle se laisserait humilier jusqu'à la lie. Elle était si angoissée à cette perspective qu'elle ne les quittait pas d'une semelle. La nuit était tombée. Hendrik se lassa le premier.

« Je vais me coucher. »

Il partit sans lui proposer de venir. Elle resta allongée sur le sable près du garçon, dont les doigts effleurèrent son avant-bras. Elle ne s'y attendait pas. Elle n'éprouvait pas d'attirance pour lui mais ne le repoussa pas. Il la pénétra doucement, en bougeant à peine, laissant le plaisir monter comme une vague. Il la remercia après coup et lui dit qu'elle avait un beau corps. Il l'accompagna dans le noir jusqu'à la maison de pêcheur et l'embrassa légèrement sur les lèvres en la quittant. Hendrik dormait. Elle se glissa sous la moustiquaire.

Comme tous les matins Hendrik lui fit l'amour au réveil pour se débarrasser de son érection matutinale et termina l'affaire en cinq minutes. Elle eut l'impression d'être un objet jeté après usage.

« Tout le monde ne trouve pas que je suis un mauvais coup.

— Ah oui ? Comme qui ?

— Le mec du Groenland.

— Tu as couché avec lui ? Où ? »

Il eut un sourire curieux et goguenard.

« Sur la plage.

— Sur la plage ?! »

On parlait encore d'un incident remontant à l'année précédente : un jeune couple allemand qui s'embrassait sur la plage avait été attaqué par un gang d'Indiens, le garçon tabassé et laissé pour mort, la fille violée à répétition.

Hendrik se glissa hors de la moustiquaire.

« Cette fois c'est fini.

— Qu'est-ce qui est fini ?

— Nous. »

Elle était abasourdie. Rompait-il parce qu'elle avait commis une stupide imprudence ou parce qu'elle l'avait trompé ? Elle lui avait fait cet aveu presque par vantardise. Hendrik ne pensait-il pas que la fidélité était une notion bourgeoise ? Au Népal il avait couché avec plusieurs routardes et n'en faisait pas mystère.

« Ce mec n'est rien. C'est de toi que je suis amoureuse.

— Mais moi je ne le suis plus, Clarisse. Désolé. »

Il parlait d'une voix ferme et calme, ne cherchait pas à la provoquer. Il commença à rassembler ses quelques affaires. À sa stupéfaction, elle était dévastée.

« Je vais partir ce soir. Il y a un car à dix-huit heures. »

Elle le suivit jusqu'au café où ils prenaient leur petit déjeuner. Elle ne pouvait rien avaler. Sur la plage, alors qu'il somnolait à ses côtés, elle regarda le ventre plat, les pectoraux, les avant-bras recouverts de poils blonds auxquels l'accès lui était désormais interdit. Il passerait d'elle à une autre, comme il était passé de la Suédoise à elle. Peut-être qu'une femme l'attendait au Népal.

Elle lui toucha doucement l'épaule. Il ouvrit les yeux.

« Quelle heure est-il ?

— Seize heures dix. Tu viens dans la chambre ?

— J'ai le temps, mon car est à dix-huit heures.

— Tu voudrais bien faire l'amour une dernière fois ? S'il te plaît...

— Si ça te démange, va voir ton copain du Groenland. Il est dans les parages. » Il se leva. « Je vais nager. »

Elle le regarda marcher vers la mer. Dans deux heures il serait parti.

Lorsqu'il sortit de l'eau, il secoua ses cheveux mouillés sur le corps de Clarisse. Il jouissait de son pouvoir. C'était cela qui l'attirait en lui, bien sûr : son sadisme réveillait en elle, tel un furoncle qu'on gratte jusqu'au sang, la vieille hantise du rejet et l'envie de mourir.

« Je mangerais bien une mangue. T'as du fric ? J'ai laissé le mien dans la chambre. »

Elle lui tendit son sac. Il prit un billet et se dirigea vers les marchandes en sari.

Clarisse marcha vers la mer, y entra, et nagea sans s'arrêter en alternant crawl et brasse, si longtemps qu'en se retournant elle pouvait à peine apercevoir la plage au loin. Elle vit le ciel virer du bleu clair à l'orange flamboyant, au rose, au bleu tendre, au bleu foncé. Il faisait nuit. Hendrik était probablement dans le car. Elle ne se noyait pas, aucun serpent d'eau ni autre monstre marin ne l'avait encore mordue. Mais elle était si loin qu'elle ne pourrait jamais retourner au rivage.

Elle ne mourut pas. Un touriste l'avait vue entrer dans l'eau et, remarquant qu'elle ne revenait pas, avait alerté Hendrik, forcé de s'en préoccuper. Les pêcheurs, après leur journée de douze heures en mer, passèrent une heure supplémentaire à la chercher, une heure de leur repos nocturne sacrifiée à sauver une Occidentale stupide. La main sur le cœur, le sourire de la bonté sur les lèvres, ils refusèrent les billets qu'elle sortit de sa ceinture, retrouvée intacte sur le sable.

Hendrik avait raté son car. Il dut rester. Ce fut leur nuit la plus intense.

« Tu as voulu mourir pour moi, vraiment ? » demanda-t-il quand ils se réveillèrent vers midi.

Cette idée semblait le flatter. Clarisse ne lui dit pas qu'elle reposait sur un malentendu : elle n'avait pas voulu mourir pour lui, mais par haine d'elle-même.

« Clarisse, si on se mariait ? »

Cette fois c'était une vraie demande. Elle pleura d'incrédulité.

Ils allèrent ensemble de Goa à Bombay, un trajet de

trente heures, et se rendirent au consulat de France. Ils pensaient qu'ils pouvaient juste y entrer et se marier. Mais ils venaient de deux pays différents, il y avait la publication des bans. Cela prendrait au moins un mois, leur dit l'employé consulaire. Elle avait déjà son billet pour l'Australie, où elle devait renouveler son visa. Pour la première fois, ils firent un plan.

« Je vais aller à Singapour et changer mon billet là-bas, dit Hendrik. Je te retrouve le 31 décembre, à dix-huit heures, devant l'opéra de Sydney. On se mariera à Sydney. »

Ils envoyèrent leur dossier de mariage, par la poste, au consulat général de Sydney, puis se dirent adieu à l'aéroport.

*

Dans l'avion pour l'Australie elle pensa à son sourire, à ses mains aux longs doigts, à sa radinerie qu'elle trouvait touchante. Elle l'éduquerait. Ils auraient des bébés généreux qui donneraient leurs jouets et leurs bonbons – le genre de bébé qu'elle avait été, selon sa mère. Dans un mois, l'homme de Koh Samui l'attendrait devant l'opéra de Sydney et lui offrirait une bague – probablement un anneau en argent qu'il aurait acheté pour rien en Inde. Elle se rappela l'intuition qu'elle avait eue deux ans plus tôt, à Lamai, quand elle avait ouvert les yeux et vu Hendrik : il était l'homme de sa vie.

Elle imagina le télégramme qu'elle enverrait à sa mère à Paris et à son père à Rome : « Me suis mariée à Sydney avec un Belge d'Anvers. Baisers. Clarisse. » C'était une jouissance de se représenter leur stupeur à la lecture de ce message elliptique et leur crainte que leur dingue de fille unique n'ait épousé au bout du monde un hippie défoncé.

Elle entendait Mehdi : « Tu n'es pas amoureuse de ce mec quand il vient te voir à Paris mais tu veux mourir pour lui quand il te rejette ? Tu ne vois pas le lien ? Ce n'est pas de l'amour, Clarisse, c'est ta névrose. Tu lui es juste reconnaissante de bien vouloir de toi.

— C'est vrai. Il a vu mes pires côtés et il m'épouse quand même. Quant à moi, je sais qu'il peut être mesquin et cruel, et je le désire malgré tout. L'amour, Mehdi, n'est-ce pas ce désir qui persiste *malgré tout*? N'est-ce pas ce sentiment qu'on éprouve malgré soi, quand on n'a aucune raison objective d'aimer ?

— Si tu le dis. Mais se marier à vingt-deux ans, vraiment ? Partir au bout du monde pour en arriver au même point que les sorbonnardes BCBG dont tu te moquais... Et ta liberté ?

— Je serai libre avec Hendrik. C'est un nomade et un braconnier du temps, comme moi. Après notre mariage on ne s'installera pas, on travaillera entre deux voyages, on ne fera pas de plan. »

Ce Mehdi imaginaire gardait une moue sceptique.

« Tu crois vraiment qu'il sera devant l'opéra de Sydney le 31 décembre à dix-huit heures ?

— Oui. Hendrik est un Nordique, carré, fiable une fois qu'il s'est engagé. Je veux un homme fiable, Mehdi : pas quelqu'un qui me filera entre les doigts comme mon père entre ceux de ma mère. »

CHAPITRE 4

Houston

23 mars 1998

Debout devant son plan de travail en formica, Ève mixait les petits pois et la menthe. Encore cinq jours. Un nouvel être était là, invisible, qui vivait en symbiose avec elle depuis neuf mois, et à la fin de la semaine, ce mélange unique de sa chair et de celle de Paul existerait dans le monde, incarné, avec sa forme propre. Noam si c'était un garçon. Pour une fille ils hésitaient encore entre Shilat, Emma et Agnes, qu'on prononçait *Aguenisse.* Ève pressentait que le bébé serait un dur, un bolide, un vrai petit bélier. Depuis la fin du quatrième mois il cognait dans tous les sens.

Elle goûta la soupe et la versa dans deux tupperwares. Le téléphone sonna dans le salon.

« Bonjour mon Évounette, je ne te dérange pas ?

— Maman ? Tout va bien ? »

Françoise n'appelait jamais. Ève échangeait avec sa mère, comme avec son amie Francesca, de très longues lettres manuscrites où elles se disaient tout. Les jours où elle en recevait une étaient marqués d'une pierre blanche.

« Je viens d'entendre à la radio qu'il y avait une tempête de neige à New York ?

— Il a neigé toute la nuit. C'est blanc partout.

— Un 23 mars ! C'est le monde à l'envers. Qu'est-ce que tu faisais ?

— Je cuisinais. Je n'aurai pas une minute à moi quand le bébé sera là.

— Tu aurais plus de temps si tu n'allaitais pas.

— C'est bon pour le bébé, maman.

— Franchement, c'est une mode. Je n'ai allaité aucun de vous et vous vous portez très bien tous les quatre. »

Ève ne répondit pas. L'accouchement et l'allaitement étaient des sujets délicats entre sa mère et elle. Après la naissance d'Hannah, elle avait fait une dépression post-partum et avait parlé pour la première fois à une psy des circonstances entourant sa propre naissance. Ève n'était pas un bébé joyeusement attendu. Sa mère avait à peine vingt-deux ans, elle avait été la victime d'un séducteur sans morale. Dès le lendemain de l'accouchement, Françoise avait confié le nouveau-né à sa mère et continué de préparer l'agrégation d'histoire. Ève se demandait parfois si son addiction au sucre compensait un manque de douceur maternelle dans sa petite enfance. Sa mère aurait dit : « Tu te poses trop de questions. Contrôle-toi, c'est tout ! »

« Tu as profité des vacances pour te remettre à ta thèse ? »

Se dévoilait la vraie raison de cet appel.

« Pas facile, avec Hannah dans les pattes.

— Tu ne l'as pas confiée à Rivka ? Tu es si près du but, Ève. Ta thèse est excellente, j'en suis sûre.

— De toute façon je ne trouverai jamais un poste en fac à New York.

— Mais si ! Ne sois pas défaitiste. Tu es brillante. »

Quand elle raccrocha, sa bonne humeur avait disparu. Elle ne supportait pas de décevoir sa mère, mais n'avait aucune envie de se remettre à cette thèse sur la figure de la femme abandonnée dans les mythes de Médée et d'Ariane qu'elle traînait depuis dix ans. Même à Varsovie où elle n'avait pas encore d'enfant ni de cours à préparer, elle n'avait pas avancé d'un iota. Elle avait fait des gâteaux pour un café français dont le patron ne cessait de lui dire à quel point ils étaient appréciés. Sa mère féministe et hyperactive, qui avait eu quatre enfants sans interrompre sa carrière et enseignait en classe préparatoire, ne pourrait pas comprendre que sa fille soit plus heureuse devant un fourneau qu'assise à un bureau.

Une vague puissante traversa son ventre. Elle respira profondément. Elle rangeait les tupperwares de soupe dans le congélateur quand retentit la sonnerie. Elle alla décrocher dans le salon et fut heureuse d'entendre son mari.

« Tout va bien, Eva-Love ?

— Oui, et toi ?

— Je m'emmerde ! Et je pèse mes mots.

— Mon pauvre chéri ! »

Le salaire d'Ève ne suffisant pas, Paul avait trouvé grâce à sa mère un emploi temporaire dans une organisation gérant la restauration d'une synagogue. Le travail consistait à charmer des vieilles dames pour les convaincre d'envoyer des chèques – tout ce que détestait Paul, qui n'était pas mondain.

« Ève, méfie-toi en allant chercher Hannah : la neige a verglacé par endroits.

— Je mettrai mes après-skis. Dis, tu as encore oublié de sortir les poubelles ce matin. J'ai dû le faire, avec mon ventre ce n'était pas facile.

— Excuse-moi. J'ai complètement oublié. Entre les cours et le boulot...

— J'ai mes copies, les courses, la maison, et je n'oublie pas d'aller chercher Hannah. Comment on fera avec deux enfants, si tu oublies ?

— Tu veux que maman vienne t'aider ?

— Je ne veux pas que ta mère vienne m'aider, Paul. C'est à toi que je parle.

— S'il te plaît, ne crie pas.

— Je ne crie pas. »

En deux répliques, leur ton s'était durci. Ève détestait qu'ils se disputent, mais encore plus qu'il l'accuse de crier quand elle ne criait pas mais lui faisait un reproche légitime. Pourquoi la logistique du foyer reposait-elle toujours sur les femmes ? Dans un mouvement d'impatience, elle raccrocha.

*

Il y eut un « clic » dans l'oreille de Paul. Ève avait dû se tromper de touche. Mais elle ne rappela pas. En temps normal, il aurait attendu ses excuses. Ève était « soupe au lait » : il tenait l'expression de ses trois beaux-frères qui, au moment de son mariage, l'avaient remercié de les débarrasser de leur dragon de sœur (qu'ils adoraient). Elle ressemblait, avaient-ils dit, à leur père, qui criait pour un rien et dont la colère retombait tout de suite – leur père qui n'était pas le père d'Ève, ce que Paul savait mais que ses beaux-frères ignoraient. Soupe au lait, parce que le lait dans la soupe la faisait déborder si on ne la surveillait pas. Ève aussi débordait. Une dispute entre eux et c'était le divorce ; une écharpe oubliée et c'était la pneumonie, la fin du monde. Paul, le vrai anxieux, devait sans cesse la rassurer.

La grossesse apaisait Ève, qui ne s'était pas mise en colère depuis longtemps. Pour qu'elle lui raccroche au nez, il fallait vraiment que les hormones contrôlent son humeur. Elle était quand même sur le point d'accoucher. Il composa le numéro de sa mère.

« Maman ? Je viens d'avoir Ève au téléphone, elle a l'air nerveuse. Tu pourrais passer ?

— Ça tombe bien, j'ai préparé des *pierogi* et je vous ai acheté un poulet rôti. Je dirai à Ève que je viens les apporter.

— Des *pierogi* ! Maman, tu es trop gentille. »

Leur entente était implicite. Elle avait deviné qu'il lui fallait un prétexte pour débarquer à l'improviste chez sa belle-fille.

*

Le paquet de copies de la 4e B était corrigé ; elle irait le déposer au collège demain matin. Ève enfila son manteau et ses après-skis, puis attrapa la poussette dans le débarras à l'entrée. Ce débarras – en fait la vitrine de l'ancienne épicerie devenue leur appartement, qui n'avait pas d'autre fenêtre – était rempli d'un tel fatras que le jour rentrait à peine chez eux. Ils vivaient à la lumière électrique.

Elle descendit précautionneusement les marches enneigées du perron. Un beau soleil d'hiver faisait scintiller la neige qui tapissait les trottoirs et les voitures garées. L'hiver avait été bien trop doux à son goût : jusqu'à cette nuit, pas une seule tempête de neige.

En traversant Chinatown elle croisa des grand-mères chinoises emmitouflées dans des doudounes qui marchaient à petits pas rapides en tenant par la main des enfants aux joues rouges. Des chasse-neige avaient dégagé les chaussées et repoussé le long des trottoirs des murailles de neige que les pots d'échappement rendaient grise. Un Chinois vêtu d'un simple coupe-vent roulait à vélo sans tenir son guidon, les deux mains dans ses poches, frigorifié. L'air sortant de la bouche d'Ève formait une buée blanche comme au cœur de l'hiver. Elle ne pouvait plus fermer sur son énorme ventre le manteau en cachemire bleu marine que sa mère lui avait offert pour Noël et son anniversaire. En la croisant un homme lui dit avec un clin d'œil et un accent hispanique :

« Il est pour bientôt, celui-là ! Un garçon, hein ? Ça se voit. »

Hannah, assise seule dans un coin sur une petite chaise, poussa un joyeux « *Mommy !* » en la voyant arriver et brandit un sachet de M&M's : on avait fêté un anniversaire. Pourquoi n'était-elle pas en train de dessiner et de jouer avec les autres enfants ? Elle était d'un tempérament contemplatif et rêveur – voire timoré. Ève s'appuya contre le mur et sentit la vague traverser son ventre tandis que l'institutrice l'informait que la fillette toussait et avait peut-être un peu de fièvre – comme les trois quarts des enfants ici, constata Ève.

Elle repartit en tenant par la main sa toute petite fille et dut la gronder : Hannah insistait pour laisser son manteau ouvert comme maman. La bouderie se dissipa quand elles arrivèrent à l'aire de jeux de Thompson Street, où l'enfant contempla avec ravissement un bonhomme de neige qui avait un nez en carotte et des yeux en feuilles de chêne. Ève balaya la neige sur un banc et Hannah s'assit près d'elle pour manger les M&M's qu'elle partagea généreusement avec sa mère, car elle ne voulait que les bleus. Détendue, les jambes écartées, Ève eut une nouvelle contraction, comme si le bébé frappait à la paroi pour réclamer sa part.

Le téléphone sonna dès qu'elles arrivèrent à la maison. Paul.

« Je viens de rentrer avec Hannah. Excuse-moi pour tout à l'heure, chéri.

— Pas de problème. Elle tousse toujours ? Tu as pris sa température ?

— Ça va. On s'est arrêtées au square de Thompson Street et on a mangé des M&M's.

— Miam ! À propos, ma mère a fait des *pierogi*. Elle va passer les apporter.

— Je t'avais dit non ! »

Dans une impulsion subite, elle raccrocha. La contraction la prit par surprise : un gémissement lui échappa. Elle ôta son manteau. Hannah avait laissé tomber le sien par terre. Ève se pencha pour le ramasser et dut s'asseoir sur une chaise : une nouvelle contraction. Cinq minutes ne s'étaient pas écoulées. Elle appela Becky.

« J'ai l'impression que c'est pour ce soir ou demain.

— Ah bon ! J'avais tout prévu pour ce week-end.

— Si c'est compliqué, je peux confier Hannah à ma belle-mère.

— Alice serait trop déçue. Je vais me débrouiller. »

Ève entendit frapper à la porte d'entrée et reconnut la silhouette volumineuse derrière la vitre. Elle poussa un soupir et alla ouvrir. En embrassant sa belle-mère, elle se cogna contre les grosses lunettes à monture carrée et sentit l'odeur de tabac. Rivka fumait cigarette sur cigarette, comme Paul. La pastille de menthe qu'elle avait sucée juste avant d'arriver n'était guère efficace.

« Quel froid ! Bbrrrr... Un 23 mars ! Je vous ai apporté un petit dîner...

— *Granny !* »

Rivka se baissa et sa petite-fille se précipita dans ses bras. Le visage de l'enfant exprimait une joie pure qu'Ève, à qui sa fille réservait bouderies et caprices, n'avait pas l'habitude de voir.

*

Rivka trouva la petite bien chaude. Ève en revanche était comme d'habitude : son grand anxieux de fils s'était affolé pour rien. Elle accrocha son pardessus au portemanteau puis suivit sa petite-fille dans la minuscule chambre où Hannah exigea qu'elle embrasse les nounours, ravie que sa grand-mère leur demande solennellement comment ils se portaient. Elles allèrent s'asseoir avec un livre dans le salon, sur le canapé que Paul et Ève avaient trouvé au bas de la Cinquième Avenue et rapporté chez eux avec l'aide d'un copain. Ce que jetaient les riches était inouï. Il était très confortable avec ses coussins en vrai duvet d'oie, même si le velours des accoudoirs était élimé et sali par les menottes d'Hannah, qu'Ève laissait manger n'importe où.

Des jouets, des journaux et des vêtements parsemaient le tapis. La table était couverte de peaux de banane noires et des livres de Paul, qui n'avait pas de bureau à lui. Rivka se leva pour toucher les bagels dans le saladier : durs comme du bois. Personne n'avait passé l'éponge sur la table. Comment ces intellectuels s'en sortiraient-ils avec deux petits ? Et si la vieille Hongroise qui leur louait l'épicerie à un prix défiant toute concurrence venait à mourir ? Ils seraient contraints de déménager au cœur de Queens et habiteraient encore plus loin d'elle qui vivait dans l'Upper West Side.

Rivka empila les bols. Elle respectait le caractère bien trempé de sa belle-fille. Mais il fallait qu'une femme tienne un foyer – même si on n'était pas pour la division traditionnelle des rôles. Ou l'était-elle en fin de compte, elle, la femme rabbin réformée qui se targuait d'être féministe ? Elle était dérangée par le nombre de choses qu'Ève exigeait de Paul – et par le fait qu'Ève, qui achevait une thèse, avait plus de diplômes que lui. Ce déséquilibre lui paraissait malsain. Il avait repris des études après avoir constaté, au retour de Varsovie, qu'il était difficile de trouver un poste de journaliste à New York. Mais pourquoi un MBA ? Son fils, ce rêveur, souhaitait-il vraiment devenir un homme d'affaires, ou seulement satisfaire sa femme parisienne qui voulait rester à New York où la vie était chère ?

Peut-être était-ce autre chose qui la troublait chez Ève. Un certain manque de douceur. Elle la trouvait dure avec Hannah et n'aimait pas le ton autoritaire sur lequel elle parlait à Paul. Elle craignait que son fils ne soit faible. D'ailleurs, le plan que lui avait exposé Paul était évidemment une idée de sa femme.

« On restera à la maison jusqu'à la poussée, maman. Pour Hannah, Ève a passé trente heures attachée sur un lit d'hôpital.

— Attachée ?

— Avec les fils de la perfusion et du monitoring, elle ne pouvait pas bouger. On veut que la naissance de notre deuxième enfant reste sous notre contrôle.

— Ève veut accoucher à la maison ?

— Non. On ira à l'hôpital juste avant. L'accouchement d'Hannah a duré trente-six heures. On n'avait pas besoin d'en passer plus de dix à l'hôpital.

— Un deuxième bébé arrive toujours plus vite. Le rythme du cœur d'Hannah s'était ralenti, vous avez eu très peur : on peut avoir besoin d'un docteur. »

Ève revint de la cuisine avec le plateau à thé. Rivka sortit les plats en aluminium de son sac.

« Le poulet vient de Fairway, il est encore chaud. Et j'ai fait des *pierogi*.

— C'est très gentil, Rivka. Vous voulez du lait ? »

Alors qu'Ève lui tendait une tasse, les traits de son visage se crispèrent et quelques gouttes de thé bouillant éclaboussèrent le tapis. Heureusement Hannah jouait plus loin. Peut-être Paul avait-il eu raison de s'inquiéter. Rivka feignit l'insouciance pour que sa belle-fille ne devine pas les vraies raisons de sa présence.

« Une de ces Braxton-Hicks, c'est ça ? »

On appelait ainsi les contractions dont les femmes

font parfois l'expérience dans le mois précédant la naissance, et qui ne sont pas un signe avant-coureur de l'accouchement. Ève sourit.

« Oh non. C'était une vraie. »

*

Sa belle-mère ne répondit pas, comme si elle ne l'avait pas entendue. Ève avait du mal à réprimer son agacement en présence de Rivka. Quelle idée d'acheter un poulet rôti dans un supermarché à sa belle-fille française qui aimait cuisiner ! Il nagerait dans l'huile, tout en étant desséché par la cuisson. Quant aux *pierogi*, c'étaient des raviolis contenant de la purée : pas le mets le plus délicat ni le plus diététique. Enfin, Paul aimait ça.

Elle savait qu'il n'y avait qu'un mot pour décrire Rivka : formidable. Leurs amis qui avaient des enfants ne cessaient de leur dire qu'ils avaient une chance inouïe : une grand-mère toujours prête à garder Hannah, même à la dernière minute, à New York où il est si rare d'avoir ses parents ! Et discrète par-dessus le marché.

De fait, Ève admirait cette femme forte à l'histoire extraordinaire : bébé rescapé de la Shoah, orpheline élevée à Cracovie par un couple catholique qui, sur le conseil de son prêtre, un certain Karol Wojtyla – l'actuel pape Jean-Paul II –, lui avait plus tard révélé sa judéité, elle s'était enfuie de Pologne à vingt ans et réfugiée aux États-Unis où elle avait rencontré le père de Paul ; après son divorce à quarante ans, elle avait repris des études et était devenue rabbin. Il émanait d'elle une positivité rayonnante. Ses deux enfants l'adoraient.

L'histoire d'Ève, venue passer un an aux États-Unis après son agrégation de lettres classiques pour enseigner le français à l'université de Tufts près de Boston, était plus banale. Elle se sentait petite à côté de sa belle-mère. Peut-être aussi était-elle jalouse par rapport à sa propre mère, absente en ce moment crucial.

« Il est très bon ce thé.

— Je le rapporte de Paris. D'une boutique qui s'appelle Mariage Frères. »

Rivka hocha la tête. Ce nom ne lui disait sûrement rien. Elle n'était allée à Paris qu'une fois, pour les fiançailles de son fils. Ève, à l'époque, avait craint que la grosse Rivka, avec sa robe qui avait l'air d'un sac, sa coupe de cheveux maison, son odeur de tabac et le trou au niveau d'une molaire qui se voyait dès qu'elle riait, ne fasse tache dans le décor. Son père et ses frères parlaient un anglais correct mais ne trouveraient rien à lui dire. Sa mère le bredouillait avec un accent presque incompréhensible. Quant à Rivka, elle avait gardé son accent polonais. Mais elle avait mis tout le monde à l'aise et la soirée avait été pleine de rires. Sa mère avait conclu d'un mot qu'Ève avait trouvé peu approprié à la force de vie qu'était sa belle-mère : « Elle est charmante. »

Ève sentit approcher une nouvelle contraction et songea qu'il y avait une certaine ironie à servir le thé alors qu'elle était en plein accouchement.

La pensée la frappa avec la force d'un boomerang : le travail avait commencé et personne, sauf elle, ne le savait encore.

*

Paul monta les marches du perron et chercha les clefs dans sa poche. Ses doigts engourdis par le froid lui obéissaient à peine. Il referma vite la porte pour empêcher l'air glacé d'entrer.

Un coup d'œil suffit à le rassurer. Sa mère et sa femme offraient à la lumière douce d'un lampadaire le spectacle civilisé de deux dames en train de boire le thé. Elles se tournèrent vers lui et sourirent. Ève n'avait pas l'air en colère. Il souleva par les chevilles Hannah qui éclata d'un rire cristallin, embrassa Rivka, puis posa la main sur le ventre d'Ève.

« Que dit le bout de chou ?

— Il a envie de voir la neige. J'ai des contractions régulières.

— Non ! Maman, tu entends ?

— Ève ne m'a rien dit !

— On mesure les contractions, chérie ? »

Ils allèrent dans l'alcôve qui leur servait de chambre. Ève lui signalait l'arrivée de chaque contraction. Au bout de vingt minutes il hocha la tête.

« Toutes les cinq minutes. Parfois quatre. Tu n'as pas mal ?

— Pas encore. »

Après le long et difficile accouchement d'Hannah, Ève, pourtant douillette, lui avait dit qu'elle ne ressentait pas comme une douleur la sensation très pénible que la contraction lui faisait éprouver, parce qu'elle se représentait le mouvement de ce gros muscle qu'était l'utérus, ouvrant le col pour aider le corps à accomplir sa tâche. Elle la vivait comme une intensité, pas comme une souffrance. Son corps était une merveilleuse machine qui tirait fort à l'intérieur de son ventre pour pousser le bébé vers l'extérieur. Il n'avait jamais entendu personne d'autre décrire l'accouchement en ces termes.

Il regarda le beau visage de sa femme à la peau laiteuse parsemée de taches de rousseur et ses longs cheveux châtain clair répandus sur l'oreiller. Elle lui sourit. Les séparait, telle une montagne, la protubérance de son ventre, contenant le mystérieux mélange de leurs chairs.

Ève l'indécise, l'excessive, avait une force intérieure dont elle n'était pas consciente et qui lui donnait le pouvoir de mener à bien ce qu'elle entreprenait – c'était en quelque sorte la note fondamentale qu'elle émettait en permanence même malgré elle, la note qui l'avait bouleversé et fasciné quand il l'avait rencontrée, ce dont il était tombé amoureux en elle. Dans leur couple, c'était elle le moteur. Sans elle il n'aurait pas repris ses études. Sans elle il n'aurait pas accepté ce poste à Varsovie, il n'aurait pas recréé ce lien avec son passé familial. Sans elle il ne serait pas allé à Auschwitz-Birkenau, où étaient partis en fumée ses grands-parents maternels, il n'aurait pas découvert que ce nom maudit était d'abord celui d'un village, Oswiecim, dont les habitants en 1940 devaient ressembler à ceux d'aujourd'hui. À Birkenau ils avaient marché côte à côte entre les baraques sans échanger un mot, sans se donner la main et sans verser une larme. Elle était là. Dans un élan de tendresse il posa la paume sur sa joue.

« J'appelle l'hôpital, Eva-Love ?

— Pas tout de suite. J'ai envie de prendre un bain. »

Sa mère toussota. Elle venait d'apparaître sur le seuil de l'alcôve.

« Je pense que vous feriez mieux d'aller à l'hôpital.

— Je vais prendre un bain », répondit Ève en se levant.

Paul aurait préféré que sa mère n'intervînt pas. Rivka ignorait les méthodes modernes d'accouchement : nombreuses étaient les parturientes à prendre des bains chauds, à l'hôpital. Un coup frappé à la porte vint à pic dissoudre la tension naissante. Il alla ouvrir à Becky. Ève considérait comme sa sœur d'Amérique l'infirmière avec qui elle avait partagé un appartement à Boston douze ans plus tôt.

« Elle est où, Alice ? demanda Hannah.

— Elle t'attend à la maison. Elle voulait venir mais il fait si froid, je l'ai laissée avec son papa. »

On s'embrassa, on échangea des nouvelles, Rivka montra le sac qu'elle avait préparé pour Hannah : couches, biberon, peluches, pyjama. Ève ne mettait pas à sa fille ce pyjama synthétique rose que Rivka avait acheté au magasin Disney mais un autre en coton avec un petit col rond, bleu ciel à fines raies blanches, envoyé de Paris par sa mère.

« Il est sous l'oreiller. »

Paul alla le chercher.

« Je veux Winnie et Porcinet ! » protesta Hannah.

Ève renonça à se disputer avec sa fille et remit le pyjama en polyester dans le sac. Paul aperçut les assiettes sur la table à manger.

« Merci, maman.

— Mange pendant que c'est chaud ! »

Ève câlinait Hannah en lui expliquant que le bébé allait arriver après un ou deux dodos. Becky se leva.

« On y va, choupette ? »

Hannah glissa des genoux de sa mère. Paul lui enfila son manteau et les accompagna sur le perron. Becky le regarda :

« Paul, il faut que tu emmènes Ève à l'hôpital tout de suite : elle va accoucher, là. »

Sa mère derrière lui l'entendit.

*

La porte se referma sur sa petite fille blonde dont la vie aurait changé du tout au tout quand elle franchirait à nouveau le seuil. Dans la salle de bains, Ève tourna les robinets de la vieille baignoire. En se redressant elle aperçut par la porte ouverte Rivka et Paul qui chuchotaient avec des airs de conspirateurs. Son irritation redoubla.

« Paul, tu viens ? »

Il la rejoignit et ferma la porte.

« Ève, tu es sûre que prendre un bain maintenant…

— Je suis sûre.

— Becky pense que tu devrais aller à l'hôpital. »

Ne comprenait-il pas qu'elle voulait s'isoler avec lui pendant ces heures précédant la naissance ? Il n'y avait pas d'autre endroit où le faire que la salle de bains, puisqu'il avait eu la bonne idée d'inviter sa mère. Pour toute réponse elle ôta sa robe en jersey et le long caleçon noir dont elle avait coupé l'élastique. Une contraction l'obligea à s'asseoir au bord de la baignoire. Paul passa le bras autour de ses reins. Elle se tourna vers lui. Leurs bouches se rencontrèrent. Dans la vapeur montant du bain, Paul darda entre ses lèvres une langue passionnée. Ils faillirent tomber à la renverse dans l'eau et rirent. Elle attacha ses cheveux avec une pince puis entra dans le bain, avec son aide. Jambes écartées, yeux fermés, elle se détendit. La chaleur rendait les contractions moins intenses. Ils les mesurèrent à nouveau. Toutes les quatre minutes, parfois trois.

« Ève, tu veux bien qu'on appelle l'hôpital ? »

Il composa le numéro, demanda à parler à la sage-femme et passa l'appareil à Ève, qui le prit avec précaution puis le lui rendit.

« Elle a dit de rappeler dans quelques heures. »

Sa voix contenait une pointe de triomphe. Elle était contente d'avoir au moins une fille. Les garçons ne quittaient jamais les jupes de leur mère ou les fuyaient plus tard avec ingratitude. Les filles, une fois passés les conflits de l'adolescence, devenaient des amies.

Elle entendit le cri de Paul et ouvrit les yeux. Un sang rouge vif teintait l'eau entre ses cuisses et s'y diluait rapidement. De l'autre côté de la porte, Rivka demanda d'une voix pleine d'angoisse :

« Qu'est-ce qu'il se passe ?

— Tout va bien, Rivka ! » répondit Ève à voix haute. « Qu'est-ce qui te prend ? dit-elle à son mari. C'est le bouchon muqueux. »

Pour Hannah, ils avaient filé à l'hôpital, paniqués, avant d'être renvoyés chez eux après un examen rapide. L'accouchement n'avait commencé que cinq jours plus tard. Paul aida sa femme à sortir de l'eau. Elle enroula une serviette autour d'elle et fit la grimace.

« Je vais m'allonger. »

Elle traversa le salon à pas lents, tourna vers la chambre sans regarder sa belle-mère qui la fixait, et se laissa tomber à quatre pattes sur le lit. Son hululement dut affoler Paul car il était déjà à genoux derrière elle et regardait par en dessous, comme s'il s'attendait à voir apparaître la tête du bébé.

« Ouah ! Celle-là était forte.

— Pawelek, il faut aller à l'hôpital maintenant », les supplia Rivka, debout à l'entrée de l'alcôve.

Ève ne la contrecarra pas. Paul appela son père, qui devait les y conduire. Comme il raccrochait, Ève hurla.

« Appelle l'hôpital ! »

Il refit à toute allure le numéro de la maternité, entendit un message enregistré, jura, appuya sur le bon chiffre pour obtenir un opérateur. Un être humain répondit. Il demanda à parler à Miss Meredith. Il n'eut rien besoin d'ajouter, car la sage-femme entendit les gémissements d'Ève.

« Amenez-la tout de suite.

— Maman ! cria Paul. Va chercher un taxi ! »

Ève se redressa. La douleur s'était atténuée pour laisser place à la crainte d'avoir fait preuve d'une obstination stupide.

« Paul, j'ai peur… »

Il la regarda dans les yeux.

« Ça va aller. »

*

De l'action, enfin. Tout ce que Rivka voulait, c'était se rendre utile. Le froid la cingla. Il devait faire – 10 °C. La nuit était tombée. Elle s'arrêta une seconde pour allumer une cigarette. Depuis deux heures déjà elle sentait que quelque chose ne tournait pas rond. Elle aurait dû intervenir après avoir entendu Becky. Mais elle avait eu peur de contrarier son fils, qui se laissait mener à la baguette.

Elle avait mis en danger l'enfant, qui risquait maintenant de naître sans aide médicale, dans un taxi ! Encore fallait-il en trouver un, dans ce quartier. Elle se figea, tel un chat prêt à bondir sur sa proie. Au bout de la rue, sur sa gauche, un homme sortait d'un fast-food et se dirigeait vers une voiture jaune garée à l'angle, qu'elle n'avait pas remarquée dans le noir. Elle jeta sa cigarette, courut sur le trottoir glissant et plaqua les deux mains sur ses épaules. Il sursauta et se retourna. C'était un tout petit Chinois aux joues creuses, d'une cinquantaine d'années.

« Ma belle-fille va accoucher ! Conduisez-nous à l'hôpital ! »

Il roula des yeux affolés, ne voyant pas de quoi pouvait parler cette femme âgée, au manteau pas boutonné par ce froid, qui le dominait d'une tête. Il chercha à se libérer mais elle le tenait fermement.

« Quel hôpital ? bégaya-t-il.

— N'importe lequel ! »

Elle avait entendu dire que les chauffeurs de taxi s'enfuyaient dès qu'ils voyaient une femme très enceinte les héler. Celui-là, elle ne le laisserait pas filer. Elle monta à l'avant et lui montra l'immeuble à une cinquantaine de mètres. Avec une parfaite concomitance, la porte s'ouvrait sur Paul et Ève. Le chauffeur vit s'avancer sur le perron la femme au ventre énorme et sortit pour lui ouvrir la porte. Il coopérait.

Un bras passé autour des épaules de son mari qui la

soutenait également par la taille, Ève s'appuyait sur Paul de tout son poids. Le visage pâle, elle semblait accomplir un effort immense à chaque marche. Elle déplaçait ses pieds avec tant de précautions qu'en dépit de son volume, Rivka eut l'impression d'un corps très fragile et très faible : on aurait dit un jaune d'œuf sans coquille, prêt à se répandre au sol. Elle lut la panique dans le regard de Paul.

« Hrrragh ! »

Le cri déchira le silence. Le visage d'Ève se décomposa. Rivka crut que le bébé allait tomber d'elle. Elle qui était pourtant solide, une femme rabbin toujours là pour épauler les autres, se mit à pleurer.

« Oh mon Dieu, mon Dieu ! »

Malgré l'aide de son mari, Ève eut du mal à rentrer dans le taxi. Le chauffeur démarra.

« Prenez Allen Street », dit Rivka. Elle faillit ajouter : « Ne vous arrêtez pas aux feux rouges ! »

*

Enfin sa femme était assise. Elle ferma les yeux et reposa la tête en arrière.

« Ève chérie, ça va ? »

Elle acquiesça, un sourire aux lèvres. Pas un sourire destiné à le rassurer, mais un sourire rayonnant qui semblait émaner de visions exquises obtenues sous l'effet d'une drogue, sans rapport avec le grognement bestial sorti d'elle à l'instant. Un sourire de madone, se dit Paul. Il respira. On était bien dans la chaleur de ce petit espace au plafond bas comme celui d'une cave. La voiture remontait Allen Street. Le sourire d'Ève, la lenteur du taxi, les lumières dans les rues donnaient à la nuit un aspect magique.

Un souvenir le traversa comme un flash : il avait dix-sept ans et rentrait de son lycée dans le Bronx. Sorti de cours avant ses camarades, il avait pris le métro seul. Comme les portières se refermaient, un grand type à la mine patibulaire était monté. Dans le wagon désert, l'homme s'était posté juste à côté de Paul, se collant contre lui. Il n'avait pas bougé, certain qu'au moindre mouvement l'autre allait sortir un rasoir et lui trancher la gorge. Quand celui-ci avait commencé à lui caresser les cheveux en lui disant : « Alors, mon p'tit bonhomme, t'as la trouille, hein ! T'es mignon… », Paul avait cru qu'il allait chier dans son froc, mais il avait réussi à contracter tous les muscles de son visage pour ne pas tressaillir. À la station suivante des gens étaient montés et l'homme s'était éloigné. Il n'avait jamais refait l'expérience d'une peur aussi violente.

Assis dans ce taxi qui roulait vers l'hôpital, il retrouva le goût métallique de la peur. De toutes les forces de son esprit il aidait le véhicule à progresser vers sa destination. Ils venaient de dépasser la salle de billard sur Houston Street quand Ève poussa une exclamation.

« Qu'est-ce qu'il y a ? »

L'humidité qu'il sentit contre son pantalon répondit pour elle.

« Qu'est-ce qu'il se passe ? demanda Rivka.

— Ève a perdu les eaux. Tout va bien, maman.

— Tu vois… », dit Ève.

La rupture de la poche des eaux marquait le début du

travail. La naissance d'Hannah avait eu lieu trente-cinq heures après. Il n'y avait pas de quoi s'affoler.

« Aïe, j'ai envie de faire caca !

— Vas-y. Ne t'inquiète pas. »

On la nettoierait à l'hôpital. Cela arrivait parfois pendant l'accouchement.

Ève écarquilla les yeux.

« Paul ! C'est le bébé ! »

Un frisson parcourut le corps de Paul et quelque chose dans son esprit se décrocha. Détaché et distant, il se mit à fonctionner comme une machine à résoudre des problèmes. Ses pensées se formaient avec lenteur. Le collant. Il bloquait la sortie du bébé. Il fallait l'ôter. Il s'agenouilla dans l'espace étroit au pied du siège, mit ses deux mains sur l'élastique, roula le tissu, souleva Ève et réussit à baisser le collant, qui tire-bouchonna à mi-cuisses et se bloqua. Comment les femmes se débarrassaient-elles de ces carcans ? Un éclair d'intelligence illumina son esprit : se concentrer sur une jambe. Il put enfin sortir le pied droit et libérer l'entrejambe.

Les paroles de la préparatrice à l'accouchement, à qui Ève avait demandé ce qu'il fallait faire au cas où on n'aurait pas le temps d'aller à l'hôpital, remontèrent à sa mémoire. « Vous appelez les urgences. — Oui, mais juste au cas où. — Il y a deux choses à savoir : un nouveau-né qui n'attend pas l'arrivée à l'hôpital est a priori à terme et en bonne santé ; mais il faut penser à l'attraper. Le bébé sort très vite, il est très glissant. Les cas d'accidents les plus fréquents dans les naissances en milieu non médical sont ceux de bébés qui tombent par terre en sortant. »

Accident. Attraper. Bébé sort très vite. Très glissant.

Comme un joueur de base-ball prêt à rattraper la balle, Paul tendit les deux mains entre les jambes d'Ève. Quelque chose qui ressemblait à un sac en plastique gris tomba sur ses paumes ouvertes. Tiens, se dit-il, on n'a pas fabriqué un bébé mais un sac-poubelle. C'était un constat dépourvu de toute émotion. La seconde suivante une petite tête sortit de sous le sac en tournant comme un tire-bouchon. Dix secondes à peine s'étaient écoulées depuis qu'il avait ôté le collant, et pas plus de deux minutes depuis qu'Ève avait dit : « C'est le bébé ! » S'il n'avait pas placé ses mains là, le nouveau-né serait tombé par terre. Il reposait maintenant sur ses paumes. Il était gris. Il avait les yeux clos. Il ne cria pas. Il ne bougeait pas, ne respirait pas. C'était une fille. Elle est mort-née, songea Paul, que cette pensée n'affecta pas plus que les précédentes.

*

Rivka se retourna. Elle avait entendu sa belle-fille s'exclamer : « C'est le bébé ! » Elle ne voyait pas grand-chose à travers la vitre en plexiglas qui séparait l'avant du taxi de l'arrière.

« Garez-vous ! » ordonna-t-elle.

Le chauffeur continua de rouler lentement. Elle cria comme s'il était sourd :

« Arrêtez-vous ! Là, tout de suite ! »

Il se gara en double file. Elle composa le numéro des urgences.

« Ma belle-fille est en train d'accoucher dans un taxi !

— Donnez-nous votre emplacement exact, madame.

— On est sur Houston Street à la hauteur de… » La

buée sur la vitre l'empêchait de voir le nom de la rue qu'ils venaient de dépasser. « Une seconde... »

Elle sortit et claqua la portière pour ne pas refroidir l'intérieur.

« Mulberry. On vient de passer Mulberry Street. On est garés juste après, côté nord de la rue.

— East Houston, ou West Houston ? demanda l'opératrice d'une voix traînante.

— Pardon ?

— East Houston, m'dame, ou West Houston ? répéta-t-elle comme si elle ânonnait des instructions posées devant elle.

— Je n'en ai aucune idée ! Je viens de vous donner le nom des rues !

— Ne vous énervez pas, m'dame. J'ai besoin de savoir. Êtes-vous sur East...

— Mais quelle idiote ! »

La patiente Rivka raccrocha et faillit jeter le portable dans le caniveau.

*

Il savait qu'il fallait faire quelque chose, mais quoi ? Son cerveau était paralysé. Secouer le bébé ? Un vague souvenir de stage de secourisme émergea dans son esprit vide. Il se pencha sur le tout petit corps, couvrit la minuscule bouche de ses lèvres, insuffla l'air. Était-ce ainsi qu'on pratiquait le bouche-à-bouche sur un nouveau-né – le pratique-t-on sur un nouveau-né ? Il eut l'impression que l'acte durait une éternité, même s'il prit à peine quelques secondes. Il se redressa. Soudain il entendit respirer.

L'enfant ne cria pas mais bougea, et son corps passa du gris au rose. Elle était vivante. Il la posa sur la poitrine d'Ève. Il essuya ses mains sur sa veste.

« Est-ce que je rêve ? demanda-t-elle.

— Tu ne rêves pas. Le bébé est vivant.

— On est où ?

— Sur Houston Street. »

Quelqu'un essayait d'ouvrir la portière, croyant le taxi libre parce qu'il était arrêté et que Rivka en était sortie. Paul fit énergiquement le signe non à travers la vitre. La buée devait empêcher de distinguer l'intérieur. Sa mère y rentra et demanda au chauffeur de repartir en prenant la Sixième Avenue.

« Et roulez plus vite, pour l'amour de Dieu ! » Sans se retourner elle s'adressa à son fils : « Paul, tu crois qu'Ève risque d'accoucher dans le taxi ?

— Le bébé est né, maman. »

*

Elle avait senti le bébé glisser hors d'elle, avec douceur. Était-elle vraiment dans un taxi avec Paul, en train de mettre au monde leur deuxième enfant ? Les yeux clos, elle sentit contre sa peau une petite boule chaude et humide. Paul avait prononcé une drôle de phrase : « Le bébé est vivant. » Comment pouvait-il en être autrement ?

« C'est un garçon ou une fille ?

— Une fille, chérie… Tu n'es pas déçue ?

— Déçue ? » Elle émit un petit rire. « Tu es déçu, toi ?

— Oh non ! »

Elle ouvrit les yeux, lui sourit et lui prit la main.

« Merci, mon amour. Merci. »

Il savait qu'elle ne le remerciait pas de se réjouir d'avoir une deuxième fille – quelle drôle d'idée d'avoir pu craindre qu'elle soit déçue ! – mais de l'avoir écoutée. D'avoir accepté que la naissance de ce bébé leur appartienne. D'être celui sur qui elle pouvait compter.

Elle pensa à sa propre mère, qui avait accouché seule à l'hôpital, à vingt-deux ans, qui n'avait partagé la naissance d'Ève avec personne et avait affronté le mépris contenu dans ces mots : fille mère.

C'est cela, bien sûr, qu'elle avait voulu réparer avec Paul. Ils n'avaient pas fabriqué seulement un bébé mais leur histoire, que personne d'autre n'avait écrite pour eux. Comme l'étincelle de leur rencontre, comme sa première grossesse à Varsovie suivie par un vieux médecin polonais qui lui recommandait de boire une petite vodka quand elle était stressée, la naissance de leur deuxième enfant par un jour de grand froid dans un taxi de New York ferait à jamais partie de cette mythologie dont se nourrit toute histoire d'amour. Elle entendait déjà les plaisanteries de ses frères : « Dommage que tu n'aies pas fait ça dans un avion, elle aurait pu le prendre gratuitement toute sa vie ! »

Elle sentait la force que leur donnaient leur confiance et leur amour mutuels. Elle ne se laisserait pas gagner par l'angoisse de sa mère. Ils étaient libres. Ils feraient ce qu'ils voulaient de leurs vies. Et ils transmettraient cette liberté à leurs enfants.

Elle baissa les yeux et regarda le bébé au visage fripé. Elle était toute petite, alors qu'Hannah était un gros bébé. « Oh, elle n'est pas jolie ! » songea Ève, qui, tout en se sentant terriblement coupable d'avoir fait une deuxième fille moins jolie qu'Hannah, éprouva pour elle un amour fou.

La voix affolée de sa belle-mère résonna dans l'habitacle.

« Le bébé est né ? Quand ? Il va bien ? Et Ève ?

— Il va très bien, Rivka, et moi aussi. C'est une fille. »

Même sa belle-mère lui inspirait de la tendresse.

*

Rivka se contorsionnait pour apercevoir Ève et le bébé à travers la vitre en plexiglas. La tête appuyée contre le dossier du siège, sa belle-fille souriait. De son sourire émanait une félicité si puissante qu'elle gagna Rivka. L'énervement causé par la conversation absurde avec l'opératrice des urgences se dissipa. Elle était en train d'assister en direct, aux premières loges, au spectacle exceptionnel d'une femme donnant la vie. Pas dans un hôpital, pas dans un rituel médicalisant la naissance mais dans un taxi en plein New York, seul témoin d'un mystère sacré plus puissant que toutes les misères de cette terre.

Une sensation étrange, comme enfouie par-delà sa conscience, la traversa : celle d'un corps dont elle avait été séparée à jamais à trois ans, et d'un amour si grand qu'on l'avait confiée à des étrangers pour la sauver.

Elle fut reconnaissante à sa belle-fille de lui avoir accordé le privilège de vivre avec eux ce miracle. Elle l'admira d'avoir su imposer son désir contre les avis de ses proches. Elle sut qu'elle ne serait plus agacée par ses excentricités ou sa rigidité, mais éprouverait dorénavant pour elle une tendresse maternelle sans la moindre réticence.

*

Quand ils atteignirent les urgences de Saint-Vincent, Paul sauta du taxi sans sentir le froid cinglant sur son visage. Des aides-soignants accoururent avec un fauteuil roulant. Une infirmière trancha le cordon ombilical et emporta le nouveau-né enroulé dans une couverture. On aida Ève à s'extirper du taxi. Paul allait la suivre quand sa mère le retint.

« Paul, je n'ai que soixante dollars : ce n'est pas beaucoup pour l'état dans lequel on laisse le taxi. Tu as un peu d'argent ? »

Heureusement qu'elle avait gardé sa présence d'esprit. Il fouilla la poche intérieure de sa veste et trouva quatre coupures de vingt dollars qu'il tendit à Rivka, puis il rejoignit Ève en courant. Elle était examinée par une jeune interne.

« Elle a une déchirure. Il faut recoudre. »

Son sourire de madone avait quitté le visage d'Ève. Elle était pâle, les traits tirés, l'air épuisé. Paul songea au travail gigantesque que son corps venait d'accomplir.

« C'est normal qu'elle saigne autant ?

— On dirait qu'elle n'a pas été accouchée très professionnellement », dit l'interne avec un sourire.

Comment pouvait-elle plaisanter quand il venait de vivre la plus grande peur de sa vie ?

« Je vais faire un joli travail », ajouta-t-elle avec coquetterie.

Il la trouva obscène. Un autre médecin, une femme noire, entra dans la salle.

« C'est l'accouchée du taxi ? Tout va bien ?

— Je la recouds, répondit l'interne d'une voix respectueuse.

— Elle saigne vraiment beaucoup », osa intervenir Paul.

La femme se planta entre les cuisses d'Ève et fronça les sourcils.

« J'ai l'impression qu'un caillot s'est formé. Appuyez là. »

La jeune interne obéit. Une boule ensanglantée jaillit et tomba dans le seau.

« On risquait une septicémie », dit l'obstétricienne.

Le mot frappa Paul comme un fouet. Ève aurait pu mourir. Quand sa supérieure fut sortie, il resta silencieux, pour ne pas accabler davantage l'interne humiliée.

À dix heures du soir, Ève fut enfin installée dans un lit. Rivka les avait laissés après s'être assurée que tout allait bien. Paul tenait dans ses bras le nouveau-né emmailloté dans un lange blanc et coiffé d'un bonnet. Yeux clos, bouche froncée, propre et rose, la petite respirait paisiblement, sans trace du drame qui avait entouré sa venue au monde. Une infirmière entra et leur demanda le prénom de l'enfant. Ils se regardèrent. Aucun des prénoms dont ils avaient discuté ne semblait adapté à la petite fille qui venait de leur procurer des émotions si intenses.

« Je peux mettre juste "fille". Vous avez quelques jours.

— Houston », dit Ève.

Paul hocha la tête.

« Houston, répéta-t-il avec un sourire. Comme la rue. »

Une voix familière les interpella.

« Paul ! Ève ! Vous voilà, enfin ! »

Après avoir trouvé leur porte close, son père avait passé trois heures à parcourir la ville d'hôpital en hôpital, en commençant par Saint-Vincent où Ève n'était pas encore enregistrée.

« Voici ta petite-fille, papa. Elle s'appelle Houston. Tu peux féliciter Ève. Elle a fait ça toute seule – avec l'aide de ton serviteur. »

Alors qu'il prononçait ces mots et regardait sa femme au visage épuisé et serein, quelque chose en lui se détendit. Pour la première fois depuis le matin, il ressentit du bonheur.

CHAPITRE 5

Une minute avant minuit

31 décembre 1998

Clarisse hésita entre la noire et la vert olive et choisit finalement la verte, plus originale avec son décolleté asymétrique qui laissait une épaule découverte. Elle enfila des chaussures à talons suffisamment confortables pour danser. Elle mit des boucles d'oreilles en argent qu'elle avait rapportées d'Inde et un collier assorti. Dans la salle de bains elle secoua sa chevelure, qu'elle n'aurait pas pu brosser sans casser la frisure. Elle laissait maintenant s'étaler autour de son visage, comme une crinière de lionne, cette masse de boucles qu'elle s'était efforcée d'emprisonner à l'adolescence.

Dans le salon, Martin et Lucas, assis en tailleur sur le canapé dans leurs pyjamas rayés identiques, et leur petit frère entre eux, sa tétine dans la bouche comme Maggie Simpson, regardaient Catherine Deneuve et Françoise Dorléac chanter sous leurs grands chapeaux de soleil pastel. Lucas chantonnait à mi-voix, Zack semblait sous hypnose, et Martin souriait, les yeux fixés sur l'écran. Elle avait fait le bon choix. Il n'était pas facile de trouver un film pour trois garçons de douze ans, huit ans et deux ans et demi, dont l'aîné estimait qu'il n'avait plus l'âge des dessins animés et le cadet ne voulait rien voir qui fît peur. À côté d'eux, Hendrik feuilletait *L'Équipe*, une bière à la main, les jambes sur l'accoudoir du vieux fauteuil en cuir. Père et fils. Une vraie image d'Épinal. Elle sourit et s'approcha de son mari, qui leva le nez.

« Tu t'es acheté une robe ?

— Je l'ai depuis longtemps. Je n'avais pas le soutien-gorge pour aller avec. Tu aimes ?

— Pas mal.

— Tu te prépares, chéri ? Il est huit heures et demie.

— J'ai un début de grippe, je vais rester.

— Oh non ! Pas ce soir, avec le mal que j'ai eu pour trouver une baby-sitter ! La première soirée où on va depuis une éternité !

— Je n'ai pas exactement choisi d'être malade ! La baby-sitter sera utile, il y a une bonne chance pour que je m'endorme avant les gosses.

— Quand tu es sorti avec Hugo cet après-midi, ça avait l'air d'aller ?

— J'ai un mal de crâne depuis que je suis rentré.

— Tu as pris un Doliprane ? »

Il secoua la tête. Elle alla chercher la boîte de médicaments dans la salle de bains et un verre d'eau dans la cuisine. Il avala le comprimé.

« Hendrik, s'il te plaît, ne me laisse pas y aller seule.

— Et ta copine ? »

Était-il jaloux de Bérangère, qu'il appelait « la gouine » dans son dos ? Depuis un an, Clarisse passait beaucoup de temps avec sa nouvelle amie – qui les emmenait d'ailleurs à la fête de ce soir.

« Ce n'est pas pareil ! J'ai envie d'être avec *toi.* »

Elle chercha à toute allure les bons arguments.

« On ne restera pas longtemps. Tu avais envie de voir l'endroit, tu te rappelles ? Bérangère a dit qu'il y aurait des vins incroyables et des foies gras mi-cuits.

— D'accord. Mais ne me fais pas chier si j'ai envie de rentrer dans une heure.

— Promis ! »

Il se leva pour aller dans la salle de bains. Il était si rare qu'il cède. Ce petit miracle augurait bien pour 1999.

L'année qui s'achevait avait été la pire de sa vie. Un désastre avait suivi l'autre. La mort de Mehdi d'abord, en avril, un an après son compagnon. Encore un enterrement d'un garçon qui n'avait pas trente-cinq ans. Elle s'en voulait d'avoir été si peu disponible pour lui cette dernière année, mais comment aurait-elle pu faire autrement avec un emploi à temps plein et trois enfants ? Les visites à Mehdi la déprimaient : son corps décharné et son visage émacié lui donnaient l'air d'un vieillard. Mais jusqu'à la fin ils avaient ri. Il n'était pas mort seul, grâce à Irina. Quels que soient les griefs que Clarisse avait contre sa mère, elle lui en serait à jamais reconnaissante. Du jour où elle avait consenti à présenter Mehdi à Irina, ils s'étaient merveilleusement entendus ; Irina lui avait donné des cours de chant, ils avaient participé ensemble à une chorale et, à la fin, elle avait remplacé les parents de Mehdi qui voyaient dans la maladie de leur fils une punition divine.

Trois semaines après la mort de Mehdi, Clarisse avait été licenciée pour faute professionnelle. Pendant les derniers mois de la vie de son ami, elle arrivait parfois en retard le matin ou prolongeait sa pause déjeuner pour lui rendre visite, car le soir elle devait rentrer préparer le dîner. Les trois autres employés de la boutique dont elle était depuis peu la directrice des ventes savaient que son meilleur ami était en train de mourir du sida. Le jour de l'enterrement elle avait pris sa journée sans demander officiellement un congé, pour faire simple. Une jeune femme qu'elle avait embauchée l'avait dénoncée au grand chef, avec qui elle couchait sans doute, et dont Clarisse avait repoussé les avances. Sans surprise cette fille avait été nommée directrice par intérim le jour où Clarisse avait été licenciée.

Hendrik s'était indigné et l'avait soutenue, l'encourageant à prendre du temps avant de rechercher du travail. C'était une bonne idée car Lucas, à sept ans et demi, ne lisait pas couramment et avait besoin d'aide. Ils pourraient vivre quelques mois des indemnités chômage et des allocations. Presque au même moment le plafond de leur salle de bains s'était effondré – pas sur les enfants, Dieu merci – et en guise de repos elle avait passé deux mois au téléphone avec le voisin du haut, un toxicomane qui avait laissé sa baignoire déborder, le propriétaire, le syndic de la copropriété, l'assurance et l'expert mandaté par l'assurance, le plombier et le maçon.

Pendant ce temps Hendrik restait vautré sur le canapé à regarder les matchs de foot avec ses fils ou ses copains, furieux le jour où la Belgique avait été éliminée de la Coupe du monde. Elle était contente qu'il partage une passion avec ses fils et les emmène jouer au foot le dimanche mais ne comprenait pas qu'on puisse s'exciter autant pour un ballon rentrant dans un filet. En juillet 1998, Clarisse était probablement la seule Française qui n'avait cure de la victoire des Bleus. Comment se réjouir quand les gens, partout, crevaient de faim ou du sida ? Elle s'occupait de rassembler les nouvelles écrites par Mehdi, à qui elle avait promis sur son lit de mort qu'elle en ferait un livre. Elle avait reçu plusieurs refus mais, grâce à Bérangère qui connaissait du monde, elle venait enfin de trouver une maison d'édition, petite mais honorable.

Il y avait eu la cerise sur le gâteau, en octobre. Elle avait gardé le secret depuis août parce qu'elle savait ce que tous – Hendrik, sa mère, même Bérangère – lui diraient : comment feraient-ils avec un enfant de plus alors qu'ils étaient au chômage et vivaient dans un appartement trop petit ? Mais cette vie surgie par accident (elle avait un diaphragme) juste après la mort de Mehdi n'était-elle pas un cadeau du destin ? Ne serait-il pas formidable pour Zack d'avoir un compagnon de jeu ? Et si c'était une fille, après trois garçons ? Quand, enceinte de trois mois, elle l'avait finalement annoncé à Hendrik, il avait bien réagi. Il aimait leurs petits autant qu'elle. Et en France, plus la famille était nombreuse, plus on recevait d'allocations.

Elle avait fait une fausse couche deux jours après. Les enfants étaient à l'école et à la crèche, Hendrik absent. Sa rage de la mort de Mehdi était sortie d'elle en même temps que le flot de sang. Elle avait senti glisser le fœtus déjà formé, avait entendu le « floc » que faisait sa chute dans la cuvette des WC. Elle n'avait pu partager son chagrin avec personne, ni avec sa mère qui pensait que trois enfants suffisaient, ni avec Bérangère qui n'avait jamais été enceinte, ni avec Hendrik, qui était déçu mais pensait, avec son pragmatisme, que la nature savait ce qu'elle faisait : l'embryon devait être mal formé.

« Maman ! Je veux pas que tu pars ! »

Sa tétine à la main, Zachary se tenait à l'entrée de la chambre. Dans sa grenouillère de velours bleu clair brodée d'une tête d'ours, il avait l'air d'un ourson. Prise d'une bouffée de tendresse, elle souleva l'enfant, qui pesait son poids, et l'emmena dans la chambre qu'il partageait avec ses frères, au sol jonché de Playmobil et de Lego. Zachary dormait encore dans son lit à barreaux, devenu trop petit : il n'y avait pas de place pour un autre lit. Elle le déposa sur la couchette inférieure du lit superposé, ôta sa robe et son soutien-gorge, et s'allongea près de lui.

« Cinq minutes, d'accord ? Tu as déjà eu la tétée ; c'est du rab. »

Ses boucles d'or étaient de la soie. Il avait deux ans et demi mais elle l'allaitait encore pour l'endormir. Si elle avait pu, elle aurait allaité un enfant toute sa vie. La petite bouche suçant son mamelon produisit une sensation délicieuse au creux de son ventre. Douze ans plus tôt ses pointes de sein s'étaient fissurées et elle avait même fait un abcès, mais elle n'avait pas renoncé. Il était si pratique d'avoir sur soi de quoi nourrir son bébé en toutes circonstances. La nature avait bien fait les choses – et même d'une pierre deux coups en donnant une fonction utilitaire à cette partie érotique du corps féminin. Si l'allaitement n'existait pas, personne n'aurait pu l'imaginer sans avoir l'air obscène. Que les enfants sucent les seins de leur mère ? Pourquoi pas le pénis de leur père ? À cette pensée elle pouffa et le mamelon tressauta, ce qui dut déranger Zachary car il l'attrapa de ses mains potelées pour le tenir en place.

La sonnette de la porte d'entrée retentit. Elle ôta doucement ses menottes.

« Papa est sous la douche, *amorino*, il faut que j'aille ouvrir. Stéphanie te lira un livre si tu ne veux pas regarder le film, d'accord ? »

Elle se rhabilla vite et courut vers la porte.

C'était Bérangère, pas la baby-sitter. Essoufflée après avoir monté les cinq étages quatre à quatre.

« Je ne suis pas en retard ?

— Pas du tout. Hendrik prend sa douche, la baby-sitter n'est pas encore là. »

Comme elle était pieds nus et que Bérangère avait mis des talons aiguilles, leur différence de taille était encore plus marquée. Les longs cheveux roux de la jeune femme étaient remontés en chignon, retenus par une épingle en ébène. Il n'y avait qu'elle pour oser porter un jean à une soirée chic de la Saint-Sylvestre. Elle ouvrit son manteau et montra le haut en paillettes d'or dénudant les épaules.

« Dix-neuf francs chez H&M. »

Sur elle il ne faisait pas bon marché. Elle était belle. Clarisse l'avait rencontrée à la boutique en janvier dernier, pendant les soldes. L'amitié intense qui s'était embrasée entre elles lui avait permis de survivre à cette année atroce.

Elle avait apporté des sucettes aux enfants, qui la remercièrent poliment. Ils pouvaient être si sages, ces garçons ; et se disputer avec une violence inouïe, comme des sauvages.

« Où est mon Zack ?

— J'étais en train de l'endormir. »

Il n'était plus sur le lit mais assis au milieu des Lego interdits de ses frères, en train de démonter consciencieusement l'avion que Lucas avait passé des heures à construire avec l'aide de Martin.

« Zachary ! »

Il leva les yeux et sourit comme un ange. Bérangère s'accroupit à côté de lui et il enfouit sa tête dans son giron. Elle le chatouilla.

« Ce bébé ! Je veux le manger ! »

Il éclata de rire. Clarisse sourit tout en rattachant les ailes de l'avion.

« Il t'adore.

— Moi aussi je l'adore. »

Bérangère commença à rassembler les Playmobil épars.

« Ne t'en fais pas, la baby-sitter rangera avec les garçons. De toute façon il n'y a plus de place. On ne peut plus rien mettre dans les placards. Il faut qu'on déménage. Hendrik pense qu'on devrait partir en banlieue, mais je n'ai pas envie.

— Oh non. Tu seras trop loin ! »

Bérangère habitait à vingt minutes à pied de la rue des Pyrénées et elles se retrouvaient souvent le soir pour boire une tisane, quand les enfants dormaient et qu'Hendrik regardait la télé.

« Pour rester dans Paris, on va devoir dénicher un truc pourri et proposer au propriétaire de tout refaire gratos ! Ça veut dire encore des années à arracher des papiers peints, poncer des murs et des planchers, peindre, carreler des salles de bains, etc. Ici ça nous a pris trois ans, et on s'est cassé le dos à porter les matériaux et les pots de peinture jusqu'au cinquième étage. Tout ça pour six mois de loyer gratuits. Je n'ai pas le courage de m'y remettre.

— Je t'admire.

— Tu m'admires ? Moi ?

— Tu as trois enfants, tu t'occupes d'eux super bien, tu bosses, pas en ce moment mais tu vas retrouver du boulot très vite, tu sais carreler des salles de bains, tu gères tout, avec un mari qui, entre nous, n'en fout pas une. Tu es incroyable.

— Tu le penses vraiment ? »

Les larmes lui montèrent aux yeux. En dehors de ses enfants, Clarisse avait l'impression d'avoir renoncé à ses rêves. Mais après tout, la famille qu'elle avait créée, sa débrouillardise alors qu'ils n'avaient pas d'argent et que son mari ne se démenait pas pour en gagner, ce n'était pas rien.

Elle fit semblant de porter un toast :

« Que 1999 soit l'année du changement. Tu trouves un homme à long terme, et moi un boulot plus créatif que de vendre des fringues. Et on déménage.

— Il me faudrait aussi un CDD. J'en ai marre de bosser en free-lance. »

Elles firent tinter des verres imaginaires et les portèrent à leurs lèvres. Zachary les regardait, intrigué de voir des adultes jouer à un jeu d'enfants. On sonna à la porte.

Clarisse montra à la baby-sitter où se trouvait le biberon de Zack. Quand elle sortit de la cuisine, Bérangère discutait avec les garçons du Ballon d'or décerné à Zidane. Elle avait l'air d'en savoir autant qu'eux. Hendrik s'était rasé et portait la chemise au motif fleuri que Clarisse lui avait achetée à la boutique juste avant son licenciement.

Parfaitement coupée avec un col à la pointe de la mode, elle mettait en valeur ses épaules musclées et sa taille élancée. Ses cheveux avaient foncé mais il était aussi beau et mince qu'au jour de leur mariage, malgré toute la bière qu'il buvait. Le chanceux avait un excellent métabolisme. Ses amies en couple avec des enfants se plaignaient toutes de ne plus avoir de vie sexuelle. Quinze ans après l'avoir rencontrée, Hendrik avait toujours autant de désir pour elle ; il était un très bon père et avait des mains d'or. Cela ne compensait-il pas son égoïsme et sa paresse ? L'homme parfait n'existait pas. Bérangère, sévère avec Hendrik, finirait par le comprendre. Clarisse s'approcha de lui et l'embrassa dans le cou.

« Tu sens bon. Ton mal de tête est passé ?

— Ça va mieux.

— Tu ne te sens pas bien ? demanda Bérangère.

— Un début de grippe. J'irais bien me coucher.

— Moi aussi je me sens bof depuis ce matin. On ne rentrera pas tard ?

— Moi sûrement pas. »

De par son métier et son tempérament, Bérangère était une vraie diplomate. Elle avait plusieurs fois servi de tampon entre eux cette année.

Ils embrassèrent les enfants.

« À l'année prochaine ! » s'exclama leur père.

Martin expliqua la blague à Lucas inquiet. Hendrik fit sauter dans ses bras Zack, qui rit à gorge déployée et en oublia son chagrin du départ de sa mère.

Sur le chemin d'Issy-les-Moulineaux, Bérangère leur parla d'un auteur américain dont elle s'était occupée la semaine précédente.

« On se retrouve dans un club de Pigalle – son idée de Paris. Ma première fois, je dois dire. Une stripteaseuse se plante devant notre table après sa performance. Elle glisse les doigts dans sa culotte, les ressort humides et les passe sur le visage de l'écrivain. Sur ses lèvres. Je ne savais plus où me mettre.

— Non ! s'exclama Clarisse en riant. C'est glauque !

— Tu t'occupes des auteurs même la nuit ? demanda Hendrik.

— S'ils viennent de loin, je les baby-sitte jour et nuit. Ça mène parfois à des situations délicates.

— Comme avec le politicien bordelais en octobre, dit Clarisse.

— Ah oui ! Il y en a qui sont durs d'oreille et qui ne se regardent pas dans le miroir. Un vieux de cinquante-cinq berges, non mais ! J'ai vingt-neuf ans, je ne cherche pas mon père ! »

Le périphérique étant à peu près fluide, ils arrivèrent à Issy en moins d'une demi-heure. Ils se garèrent sans problème – de l'avantage de la banlieue. Quand ils parvinrent à l'ancien garage aux baies vitrées illuminées, une foule s'y pressait déjà. Ils durent faire la queue pour déposer leurs manteaux. Clarisse, dont la robe n'avait pas de poche et qui ne souhaitait pas garder son sac, donna son ticket à Hendrik.

L'espace intérieur, d'au moins quatre cents mètres carrés, était aménagé en loft à l'américaine, immense et blanc, avec de très hauts plafonds, des colonnes, des meubles contemporains design aux lignes pures, et un sol de béton ciré. Aux murs étaient accrochées des œuvres d'artistes contemporains dont Bérangère leur cita les noms. Les invités portaient des smokings ou des robes de créateur. Des serveurs en veste blanche circulaient avec des plateaux. Le champagne coulait à flots, servi dans des flûtes en cristal.

Hendrik et Bérangère prirent chacun une flûte, et Clarisse un verre d'eau plate. Ils se dirigèrent vers le buffet, composé de poissons fumés, de pyramides d'huîtres, de verrines de légumes, de fromages raffinés et des fameux foies gras mi-cuits que leur hôte, un producteur de cinéma, avait rapportés du Périgord où il possédait un château. Sur une table un peu plus loin se trouvaient les vins, de grands crus, et les alcools plus forts, parmi lesquels une collection de scotchs qu'Hendrik considéra avec intérêt. Ils se servirent. Les huîtres charnues arrivaient tout droit de Cancale et sentaient l'iode.

Clarisse n'était jamais allée à une fête aussi luxueuse. Fréquenter des gens riches et célèbres n'était pas son objectif, mais elle ne regrettait pas les cinq cents francs payés à sa baby-sitter. C'était un vrai changement d'atmosphère. Même Bérangère, qui avait obtenu l'invitation par un de ses clients, était impressionnée. Hendrik attrapa une autre flûte de champagne.

« On danse ? suggéra Clarisse.

— Je déteste la techno. » Il pointa le buffet du menton. « Je mange encore quelque chose, je goûte ces scotchs et je rentre.

— OK. N'oublie pas que tu as mon ticket de vestiaire. »

Elle le savait capable de s'éclipser.

« Hendrik ! »

Un homme s'avançait vers eux : Filip, un entrepreneur hollandais chez qui Hendrik avait été voir plusieurs matchs. Il les salua et entraîna Hendrik vers la table des scotchs. Clarisse fut heureuse de le voir : son mari serait moins pressé de partir. Bérangère et elle se dirigèrent vers la piste.

Le rythme de la techno était entraînant. C'était la première fois qu'elles dansaient ensemble et leurs corps se mouvaient en harmonie. Elles formaient un beau couple, la grande rousse aux cheveux retenus par une épingle d'ébène dans son haut pailleté d'or et son jean qui soulignait ses longues jambes, et la brune à la peau mate, aux formes féminines dans sa robe olive moulante au décolleté asymétrique qui la rendait mince comme un elfe même si elle se croyait grosse. Les épaules nues de Bérangère, douces et anguleuses, donnaient envie de les caresser. Elle était la grâce incarnée. Clarisse tenta d'imiter ses déhanchements saccadés et ses mouvements de poignet qui ressemblaient à ceux des danseuses de Bollywood.

Elles dansèrent longtemps en se frôlant l'une l'autre avec une sensualité provocante, jusqu'à ce qu'un homme en chemise blanche et pantalon de smoking s'interpose entre elles, face à Clarisse. Plus petit que Bérangère, le visage et le ventre rond, il avait un début de calvitie et la chemise mouillée par la transpiration. Il n'était pas beau, mais l'agilité de ses mouvements le rendait sexy. De temps en temps il fermait les yeux et secouait la tête, comme absorbé par la musique, et quand il les rouvrait en la fixant, ce regard posé sur elle lui faisait l'effet d'une caresse. Bérangère aussi avait un partenaire, un garçon grand et mince, mignon. Elle dit à Clarisse qu'ils allaient boire quelque chose. Clarisse ne sentait pas la soif. Elle faisait valser les boucles de sa crinière, se baissant et sautant en même temps que son partenaire, en transe.

Elle n'avait pas dansé autant depuis des années et pensait à Mehdi qui avait fréquenté les boîtes presque jusqu'à la fin. Elle se rappelait les clubs gay de la rue Sainte-Anne où elle l'accompagnait quand ils avaient vingt ans. Ce souvenir ne lui donnait pas envie de pleurer. Il fallait ne pas se laisser engluer par la mélancolie mais bondir, saisir les mains tendues comme celle de cet homme. Il la pressait maintenant contre lui et elle le sentait, dur, contre son entrejambe. Elle s'écarta juste au cas où Hendrik la chercherait pour partir. Mais il était probable qu'après quelques verres de scotch et un joint partagé avec Filip, il se sentait mieux et profitait lui aussi de la fête.

Une minute avant minuit, la musique s'arrêta et la centaine d'invités commença à compter d'une seule voix. « Cinquante-neuf, cinquante-huit… » Clarisse quitta son partenaire et chercha Hendrik. Elle l'aperçut près du bar, à côté de Bérangère dont les cheveux dénoués recouvraient les épaules et le dos. Les pommettes roses, Bérangère riait aux éclats. Dans le mouvement qu'elle fit en rejetant la tête en arrière, ses longues mèches rousses effleurèrent l'avant-bras d'Hendrik, dont la manche était retroussée. Clarisse tressaillit comme si elles avaient chatouillé sa propre peau. Elle les rejoignit. On n'en était plus qu'à dix-huit.

« Ça va mieux, chéri ?

— Oui. Tu as eu raison d'insister. »

« Zéro ! » Les bouchons de champagne sautèrent au

plafond, les « Bonne année ! » fusèrent, les joues et les lèvres se rencontrèrent. Clarisse se glissa entre son amie et son mari, se dressa sur la pointe des pieds et tendit les lèvres à Hendrik en fermant les yeux. Elle espérait qu'il enfoncerait sa langue dans sa bouche et lui donnerait un vrai baiser, mais il s'éloigna d'elle. Quand elle rouvrit les yeux, les lèvres d'Hendrik étaient sur celles de Bérangère – ce qui n'avait rien d'anormal, tout le monde faisait de même. Bérangère rougit en surprenant le regard de Clarisse. À leur tour elles s'embrassèrent sur la bouche et se souhaitèrent une bonne année d'un ton précautionneux qui ne leur ressemblait pas.

Les notes d'un slow résonnèrent dans l'immense espace. *Je l'aime à mourir.* L'image d'une autre piste, en plein air, sous des pins, remonta de très loin dans la mémoire de Clarisse. Ses jambes ne la soutenaient plus ; elle s'appuya contre le bar et chercha son mari du regard. Il avait pris Bérangère par le coude et la conduisait vers la piste où évoluaient déjà les couples. Une de ses mains était posée au bas du dos de la jeune femme, dans sa cambrure, l'autre sur son épaule nue, sous la longue chevelure rousse. Elle était presque aussi grande que lui. Leurs corps n'étaient pas serrés l'un contre l'autre ; ils se mouvaient lentement, en se regardant.

Clarisse ne pensait plus à la piste de danse sous les pins, mais à une autre scène.

C'était l'été, huit ans plus tôt. Ils campaient avec Martin dans le sud de la Bretagne. Elle était enceinte de sept mois et demi. Dormir sur le sol avec son gros ventre n'était pas facile mais amusant. Il y avait eu une tempête et, après deux jours dans la gadoue, ils avaient décidé de migrer dans un hôtel. Hendrik s'était soudain rappelé une Française rencontrée en Indonésie qui habitait Vannes. Il avait trouvé son nom dans l'annuaire ; elle les avait invités chez elle. La fille – une de ses ex – était ravie de revoir Hendrik après six ans et de rencontrer sa femme et son fils. Elle leur avait fait des pâtes. Lorsque Clarisse avait suggéré à Hendrik et à leur hôtesse qu'ils sortent boire un verre tous les deux tandis qu'elle resterait à la maison avec le bébé puisqu'elle était fatiguée et qu'ils avaient sûrement beaucoup de choses à se dire, ils l'avaient remerciée.

Après une bonne nuit dans un vrai lit, les premières lueurs de l'aube l'avaient réveillée ; elle avait tressailli en constatant qu'Hendrik n'était pas allongé près d'elle. Elle avait sauté du lit, craignant un accident causé par l'ivresse, et avait vu par la fenêtre leur voiture garée dans la rue. Depuis le couloir, elle avait entendu des gémissements dans l'autre chambre. Elle avait reculé sur la pointe des pieds comme si elle risquait d'être surprise en train d'espionner. Martin dormait à poings fermés sur un petit matelas par terre. Elle s'était vue dans un miroir posé contre le mur. Énorme. Difforme. Sans armes contre l'attraction de l'autre. En cet instant elle avait cessé de désirer le bébé dans son ventre (la future Ella ou le futur Lucas). La minute d'après elle s'était effondrée sur le lit, en sanglots, dévorée par la culpabilité.

Ils avaient quitté la maison le matin même. La fille n'était pas sortie de sa chambre.

Il y avait eu de la colère, des pleurs, une réconciliation. Hendrik avait promis : plus jamais.

Ou du moins, cela allait sans dire, jamais devant elle.

Jamais avec une de ses amies.

Sa meilleure amie.

Clarisse resta figée. L'homme avec qui elle avait dansé pendant plus d'une heure réapparut et, tout sourire, lui tendit la main. Elle secoua la tête, incapable de répondre et de bouger, comme si, au moindre déplacement de son corps dans l'espace, un barrage allait sauter et les larmes inonder son visage, le striant d'obscènes traces noires laissées par le mascara.

Il ne s'était encore rien passé mais tout avait déjà eu lieu, tout ce qui était depuis toujours l'objet de sa terreur. Elle n'avait pas encore lu la lettre que l'honnête, décente et loyale Bérangère lui enverrait dans un mois, lui avouant qu'elle était tombée malgré elle éperdument amoureuse d'Hendrik et ajoutant qu'elle allait disparaître de leur vie pour laisser Clarisse reconquérir son mari. Mais c'était trop tard, bien sûr. Sur cette piste, en cette première minute de la dernière année du vingtième siècle, deux êtres venaient de se trouver. C'était la chose la plus banale au monde, le plus vieux des clichés. Et c'était elle, Clarisse, qui, un jour de janvier 1998, s'était entichée de la longue jeune femme rousse entrée dans sa boutique, elle qui avait accepté l'invitation de Bérangère à cette fête de Nouvel An et insisté pour qu'Hendrik les accompagne ; elle qui avait posé une à une, comme dans une tragédie grecque, les pierres du malheur.

CHAPITRE 6

La femme de quarante ans

2002-2003

Ève s'était levée en même temps que Paul, à cinq heures et demie, pour profiter des soixante minutes de tranquillité avant le réveil des filles. Elle coupa les pommes en quartiers et pétrit six belles boules avant de préparer deux petits bols de son granola maison, cuit au four et caramélisé par le sirop d'érable, que les filles avalaient sans rechigner. Il était sept heures. Le jour avait dû se lever mais il faisait toujours aussi sombre dans l'appartement sans fenêtre. Elle entra dans la chambre et alluma la lumière. Hannah dormait profondément sur la couchette supérieure du lit superposé, la bouche ouverte, ses fins cheveux blonds étalés sur l'oreiller, en serrant contre elle son lapin en velours, tandis que Houston aux boucles rousses avait rejeté les couvertures et croisé les jambes en l'air dans une posture de yogi qui n'appartenait qu'à elle. Ève les réveilla en les embrassant.

Une demi-heure plus tard, Houston ne retrouvait plus sa deuxième chaussure et Hannah, paniquée, cherchait son cahier d'exercices : elle aurait un zéro si elle ne l'apportait pas. Ève regarda sous le lit des enfants et fouilla entre les coussins du canapé. Les objets réapparurent. Elle extirpa la poussette du débarras.

« Les filles, mettez vos blousons ! Dépêchez-vous. On est en retard ! »

Elles partirent enfin. À quatre ans et demi, Houston était un peu grande pour la poussette mais l'école était loin et sa mère marchait à grands pas. Au retour, la poussette vide était pratique pour rapporter les courses qu'Ève faisait à Chinatown – surtout quand elle avait, comme aujourd'hui, un cocktail dînatoire pour quarante personnes à préparer.

Manhattan était réveillée depuis longtemps. Elles furent assaillies par le bruit des klaxons, le son perçant des sirènes de police et d'ambulance, et le vacarme métallique des rames de métro sur Manhattan Bridge. Encore fraîche, cette journée ensoleillée d'octobre se réchaufferait au fil des heures. Elles longèrent des HLM et passèrent sous Williamsburg Bridge, un endroit sinistre où les trottoirs étaient recouverts de déchets. Une fois parvenues à Hamilton Fish Park, il ne restait plus qu'un long pâté de maisons.

NEST+M était une école d'enfants blancs au sein d'un ghetto noir, tout au bout d'Alphabet City, près de l'East River. L'école avait ouvert l'année précédente avec l'ambition d'offrir l'éducation d'un établissement privé (que l'on payait trente mille dollars par an) dans une école publique, donc gratuite. Aucun gamin des HLM qui la bordaient n'y avait été accepté, le processus de sélection favorisant les rejetons bilingues, voire trilingues, de parents européens, russes ou asiatiques, avec des nourrices ou des mères au foyer qui pouvaient les aider à faire leurs trois heures de devoirs quotidiennes. Les bâtiments en béton datant des années soixante ne payaient pas de mine, mais les salles de classe aux larges fenêtres étaient baignées de lumière. Séduits par l'espace, la gratuité et le programme, Paul et Ève y avaient transféré Hannah un an plus tôt. Ève se demandait s'ils avaient eu raison. L'école au nom trompeur, Nest+M (*nest*, le nid, et M, la première lettre de maman), acronyme pour « Nouvelles Explorations en Sciences et Technologies + Maths », insistait beaucoup sur la discipline. Hannah, sensible et distraite, vivait dans la peur d'être réprimandée. Paul pensait que dans un monde de plus en plus dur et compétitif il fallait préparer leurs enfants à la vraie vie le plus tôt possible.

Sans même dire au revoir à sa mère et à sa sœur, la fillette fila vers la rampe en béton afin d'atteindre la porte avant que celle-ci ne se referme. Ève aperçut le cartable sur la poignée de la poussette.

« Oh non !

— Quoi, maman ?

— Hannah a oublié son cartable ! Ne bouge pas ! »

À son tour elle traversa la cour en criant :

« Hannah ! Ton cartable ! »

L'enfant s'arrêta net, vérifia son épaule, se retourna et dévala la rampe au bas de laquelle sa mère lui tendit le sac en toile. Elle remonta en courant vers l'entrée de l'école, dont la porte s'était refermée : elle dut sonner. Elle écoperait d'un avertissement. Ève courut dans l'autre sens, inquiète d'avoir laissé Houston seule sur le trottoir dans ce quartier douteux. La poussette était là. Une personne accroupie parlait à la fillette. Céline.

« Salut Ève ! Un peu bousculée ce matin ?

— Paul pense que je devrais réveiller les filles un quart d'heure plus tôt, mais elles dorment si profondément !

— Cette école commence trop tôt. »

Elles marchèrent côte à côte, Ève poussant la poussette et Céline son vélo, en parlant du cours de français que leurs enfants suivaient ensemble.

Elles se séparèrent et Ève continua tout droit sur Houston Street, en passant comme tous les jours par le pâté de maisons où sa fille cadette était née dans un taxi quatre ans et demi plus tôt. Elle éprouvait chaque fois un sentiment de propriétaire, comme si ce carré de trottoir lui appartenait. Houston, qui insistait pour caresser tous les chiens qu'elle croisait, serait l'une des dernières à arriver. À l'école maternelle – privée puisqu'il n'en existait pas de publique –, on pouvait déposer les enfants jusqu'à neuf heures.

Un jeune homme qui sortait de l'école lui tint la porte. Son sourire plein de bienveillance, cadeau rare à Manhattan, donna l'impression à Ève qu'il devinait la myriade de minuscules tâches qu'elle enchaînait au pas de course depuis le matin. Elle ne l'avait jamais vu. Avec ses cheveux mi-longs et son menton mal rasé, il avait l'air trop jeune pour être un parent. Sans doute un prof de musique ou un étudiant qui faisait du baby-sitting.

Elle le reconnut de dos une semaine plus tard alors qu'elle arrivait à la maternelle pour récupérer Houston. Vêtu de la même veste en cuir marron usée, il s'éloignait vers Washington Square en tenant la main d'un tout petit garçon, marchant au rythme de l'enfant, la tête baissée vers lui. Elle devina qu'il était le père.

À la fête de l'école où étaient conviés les parents pour Halloween, Ève le repéra appuyé contre un mur, seul. Il regardait jouer son fils. Elle était en conversation avec une mère qui avait fait appel à elle au printemps pour la fête de circoncision de son dernier-né. Grâce à cette femme qui avait tout un réseau dans la communauté juive du Village, Ève avait préparé plusieurs bar-mitzvah, dont une rassemblant plus de cent personnes, pour laquelle elle avait gagné deux mille dollars net – autant en un soir que son salaire mensuel du temps où elle était prof. Elysa, dont le mari était entrepreneur, lui donnait des conseils pour développer son business par la création d'un site Web. Dans le brouhaha de la cour de récréation, des mots en français lui parvinrent : « Lucien, tu veux du gâteau ? »

Ève s'excusa auprès d'Elysa et s'approcha de lui.

« Vous êtes français ?

— Oui. Vous aussi ? »

Il lui sourit, de ce sourire doux qui transformait ses yeux en fentes presque asiatiques. Elle appela Houston, habillée en sorcière avec un tutu et des collants noirs n'entravant pas ses mouvements, pour lui présenter le petit garçon en costume de Spiderman.

« Lucien est français, comme toi ! »

Houston courut vers les barres.

Les enfants ont un instinct. Dès qu'ils remarquent que leurs parents veulent bavarder, ils réclament leur attention. Impressionné par la fille qui passait de barre en barre avec l'agilité d'un singe, Lucien voulut essayer. Son père le porta. Quand il cessa de le tenir, l'enfant tomba au bout de trois secondes, rattrapé de justesse par son père. Il se mit à pleurer, tandis que Houston paradait devant lui, suspendue sans effort apparent. Ève put à peine échanger trois mots avec le jeune homme avant de partir chercher Hannah. Elle ne savait toujours pas s'il était thésard à l'université de New York ou père au foyer marié à une diplomate en poste à l'ONU.

« Ce garçon est un pleurnicheur, déclara à brûle-pourpoint Houston qui courait à côté de la poussette.

— Il s'appelle Lucien. Tu aurais pu être plus gentille !

— J'aime pas Spiderman. »

Houston était une dure à cuire. Ève se reconnaissait davantage en sa fille aînée, mais Paul disait qu'Hannah lui ressemblait (il avait été un enfant timide et anxieux) tandis que Houston était volontaire et solide comme sa mère.

Lorsqu'elle le vit la fois suivante, ce n'était pas à l'école.

Le soir d'Halloween, quand ils étaient rentrés chez eux après la parade, les filles fatiguées mais surexcitées comptant les bonbons qui remplissaient leurs potirons en plastique, Paul avait ramassé le courrier et tendu trois enveloppes à Ève : une épaisse, contenant une longue lettre de Francesca qui promettait un grand moment de plaisir, le chèque d'une cliente avec une adorable carte de remerciement, et le programme de la Maison française de NYU. Elle n'avait plus le temps d'assister à des conférences et y jeta un coup d'œil rapide avant de le jeter.

« Tu peux rentrer à dix-huit heures trente, lundi ?

— Tu travailles le soir ?

— Non. Il y a une conférence d'un écrivain français, Jean Echenoz.

— Schnooze ? Drôle de nom ! »

Elle rit.

« E-che-noz. C'est un écrivain connu. Un bon écrivain.

— Vas-y, bien sûr. »

Paul étant retenu par une conférence de rédaction, Rivka traversa Manhattan en bus le lundi pour permettre à sa belle-fille d'assister à la rencontre. Ève se dirigea vers la Maison française. Pour la première fois depuis longtemps elle se promenait sans énumérer mentalement des listes et sans être harnachée à une poussette ou à un grand chariot rempli de tupperwares. Les rues de Greenwich Village regorgeaient de vie. Quand elle arriva à la Maison française, il y avait foule, mais elle réussit à trouver une chaise. Elle reconnut quelques visages familiers. Elle qui passait maintenant sa vie – par choix – entre sa cuisine et ses gamines s'aperçut que le monde universitaire et la culture française lui manquaient. Elle était contente d'être venue.

L'écrivain entra dans la salle avec son cortège – la directrice de la Maison française, le conseiller culturel et quelques autres VIP qui prendraient place dans les fauteuils bleus réservés au premier rang. Et lui. Le grand jeune homme mince de l'école maternelle aux cheveux mi-longs et aux yeux bridés, maintenant rasé de frais, qui ne portait pas sa veste en cuir usée mais un costume noir et une chemise blanche.

Le conseiller culturel prononça un discours sur le plaisir et l'honneur d'accueillir un si grand écrivain : un plaisir d'autant plus exceptionnel que Jean Echenoz se prêtait rarement à ce genre d'exercice. Il avait accepté seulement parce qu'il serait interviewé par un de ses amis, le jeune et brillant romancier Sébastien Bélair, qui donnait des cours d'écriture à NYU ce semestre.

Le père de Lucien se dirigea vers le pupitre. Sébastien Bélair. Si jeune, déjà publié et professeur à l'université, alors qu'elle le prenait presque pour un gigolo ! Elle n'avait jamais entendu parler de lui, mais de son exil elle ne suivait guère l'actualité littéraire française, surtout depuis qu'elle avait des enfants. Plus grand que le conseiller culturel, il régla le micro. Il parcourut l'assistance du regard et ses yeux s'arrêtèrent sur elle. Il lui sourit. Ses voisins la dévisagèrent.

C'était un modérateur subtil et respectueux. Il questionna le romancier sur sa pratique de l'écriture et sur sa relation avec son éditeur qui venait de mourir. On aurait dit une conversation intime. À la fin tout le monde applaudit avec enthousiasme. Pendant que les gens prenaient place dans la queue pour faire signer leurs exemplaires, Ève se dirigea vers la sortie. Quelqu'un lui ouvrit la lourde porte en fer forgé. Sébastien Bélair, qu'elle venait de laisser dans la salle en train de parler avec le conseiller culturel.

« Vous vous enfuyez ? »

Elle sourit.

« C'était formidable, bravo. Donc vous enseignez à NYU et vous êtes écrivain ? »

Il alluma une cigarette et lui tendit le paquet. Elle secoua la tête.

« J'enseigne ici juste pour deux mois. J'ai remplacé à la dernière minute une amie qui a dû rester en France pour la promotion d'un roman. »

La porte s'ouvrit et le conseiller culturel pointa son nez.

« En train de fumer, évidemment ! Sébastien, on t'attend là-haut.

— J'arrive. »

Il jeta son mégot.

« J'aurais aimé vous inviter mais on a trop de gens pour le nombre de chaises. On prend un café demain après avoir déposé les enfants ? »

Sur le chemin du retour, la ville était encore plus vibrante. Elle quitta l'élégant Greenwich Village pour les avenues branchées et hippies d'East Village, puis les quartiers plus populaires de Chinatown et du Lower East Side où l'on trouvait presque côte à côte une maison de retraite chinoise, une église italienne, une yeshiva, un supermarché hispanique, un restaurant vietnamien et une mosquée. Elle sentait un flux d'énergie fraîche. Quand elle entra chez elle, Paul était penché sur son ordinateur, une assiette sale à côté de lui.

« Tu bosses encore ?

— Je lis les nouvelles. Ce Poutine n'annonce rien de bon. »

Elle ôta son manteau et le laissa tomber sur le canapé. Son esprit était ailleurs.

« Les filles ont dévoré ton flan aux champignons. La conférence était bien ?

— Géniale. Présentée par un romancier dont le fils est à l'école de Houston.

— Le monde est petit. »

Elle s'approcha de lui, l'enlaça par-derrière et respira l'odeur de son après-rasage au vétiver. Il leva la tête.

« Tu es très jolie ce soir.

— Juste ce soir ?

— Spécialement ce soir. »

Elle savait qu'il y avait un éclat dans ses yeux, une énergie en elle qui la rendaient désirable. Ils échangèrent un baiser fougueux. Elle voulut l'entraîner vers le lit.

« Chérie, excuse-moi mais je me lève à cinq heures. Partie remise. »

Il l'embrassa à nouveau et glissa une main dans son chemisier pour effleurer son sein. Hier ils étaient allés au cinéma au lieu de faire l'amour et, quand Rivka garderait à nouveau les enfants dimanche prochain, la période d'ovulation serait passée. Inutile de le dire à Paul qui ne voulait pas de troisième enfant. Mais si le bébé arrivait par surprise, elle était certaine qu'il l'accepterait et que ça ne changerait pas fondamentalement leur vie.

Il n'était même pas sûr qu'ils aient un rendez-vous amoureux dimanche. Depuis que Paul, après trois ans passés à s'ennuyer dans une banque commerciale, était retourné à ses anciennes amours et avait obtenu, pour un salaire deux fois moins élevé, un poste inespéré au *New York Times* (où, d'abord reporter pour les pages « Metro », il venait de rejoindre l'équipe d'investigation), on aurait dit qu'il n'avait plus qu'un désir : écrire un article si percutant, sur un sujet si intéressant qu'il figurerait à la une du journal. Ève avait parfois l'impression que l'acte sexuel n'était pas un moment de détente pour Paul, mais une pression qui s'ajoutait au reste. C'était un homme inquiet, soucieux de l'autre avant de penser à son propre plaisir : pas un jouisseur. Becky, à qui elle en avait parlé, lui conseillait de fumer avec lui un petit joint. Difficile car Paul, alors même qu'il fumait comme un pompier et buvait du whisky, se méfiait des drogues.

Le lendemain matin Sébastien Bélair l'attendait sur un banc dans le hall de la maternelle. Il suggéra le Caffe Reggio sur MacDougal Street. Elle posa la poussette repliée par terre à côté d'eux. Ils commandèrent un cappuccino et un verre d'eau. Dans la salle à la lumière tamisée, il n'y avait ni musique forte ni conversations bruyantes. Elle lui raconta succinctement la rencontre de Paul à Boston, les années à Varsovie, leur retour et la naissance d'Hannah, son poste au lycée Packer de Brooklyn pendant qu'il reprenait ses études. Quand elle avait offert la préparation d'un repas français pour dix personnes aux enchères de l'association des parents d'élèves et que son dîner, mis à prix à trois cents dollars, était parti à mille, elle s'était avisée que la cuisine française, même simple et familiale, avait ici une valeur. Elle avait démissionné après que Paul avait trouvé du travail et s'était lancée. Le bouche-à-oreille fonctionnait, elle gagnait mieux sa vie ainsi que comme prof. Elle n'était pas une vraie professionnelle : elle faisait tout chez elle afin de pouvoir cuisiner le soir, quand ses filles et son mari dormaient. Elle avait juste dû acheter un grand four et un énorme réfrigérateur.

« Tu as réalisé un rêve d'enfant ? demanda Sébastien.

— Non. La cuisine ne m'intéressait pas quand j'étais petite. C'est venu plus tard. Ça me calme. C'est hyper sensuel. Pas juste le goût mais l'odeur, la texture, la couleur, le son...

— Le son ?

— Le crépitement d'une viande qu'on déglace, le grésillement des oignons dans l'huile bouillante ou du vinaigre balsamique dans le beurre fondu, le craquement d'une croûte de pain...

— Tu parles de la cuisine en littéraire. Tes études ont dû te servir, dit-il avec un sourire taquin qui brida ses yeux.

— Tu ne crois pas si bien dire. Surtout le thème grec.

— Le thème grec ? »

Ce fut au tour d'Ève de sourire.

« Quand je préparais l'agreg de lettres classiques, chaque fois que je traduisais un texte en grec j'avais l'impression de réaliser un chef-d'œuvre, et je récupérais ma copie raturée de rouge, avec une note autour de moins quarante. J'ai appris à me méfier de mon enthousiasme et à me relire à l'envers pour vérifier chaque mot. La cuisine c'est pareil. L'intuition et le tour de main ne suffisent pas : il faut être précis et vigilant, respecter la recette au gramme près. C'est le contraire de ma nature. »

Il hocha la tête.

« L'écriture aussi est un art de la précision. On assemble des ingrédients en suivant une vision, mais au bout du compte ce qui importe, c'est de trouver le bon dosage. Il faut sans cesse recommencer. *Lit et rature* : c'est écrit dans le mot. »

Elle était flattée qu'il prenne au sérieux son choix professionnel et compare la cuisine à l'écriture. Il était jeune, elle ne s'était pas trompée : vingt-huit ans. Il avait déjà publié trois romans. Son épouse était une actrice française, qui tournait actuellement un film à Budapest.

« Son fils ne lui manque pas trop ?

— C'est dur. »

Ève imaginait la vie glamour de la jeune actrice.

« Ce matin j'ai croisé l'écrivain français dont je te

parlais hier, dit-elle à Paul ce soir-là. On a bu un café. Il est sympa. Sa femme est actrice. »

Elle avait tenu à mentionner son café du matin pour ne rien cacher à Paul – mais elle lui mentait déjà en prétendant être tombée sur Sébastien par hasard et en omettant de préciser que sa femme se trouvait actuellement en Europe.

Elle ne vit pas Sébastien les matins suivants. Un café lui avait suffi : il avait compris qu'elle était banale. Le vendredi elle l'aperçut qui quittait l'école, et l'appela. Quand il se retourna, son sourire ne semblait pas feint.

« Je suis en retard. On boit un café mardi ? »

Le mardi, comme promis, il l'attendait dans le hall pour aller au Reggio. Elle apprit qu'il faisait cours les lundis, mercredis et vendredis. Il voulut tout savoir sur sa journée du 11 septembre l'année précédente et elle lui décrivit la panique qui l'avait fait récupérer ses filles à l'école, l'immense queue au supermarché, les militaires occupant le centre-ville, les affiches avec les photos des milliers de disparus. Il pensait situer son prochain roman à New York ce jour-là.

« Tu écris un nouveau roman ?

— Pas en ce moment. Entre les cours et Lucien ce n'est pas possible. Quand j'écris, je ne peux pas être interrompu. »

En la quittant il lui dit : « À jeudi. »

La semaine suivante il faisait un temps frais, vif et ensoleillé. Elle suggéra une promenade. Ils traversèrent West Village aux rues pavées bordées d'arbres jusqu'à l'Hudson. Le vent la décoiffait et l'odeur d'iode rappelait que la mer était proche, même s'ils longeaient une autoroute bruyante. Elle fut émue de découvrir qu'il était un quart breton : une grand-mère originaire de Pont-l'Abbé lui avait légué ses yeux bridés, un trait caratéristique du pays bigouden.

Le jeudi ils retournèrent au bord de l'Hudson malgré le temps maussade. Accoudés à la rambarde, ils contemplaient les ondulations du fleuve. Ève tressaillit quand Sébastien glissa derrière son oreille une mèche de cheveux que le vent avait poussée sur ses yeux. C'était un geste intime qui sembla conduire naturellement au suivant : il prit son visage entre ses mains, se pencha et l'embrassa. Sa bouche avait un goût de café et de tabac. Elle jeta un coup d'œil circulaire par-dessus son épaule. Par ce temps gris, la promenade était presque déserte. Les bureaux du *New York Times* se trouvaient loin de là, sur la 43ᵉ Rue, mais Paul, qui écrivait un article sur les cabinets d'architectes en compétition pour la reconstruction du World Trade Center, aurait pu venir inspecter Ground Zero, tout proche.

Sur le chemin de l'école elle ne cessait de penser au moment où Sébastien l'avait embrassée, elle, une mère de famille de presque trente-neuf ans sans signe particulier. Ce baiser avait été une surprise totale – mais aussi l'aboutissement logique du plaisir coupable qu'elle avait éprouvé à le retrouver le mardi et le jeudi ces deux dernières semaines. Il lui avait dit qu'il avait envie de l'embrasser depuis qu'elle s'était enfuie de la Maison française. Elle avait avoué que c'était la première fois depuis son mariage. Il avait souri.

« Se promener, parler, s'embrasser… tu vois une différence ?

— Pas toi ?

— Quand on y pense, les tabous sont très arbitraires. »

Ce soir-là elle réussit à glisser ce baiser dans une petite case de son cerveau, à être l'Ève normale qui faisait réviser son calcul et son violon à Hannah, donnait leur bain aux filles et répondait aux drôles de questions de Houston, préparait le repas, interrogeait Paul sur sa journée. Après dîner elle dut rattraper le temps perdu le matin, répondre aux mails des clients, faire des listes, laver les poêles et les marmites en fonte, commencer à peler et couper les légumes pour la fête du samedi. Quand elle se coucha à minuit et demi près de Paul endormi depuis longtemps, elle lâcha la bride au souvenir. Il y avait quelque chose d'inouï, de bouleversant, dans ce premier contact avec un autre corps après douze ans de vie conjugale.

Il n'y aurait pas de promenade le mardi suivant car sa femme arrivait ce week-end et resterait une semaine. Elle aperçut Sébastien dans le hall quand elle alla récupérer Houston le mardi à treize heures. Il évita son regard. Une femme aux longs cheveux noirs était accroupie devant Lucien. Quand elle se releva, Ève l'observa subrepticement. Grande, elle avait l'air plus âgée que lui : trente-cinq ans au moins. Avec son long visage et son menton proéminent, ce n'était pas du tout la ravissante actrice qu'Ève avait imaginée. Le couple lui sembla mal assorti – mais cette femme n'était plus une entité abstraite. Alors qu'Ève montait l'escalier vers la classe de Houston, une douleur aiguë lui coupa le souffle.

À la maison ce soir-là, elle fut d'humeur massacrante. Les macarons sortirent du four sans le brillant qu'elle cherchait à obtenir alors qu'elle avait respecté pas à pas la recette de Pierre Hermé. Hannah, excitée d'être en vacances pour quelques jours, s'était enfermée dans la salle de bains avec Houston. L'odeur du dissolvant qu'elle utilisa pour nettoyer le flacon de vernis renversé par terre alerta Ève, qui hurlait après ses filles quand Paul rentra du bureau. L'esthéticienne de sept ans et sa cliente de quatre se terraient dans leur minuscule chambre.

« Ce n'est pas très grave », dit Paul.

Elle le foudroya du regard.

« Qu'est-ce que tu as, Ève ?

— Rien. Je suis frustrée. J'ai raté les macarons.

— Je suis sûr qu'ils sont délicieux.

— Mais non ! Ils sont mats, pas brillants. Ils sont ratés ! Ratés ! »

Elle n'aurait pas su dire ce qui la rendait aussi amère. Le dépit de s'être prise au piège et de se mettre à rêver d'une nouvelle histoire d'amour alors qu'elle avait un mari qu'elle aimait, deux filles adorables, un métier qui la passionnait ? Que venait faire Sébastien dans cette équation ?

Comme d'habitude ils fêtèrent Thanksgiving chez Rivka. Cette année Hanouka tombait juste après et Ève eut deux repas à préparer, l'un pour trente et l'autre pour cinquante personnes. Elle travailla non-stop. Paul s'occupait des filles. Elle prépara le même menu : un tajine d'agneau aux olives et aux citrons marinés par ses soins, une lotte aux petits légumes et trois salades, l'une de fenouil et de clémentines, l'autre de betteraves rôties au fromage de chèvre, à la menthe et à la grenade, la troisième de lentilles vertes aux oignons et à la pomme. Et puis sa tarte Tatin et son fondant au chocolat, deux classiques qu'elle ne risquait pas de rater. Comme toujours elle maîtrisa l'intendance à la perfection.

Quand elle retourna à l'école de Houston après les vacances, elle s'était raisonnée. Sébastien l'avait embrassée parce que l'anticipation de l'arrivée de sa femme éveillait son désir. Dans la vie d'Ève faite de tâches répétitives où tout était sous contrôle, ce baiser avait produit une décharge électrique et il brûlait dans sa mémoire comme une braise. Le souvenir finirait par s'éteindre.

Le mardi matin son cœur accéléra ses battements quand elle le vit dans le hall, assis sur un banc, les jambes croisées, en train de lire. Il l'attendait. Sa femme était repartie. Elle n'eut pas la force de dire non. Ils remontèrent la rue vers le Caffe Reggio.

« Amanda m'a apporté des marrons glacés, dit-il abruptement. Tu ne m'as pas dit que tu adorais ça ? Allons chez moi, j'habite tout près. »

Jouait-il avec elle ? Elle était sans doute ridicule de lui prêter des arrière-pensées. Il savait qu'elle aimait les marrons glacés et qu'on n'en trouvait pas à New York. Elle le suivit dans un immeuble du côté nord de Washington Square.

Le salon avec cuisine ouverte et îlot central, décoré de posters d'expositions au MET et au MoMA (Gauguin, Bacon et Kandinsky), était impersonnel, mais inondé de lumière grâce à ses fenêtres à guillotine donnant sur le parc, où les arbres au feuillage brun, orange et jaune offraient la douceur d'un tableau hollandais. Des petites voitures jonchaient le plancher. Ils ôtèrent leurs manteaux. Il sortit du réfrigérateur une boîte dorée et commença à préparer le café.

« Sers-toi. »

Les marrons glacés venaient de La Maison du Chocolat. Les meilleurs. Elle s'assit sur un tabouret haut et ouvrit la boîte, hésitant devant les friandises aux formes irrégulières dans leur papier doré.

« Sucre ? Lait ?

— Les deux. »

Elle n'eut pas le temps de boire son café. Il était devant elle, l'embrassait, et la fit se lever pour l'emmener dans la chambre.

« Sébastien, je... je ne veux pas faire l'amour.

— D'accord. »

La chambre était aussi impersonnelle que le salon. Elle se demanda s'il avait changé les draps depuis le départ de sa femme. Il lui ôta son pull, son tee-shirt et son soutien-gorge et baissa son pantalon, mais quand il voulut le lui retirer, elle résista. L'hiver elle ne s'épilait pas.

Elle le regarda se déshabiller. Il avait un long torse imberbe d'éphèbe grec et le tatouage d'une planche de surf sur l'épaule. Il se mit à la caresser et à l'embrasser sur tout le buste. Elle gardait la conscience de son corps pas assez mince aux aisselles non rasées. Glissant sa tête sous les pieds d'Ève dans le losange que formaient ses cuisses écartées et ses chevilles liées par le pantalon, il la lécha, lui procurant un plaisir qui lui permit enfin de perdre conscience d'elle-même. Son corps se crispa, ses mains appuyèrent sur la tête de Sébastien et attrapèrent ses fins cheveux châtains, elle gémit et eut un long spasme qui la laissa complètement détendue. Il s'allongea près d'elle et elle prit dans sa main son pénis, long et fin, différent de celui de Paul, mais il écarta ses doigts : il n'en avait pas envie maintenant, alors qu'elle avait déjà joui. C'était tout ce qu'il avait souhaité : la voir jouir. Dans une logique à la Bill Clinton, elle se dit qu'elle n'avait pas commis d'adultère tant qu'il n'y avait pas eu de pénétration.

Elle se rhabilla pendant qu'il préparait un nouveau café, puis s'accroupit et regarda les titres des livres éparpillés sur le sol au pied du lit, résistant à la tentation d'ouvrir un carnet qui semblait personnel.

« Qu'est-ce que tu fais ? »

Il était à l'entrée de la chambre. Elle rougit. Il ramassa le carnet et le rangea dans un tiroir.

« Tu as lu tous ces livres, Sébastien ? Ceux en anglais aussi ?

— Les soirées sont longues. Je lis mieux l'anglais que je ne le parle. »

Elle partit tout de suite après avoir bu son café et goûté un marron glacé. Elle était en retard pour un rendez-vous à Soho avec une cliente.

Sur Washington Square des musiciens portant des bonnets de Père Noël jouaient des standards de jazz près de la fontaine. La musique était si rythmée qu'elle dansa en passant devant eux, tout en déposant cinq dollars dans le chapeau par terre. Le clarinettiste la remercia d'un signe de tête. Il se mit à crachiner mais elle n'en avait cure, elle marchait tête nue sous la pluie fine sans cesser de sourire. La joie qui l'irradiait retomba brutalement quand elle alla chercher Hannah à quinze heures avec Houston et qu'elle trouva sa fille aînée dans un coin de la cour de récréation, l'air triste.

« Qu'est-ce que tu as ? »

Hannah explosa en sanglots. Elle prit la main de sa mère et la tira vers la sortie. Des enfants s'approchaient, curieux de ce chagrin offert en pâture, et la pudique Hannah redoubla de larmes. Ève la laissa avec Houston et marcha vers la maîtresse debout près d'un pilier, en train de féliciter une mère pour le bon travail de son fils. La mère s'éloigna enfin.

« Jennifer, excusez-moi, Hannah n'arrête pas de pleurer, je ne sais pas pourquoi. »

La maîtresse fronça les sourcils.

« Hannah se moque du monde. Elle a parfaitement compris les divisions. Et tout à coup elle s'est mise à faire n'importe quoi ! »

La voix dure de la jeune femme, son regard sévère terrifièrent Ève. Elle retourna vers sa fille que Houston essayait de consoler.

« Venez, mes chéries. On va aller acheter un goûter. Je t'aime, mon amour. »

En chemin Hannah lui expliqua qu'ils avaient commencé les divisions ce jour-là : d'abord elle avait compris, mais ensuite elle n'y arrivait plus, et la maîtresse avait crié qu'elle devait se concentrer. Elle l'avait traitée de bébé quand Hannah s'était mise à pleurer. Ève en avait la nausée et des bouffées de haine contre l'institutrice.

Elle raconta la scène à Paul, le soir, après le coucher des filles.

« Il faut la changer d'école. Jennifer est stressée et méchante. Le problème c'est cette école, qui évalue les maîtresses en fonction des résultats des élèves. »

Paul hocha la tête, soucieux.

« En changeant Hannah d'école, on va lui apprendre

à fuir. Et c'est pareil partout. Je pense qu'elle fait trop de choses. Il faudrait alléger les activités après l'école.

— C'est tout ce qu'elle aime ! La danse, la piscine... Et je veux qu'elle apprenne à écrire en français, c'est important pour moi.

— Alors le violon. Maman aussi pense que c'est trop. Elle pourra en faire plus tard. »

Ève fut contrariée à l'idée que Paul et sa mère parlent dans son dos de l'éducation de ses filles.

« Enlever la musique pour qu'elle fasse plus de maths ? Ah non ! »

Il changea de sujet. Il écrivait un article sur la menace que posait aux libertés individuelles l'Homeland Security Act que Bush venait de signer et il devait se rendre quelques jours à Washington pour des interviews.

« Tu vas t'en sortir seule avec les filles ? Tu veux que ma mère vienne t'aider ?

— Ça ira. J'ai un cocktail mardi, mais j'appellerai la baby-sitter.

— Merci, chérie. Je sais que tu en fais plus que moi, je suis désolé. »

La sollicitude de Paul alors que cette absence de quelques jours l'arrangeait lui fit honte. Une heure plus tard il entra dans la salle de bains où elle s'épilait à l'épilateur électrique, le visage crispé. Elle n'aimait pas ça.

« Ma pauvre ! Je croyais que tu gardais ta petite fourrure pour l'hiver ? »

Elle rit et le regarda, rassurée de le trouver beau, et drôle. Il avait un visage aux pommettes larges, de grands yeux foncés, et un corps solide qu'il avait transmis à Houston. Elle était toujours sortie avec des bruns plutôt baraqués. Sébastien avait les cheveux et les yeux clairs et un torse imberbe d'adolescent – un fantasme qu'elle n'avait jamais réalisé, songea-t-elle.

Le jeudi, Sébastien l'attendait dans le hall de l'école. Ils allèrent directement chez lui. Il avait acheté des capotes. Sa douceur inspirait la confiance. Il s'accorda à son rythme et jouit en même temps qu'elle.

Alors qu'ils étaient encore au lit, il alluma une cigarette. Elle aurait détesté que Paul fasse ça. De la cigarette de Sébastien elle aspira une longue bouffée.

« Tu as tellement de chance de vivre à New York », dit-il.

Il n'était pas pressé de rentrer à Paris où tout le monde se plaignait tout le temps. La montée du Front national le déprimait. La France était un pays archaïque. Ce n'était nulle part plus visible que dans le système scolaire : Lucien aurait un choc quand il retournerait à l'école à Paris.

« C'est tellement mieux ici !

— Ce n'est pas aussi idyllique que tu crois. »

Elle lui raconta l'incident avec Hannah, le stress qui pesait sur les enfants dès l'âge de cinq ans. Lui aussi pensait qu'il ne fallait pas renoncer au violon au profit des maths.

Elle n'aurait jamais cru qu'il fût si facile de vivre en schizophrène. Le mardi et le jeudi, deux semaines de suite, elle quitta la couche de Sébastien pour aller chercher les filles et les accompagner à la danse, à la poterie, au français, au violon ou au foot. Elle pensait à lui tout en réconfortant Hannah qui avait eu une mauvaise note en maths ou Houston qui s'était disputée avec une camarade. Tout glissait sur elle. C'était une bonne période.

Elle avait de plus en plus de commandes. Quand le relevé bancaire arriva, Paul haussa les sourcils, admiratif.

« Chérie, il est temps que tu crées ton entreprise et que tu déclares tes revenus, ou le fisc va nous tomber dessus. »

Il fallait aussi qu'elle loue un espace et embauche quelqu'un pour l'aider : qu'elle passe à la vitesse supérieure. Son énergie s'était décuplée. Elle rattrapait le soir le temps qu'elle perdait avec Sébastien, dormait à peine cinq heures et n'était pas fatiguée. Elle n'aurait pas à tenir ce rythme longtemps : dans une semaine il rentrait en France.

Paul avait-il eu des aventures ? Ève avait repéré une belle femme brune dans les photos du colloque économique brésilien où il était allé l'hiver précédent. « C'est qui ? — Mary ? Elle travaille au WSJ. — Elle est belle ! — Tu trouves ? — C'est ton genre, non ? — Ah ! » avait répondu Paul avec un sourire mystérieux.

Dix ans plus tôt, à Varsovie, Ève avait demandé à Paul, à l'improviste, si l'infidélité était pour lui un motif de rupture. Il avait réfléchi un long moment avant de répondre : « Non. Mais si ça arrive, je ne veux pas le savoir. — Pareil pour moi. Si j'apprends que tu me trompes, je te coupe les couilles. » À cette époque elle ne pouvait même pas imaginer être attirée par un autre homme, mais la réponse de Paul l'avait soulagée car elle craignait qu'un interdit radical ne déclenche en elle un désir de le transgresser.

Elle n'avait rien à craindre. Son inconscient avait des garde-fous. Elle s'était entichée d'un homme marié qui quittait New York dans une semaine pour ne pas y revenir. Sébastien aimait sa femme. Cela n'aurait pas gêné Ève de l'entendre la dénigrer, mais il professait son amour pour Amanda, qui l'avait poussé à se mettre au surf pour lutter contre un problème de surpoids (il avait perdu vingt kilos) et surtout qui l'avait encouragé à écrire et avait cru en lui : il lui devait tout. Ève ne se faisait pas d'illusions. Une relation sexuelle n'avait guère d'importance aux yeux de Sébastien – juste une valeur d'usage pour son écriture, que nourrissait l'énergie érotique. La liaison mourrait de sa belle mort quand il partirait. Ce n'était qu'une parenthèse, une petite compensation pour ce troisième bébé dont Paul ne voulait pas.

Il restait un jeudi et un mardi. La certitude de la fin proche rendait le désir plus intense. Ce jeudi-là ils firent l'amour sur l'îlot de la cuisine, dans le lit et dans la douche.

« J'ai quelque chose à te demander.

— Dis.

— Dans ton roman sur le 11 Septembre, tu n'écriras pas sur moi ? »

Il sourit sans répondre.

« Sébastien, tu dois me promettre.

— Je promets de te rendre méconnaissable si tu t'invites dans mon roman. Banquière aux cheveux courts et frisés, avec trois fils, mariée à un Chinois. Ça te va ? »

Elle soupira. Entre tous les métiers possibles, il avait fallu qu'elle tombe sur un écrivain. Paul, heureusement, ne lisait pas le français.

Le samedi matin, ils emmenèrent les filles comme chaque année voir le sapin de Noël du Metropolitan. Quand ils entrèrent dans la salle, elle reconnut la haute silhouette. Il était trop tard pour sortir. Sébastien la vit.

« Ève ! »

Il y avait trop de familiarité joyeuse dans son ton. Sourire figé, elle s'avança et articula d'une voix forte :

« Oh, bonjour ! Voici mon mari, Paul. Paul, c'est Sébastien et son fils Lucien, qui va à l'école de Houston.

— Enchanté », dirent les deux hommes en même temps.

Un ange passa tandis qu'elle cherchait désespérément quelque chose à ajouter. Elle n'avait qu'une image en tête : les cheveux grisonnants sur les tempes de Paul. Elle fit un immense effort pour prononcer une phrase.

« Le sapin est beau, hein ? Bon, salut. Bonne journée ! »

Elle se dirigea comme une automate vers ses filles qui examinaient une décoration de Noël en forme d'ange. Paul la suivit. Sébastien quitta la salle avec Lucien.

« C'est l'écrivain français dont tu m'as parlé ?

— Oui.

— Tu le vois souvent ? »

Elle rougit jusqu'au bout des oreilles.

« On a bu un café deux ou trois fois. »

Il la connaissait trop bien pour ne pas sentir son malaise. La joie de la sortie en famille était gâchée. Ils marchèrent dans le parc en silence, plus éloignés l'un de l'autre que si un océan les avait séparés. Houston trébucha en courant après sa sœur et s'écorcha le genou ; la diversion fut bienvenue.

Il était temps que Sébastien parte.

Il ne restait qu'un matin. Les valises étaient ouvertes dans les chambres et déjà remplies. Elle regardait par les fenêtres les arbres du parc dont seraient bientôt tombées toutes les feuilles. Elle lui avait apporté un petit paquet de macarons, dont elle avait enfin réussi la cuisson. Ils parlèrent de la rencontre au Met.

« Qu'est-ce que j'étais mal à l'aise !

— Ça se voyait.

— Je n'ai pas assez de sang-froid pour mentir.

— Tu manques de pratique. »

Les romans en français et en anglais qu'il avait lus pendant son séjour étaient posés en piles sur le plancher du salon. Il ne prenait que celui de son amie Chantal Thomas, qui était dédicacé, et lui donna un sac en toile de la librairie Strand pour emporter tous ceux qu'elle voulait. Avant de sortir de chez lui, il l'embrassa tendrement sur les paupières et sur les lèvres.

« Merci, Ève. *It was fun.* »

Le jeudi, quand elle quitta l'école après avoir déposé Houston, elle se retrouva désœuvrée. Sébastien avait atterri à Paris ce matin-là.

Elle pensait à lui tout le temps, au retour de l'école, à la maison en cuisinant ou en s'occupant des filles, en dînant avec Paul, en lisant les romans qu'il lui avait donnés et qui perpétuaient le lien. Elle n'utilisait plus que le cabas de la librairie Strand comme sac à main. Elle se réveillait en ayant rêvé qu'ils faisaient l'amour. Elle voyait son visage aux yeux bridés se pencher sur elle, elle entendait sa voix. Heureusement, après le calme des deux semaines suivant Thanksgiving, l'activité reprit. Elle eut trois fêtes de Noël à organiser dans la même semaine. Le travail était une bouée de sauvetage. Pétrir la pâte l'apaisait. L'odeur des oignons, du basilic, de la coriandre, du cumin, de la cannelle ou du gingembre la réconfortait. Le 22 décembre, Paul et elle confièrent les filles à Rivka. Trois jours avant Noël, il n'était pas question d'un dimanche au lit : il fallait acheter les cadeaux. Elle en fut soulagée. Elle avait besoin de s'ôter Sébastien de la peau pour retrouver Paul, à qui elle mentait davantage maintenant que l'écrivain était parti.

Elle traversa les vacances de Noël comme un zombie, préparant les repas commandés sans commettre d'erreur, sauf pour le pain d'épices dont elle n'avait pas respecté la recette au gramme près et qui se révéla immangeable. Le 25 décembre, on étrenna les trottinettes à Central Park. C'était la même routine que chaque année, mais Ève était distraite et ne prêtait pas attention, alors qu'il faisait très froid, au bonnet manquant sur la tête d'Hannah. Paul sentit sa tristesse.

« Tu travailles trop, Ève. Il faut que tu apprennes à dire non. »

Il pensait que cette humeur, qu'il fallait bien appeler une dépression, était liée au manque de lumière naturelle dans l'appartement. C'était pire en hiver. Il avait un collègue qui venait d'acheter une maison avec un jardin à Brooklyn pour un prix abordable. Il passait ses soirées à calculer emprunts immobiliers et taux d'intérêt. Elle n'avait pas l'énergie de s'y intéresser, ni de commencer à visiter des maisons ou à chercher une cuisine. Quant Elysa lui envoya le numéro d'un avocat pour créer son entreprise, elle n'arriva pas à le contacter.

Elle se rappelait ce qu'elle avait éprouvé quinze ans plus tôt quand un étudiant taïwanais de Tufts lui avait fait essayer une marijuana puissante. Elle avait senti la drogue s'emparer d'elle, contrôler son corps et son esprit, la faire s'étouffer de rire et puis crier de peur ; il n'y avait rien d'autre à faire qu'attendre la fin de l'intoxication. Une liaison était une addiction : le sevrage prenait du temps.

Les filles reprirent l'école. Après l'activité frénétique des fêtes de fin d'année, Ève n'avait plus de commandes. Le matin elle lisait les livres que Sébastien lui avait laissés. Plusieurs fois le téléphone sonna et elle se précipita, horrifiée d'être déçue en reconnaissant la voix de Paul. Pour ses trente-neuf ans, le 10 janvier, son mari lui offrit trente-neuf roses blanches.

Le lendemain elle trouva un paquet dans la boîte aux lettres. Elle déchira l'enveloppe, mue par l'espoir que Sébastien s'était rappelé la date de son anniversaire et lui envoyait un de ses romans, mais elle ne trouva que des photos en noir et blanc d'immeubles parisiens. Une publicité immobilière ! Les agences françaises ne reculaient devant aucun frais pour attirer les clients d'outre-Atlantique. En les jetant à la poubelle, dépitée, elle aperçut une feuille pliée en quatre qui avait glissé sur le tapis. Une lettre manuscrite. L'auteur n'en était pas Sébastien, mais un certain Mohammed, évoquant un édredon qu'elle lui avait donné. Ces mots firent jaillir le souvenir du photographe sans abri dans l'entrée de son immeuble. Il avait appelé chez ses parents pour lui offrir son portrait vingt ans plus tard, en remerciement ; son père lui avait appris qu'elle ne vivait plus en France et lui avait donné son adresse à New York. Il avait photographié les rues de son quartier en souvenir d'elle. La nuit où il l'avait rencontrée, écrivait-il, il était si désespéré qu'il avait prévu de se jeter dans la Seine au matin. La gentillesse d'Ève avait ouvert une porte. Peu après il avait trouvé un emploi et un logement. Il était aujourd'hui marié, père de deux enfants, français, et il avait réalisé son rêve : il était photographe.

Elle récupéra les photos dans la corbeille. Elles étaient très belles avec leurs ombres fortes, géométriques. Elle se souvint qu'elle avait espéré autrefois que le paquet de Mohammed vienne de Stéphane dont elle était amoureuse, tout comme elle avait maintenant désiré un envoi de Sébastien. Elle n'avait pas changé. Narcissique et ingrate. Avait-elle jamais remercié, vingt ans après, quelqu'un – un ami, un professeur – qui l'avait aidée à un moment décisif ? Elle ne voyait même pas la beauté des roses blanches que Paul lui avait offertes. Elle se détesta.

« Il est où, le papa de Lucien ? » lui demanda Houston en sortant de l'école.

Ève sursauta.

« Il est rentré en France, pourquoi ?

— C'est pour ça que t'es triste ? »

Il faut se méfier des enfants. Ils savent.

Ève aimait Paul – pas juste comme le père de ses enfants, son ancre, l'homme avec qui elle partageait la vie matérielle. Elle l'aimait. Pour lui elle avait quitté son fiancé français et la France. C'était l'homme de sa vie. Était-il possible que, quatorze ans après, tout recommence ? Que l'amour soit juste un cycle ? Était-elle inconstante et superficielle ? Avait-elle hérité de son père biologique un sang vicié ? Elle s'était enfuie de Rome à vingt ans, elle avait effacé Alberto Moretti de sa vie et de sa mémoire. Elle se rappela cette phrase des *Épîtres* d'Horace : *Naturam expellas furca, tamen usque recurret.* « Chasse la nature à coups de fourche, elle reviendra toujours en courant. »

Le téléphone sonna le mercredi 15 janvier à dix heures, alors qu'elle rentrait chez elle après avoir déposé les filles.

« Ève. »

Elle se mit à pleurer.

« Ça ne va pas ?

— Si ! Je suis heureuse de t'entendre. Tu es bien rentré ? demanda-t-elle d'une voix émue en refoulant ses larmes.

— Oui. Je me suis mis au travail, ça avance bien. Tu me manques. »

Elle avala sa salive.

« Toi aussi.

— Ma femme part tourner un film en Inde pendant trois semaines en février. Tu ne veux pas venir à Paris ? »

Quand elle raccrocha, elle était sortie de sa stupeur. Sébastien voulait la revoir. Elle trouverait un moyen. Ce serait juste pour une fois et puis ce serait fini. Elle savait qu'elle anéantirait d'un coup tous les efforts accomplis depuis son départ. Mais la possibilité était là, elle n'avait pas la force de renoncer.

Il ne fallait pas dramatiser. Un petit adultère quand on allait sur ses quarante ans, en 2003, c'était la chose la plus banale au monde. Au dix-neuvième siècle c'était la femme de trente ans. Au siècle qui venait de commencer, ce serait la femme de cinquante. Il y avait un océan entre elle et Sébastien, ils étaient tous les deux mariés, ils avaient chacun leur vie, le temps ferait son œuvre, elle n'avait simplement pas vécu l'aventure jusqu'au bout. Paul n'en saurait rien. Elle ne lui causerait aucun tort.

Elle lui dit qu'elle souhaitait aller en France pour l'anniversaire de sa mère.

« Excellente idée, chérie. Tu as besoin de changer d'air. »

Rivka fut d'accord pour remplacer Ève quelques jours. Elle acheta un billet pour le 16 février.

Bien entendu, Hannah tomba malade la deuxième semaine de février, huit jours avant le départ de sa mère. Comme elle avait de la fièvre, Ève l'emmena chez le pédiatre. Ce n'était qu'un rhume. Craignant de l'attraper et d'arriver à Paris avec un nez rouge peu sexy, elle se bourrait de vitamines et de zinc. Elle garda Hannah à la maison et passa ses journées avec elle, ne sortant que pour accompagner Houston à l'école à vélo, quinze minutes aller-retour, pendant qu'Hannah dormait encore. La baby-sitter, Rivka ou Paul la ramenait en début d'après-midi.

Le jour de son départ approchait. Comme Hannah avait toujours de la fièvre, le médecin prescrivit des antibiotiques.

Le jeudi 13, Rivka alla chercher Houston. Elle devait examiner avec Ève l'emploi du temps de ministre de ses petites-filles. Elle entra dans la chambre où Hannah dormait. Une odeur aigre flottait dans la pièce. Rivka se baissa et mit sa main sur le front de l'enfant.

« Elle est bouillante.

— Hannah a toujours des fièvres élevées. Elle a commencé les antibiotiques hier soir, d'ici demain ça ira mieux. »

Rivka fronça les sourcils.

« Tu es sûre que tu devrais partir dimanche ?

— Le médecin n'est pas inquiet, Rivka. Si elle ne peut pas aller à l'école, Paul se débrouillera pour travailler à la maison lundi. Vous pourrez venir mardi et mercredi ? La baby-sitter est libre jeudi et vendredi.

— Écoute, je pense que tu devrais remettre ton voyage. Ta mère comprendra. Si tu ne peux pas changer ton billet, je t'aiderai à en racheter un. »

L'irritation d'Ève augmenta.

« Merci, Rivka. On verra demain. »

Cela faisait six jours qu'elle n'était pas sortie de la grotte de son appartement en dehors de ses quinze minutes de vélo matinales et d'un aller-retour un soir pour livrer des plats à un producteur de musique. Le vendredi matin, l'avant-veille de son départ, en rentrant chez elle après avoir déposé Houston par un froid glacial, elle tomba sur deux flics à vélo alors qu'elle venait de passer au feu rouge dans une rue déserte. Ils la coursèrent et la bloquèrent comme une criminelle, chacun d'un côté du vélo. Elle dut payer tout de suite l'amende de soixante-quinze dollars – ou il aurait fallu les suivre au poste, car elle n'avait pas ses papiers. N'avaient-ils rien d'autre à faire qu'humilier une mère de famille qui venait de conduire son enfant à l'école, comme l'indiquait clairement le siège vide sur son porte-bagages ? Elle faillit leur dire qu'une petite fille malade l'attendait à la maison et se retint à temps. Laisser un enfant seul, c'était un crime. Ils déclencheraient une enquête des services sociaux, on risquait de leur enlever les filles. Elle avait envie d'agonir les flics d'injures mais se contenta de leur tendre l'argent avec un regard plein de mépris et repartit, la rage au cœur, en s'arrêtant aux feux.

Un message était scotché sur sa porte d'entrée : « *Litle girl in my stor at corner.* » Ève entra chez elle, le cœur battant :

« Hannah ? »

Elle se précipita dans la chambre : le lit superposé était vide. Hannah n'était ni dans la cuisine, ni aux toilettes, ni dans le lit de ses parents. Ève courut à l'épicerie coréenne du coin de la rue, où elle trouva sa fille assise sur une chaise en plastique dans son pyjama bleu clair, en chaussons, pâle et fluette, les pommettes trop rouges, les yeux brillants, ses fins cheveux blonds rendus graisseux par la fièvre. L'épicier lui dit qu'il l'avait entendue appeler maman dans la rue et l'avait amenée dans son magasin. Il avait un enfant de son âge. Ève le remercia abondamment et rentra en tirant par la main Hannah, avec une certaine brusquerie. La paume de la petite était brûlante.

« Qu'est-ce qui t'a pris, Hannah ?

— Je me suis réveillée et t'étais pas là, j'ai eu peur.

— Mais tu sais que j'emmène Houston à l'école le matin ! Tu dois m'attendre à la maison ! Je dois pouvoir te faire confiance ! Dehors en pyjama par ce froid ! On dirait que tu le fais exprès ! Tu essaies d'être encore plus malade ? Tu veux m'empêcher d'aller à Paris pour l'anniversaire de Franny, c'est ça ? »

Ève était prise de rage, comme si sa fille lui avait noué une corde autour du cou et l'étranglait.

« Pardon, maman, pardon ! »

Elle décida de ne pas parler de l'incident à Paul.

Le soir il rentra avec un bouquet de roses rouges pour la Saint-Valentin. La fièvre d'Hannah était si élevée qu'on sentait la chaleur émanant du lit dès le seuil de la chambre. Le thermomètre indiquait 41,8 °C. De toute évidence les antibiotiques prescrits par le pédiatre n'étaient pas efficaces. Il était trop tard pour le joindre. Fallait-il aller à l'hôpital maintenant ou attendre le matin ? Les urgences étaient pleines de gens qui avaient toutes sortes de maladies contagieuses. Mais la fièvre était vraiment élevée, et Hannah ne réagissait pas quand ils prononçaient son nom. Ils appelèrent Becky.

« Allez à l'hôpital. »

Ils l'enveloppèrent dans une couverture. Paul sortit héler un taxi.

Ève essayait de lire un roman sans réussir à se concentrer. Les heures passaient. L'attente aux urgences était toujours longue. Il était une heure quand le téléphone finit par sonner.

« Hannah est avec le médecin, chérie. Tu pourrais venir à l'hôpital ?

— Maintenant ? Pourquoi ? Je ne peux pas laisser Houston toute seule !

— Ma mère va arriver. Elle a pris un taxi, elle sera là dans cinq minutes. »

Il avait donc appelé Rivka une demi-heure plus tôt pour lui donner le temps de traverser Manhattan. Le ton neutre de Paul, sa voix calme ne reflétaient aucune panique, mais elle le savait capable de garder ses émotions sous contrôle aux pires moments de sa vie. Elle eut un horrible pressentiment et cria :

« Paul, qu'est-ce qui se passe ?

— Hannah a été prise de convulsions quand on est arrivés aux urgences. Elle est en réanimation. Elle sera heureuse de te voir quand elle se réveillera. »

Les mots « convulsions » et « réanimation » ouvrirent un abîme. Un frisson glacé la parcourut.

« Elle est dans le coma ?

— Ils la surveillent. Ça va aller. Viens. Je t'attends. »

Ève se tenait au bord d'un gouffre qu'elle ne pouvait pas contempler. Que lui cachait Paul ? Elle avait à peine raccroché que son corps fut secoué de mouvements saccadés comme si elle était une marionnette tirée par des fils dans des directions contraires. Ses dents s'entrechoquaient bruyamment. Elle ne pouvait pas s'arrêter de trembler : elle avait perdu la maîtrise de son corps. On frappa à la porte. Elle parvint à peine à marcher jusque-là. Rivka entra et pressa fermement contre sa grosse poitrine sa belle-fille agitée de soubresauts.

« Hannah va s'en sortir, Ève. Elle est dans de bonnes mains. »

Rivka avait demandé à son taxi d'attendre Ève, qui enfila sa doudoune et sortit en tremblant toujours aussi violemment. Elle ne pouvait même pas pleurer.

Aux urgences de Saint-Vincent elle retrouva Paul, qui la prit dans ses bras. À la force avec laquelle il la serra contre lui, elle sentit le degré de sa peur. Il pleurait. Mais Hannah était vivante. Les tremblements convulsifs d'Ève s'arrêtèrent enfin. Ils s'assirent côte à côte en se tenant la main, et passèrent des heures silencieuses à prier ils ne savaient quel dieu, puisque ni l'un ni l'autre n'était croyant. Mais ils priaient, leur pensée concentrée sur leur fille, l'accompagnant, la soutenant dans sa lutte. À l'aube un médecin leur annonça qu'Hannah survivrait. S'ils étaient restés chez eux au lieu d'aller à l'hôpital, elle serait morte. Il s'agissait d'une méningite à méningocoque du groupe B, une infection bactérienne de la muqueuse du cerveau et de la moelle épinière.

Ils passèrent deux semaines à l'hôpital. Ils arrivaient à huit heures du matin et y restaient jusqu'à vingt heures.

Hannah fut gardée dix jours en soins intensifs. Son tout petit corps maigre était branché à une multitude de tubes et recevait des antibiotiques par intraveineuse. Elle avait perdu tant de poids qu'on voyait ses côtes comme si sa peau était transparente. Au bout de dix jours, elle fut transférée au service de pédiatrie. Une autre série de tests commença, afin d'évaluer les éventuelles lésions cérébrales. Quand ils apprirent qu'il n'y aurait aucune conséquence durable sinon une perte d'ouïe partielle à gauche, Ève, Paul et Rivka chantèrent alléluia dans leur cœur. Hannah eut une lente convalescence et ne put retourner à l'école avant deux mois, cette école pour enfants doués qui ne voulut même pas la reprendre en avril parce qu'elle avait été trop longtemps absente et ne pourrait pas rattraper son retard. On la punissait d'avoir failli mourir ! Ni Paul et Ève, ni Rivka, ni leurs amis ne pouvaient le croire. Le père de Paul leur paya un avocat. Ils firent à l'école un procès qu'ils gagnèrent, puis transférèrent Hannah dans un autre établissement qui l'accueillit avec joie.

Les cheveux de Paul étaient devenus gris.

Le dimanche où Ève aurait dû décoller pour Paris, la semaine qu'elle aurait dû passer là-bas s'étaient écoulés sans qu'elle y pense. Elle avait appelé Sébastien le dimanche matin avant de retourner à l'hôpital, pendant que Paul prenait sa douche. Elle avait laissé un message disant que sa fille était très malade. Elle n'était pas du genre à disparaître sans un mot. Mais la peur qui avait envahi son corps quand son mari avait appelé de Saint-Vincent la nuit du vendredi avait mis fin à l'envoûtement comme un électrochoc. Sébastien n'était rien. Seuls comptaient Paul et ses filles.

CHAPITRE 7

Un bon père

1999-2010

« Isabelle, désolée ! La baby-sitter était en retard, Zack ne voulait pas me laisser partir, et le métro est resté bloqué dans un tunnel !

— Tu es là. Entre. »

Clarisse pénétra dans le salon où les invités buvaient et bavardaient depuis une heure. Isabelle lui présenta deux hommes qu'elle ne connaissait pas. Deux célibataires.

« Emmanuel vient de divorcer et il a trois enfants, comme toi. »

Le sourire crispé du banquier collègue d'Antoine dissuada Clarisse de faire une blague. L'autre homme, qui portait un grand pull mou détonnant dans le salon bourgeois d'Isabelle, tenait entre deux doigts un blini au tarama qu'il s'apprêtait à enfourner. Elle entrouvrit espièglement les lèvres. Il déposa le blini sur sa langue et fit un signe de croix.

« Au nom du Père, du Fils et du Saint-Esprit. »

Le banquier semblait consterné. Ils rirent.

« François est peintre, dit Isabelle. Clarisse travaille à la galerie Lelong.

— Vous avez étudié l'histoire de l'art ?

— Non. Je réponds au téléphone. On m'a embauchée parce que je me débrouille en anglais et en italien, et que la veille de l'entretien j'avais appris trois phrases d'allemand et de chinois.

— Vous voulez dire de mandarin ? » la reprit le banquier.

Le peintre échangea avec elle un regard complice. À table elle fut placée entre les deux célibataires mais ne parla qu'avec lui. Son sourire à fossettes et ses joues plates, presque creuses, lui rappelaient un acteur américain dont elle ne retrouvait pas le nom.

« Willem Dafoe ? »

Elle n'était visiblement pas la première à le penser. Comme tous les artistes de sa connaissance, il l'interrogea sur la galerie.

« Vous avez rencontré Louise Bourgeois ?

— Non. J'y suis seulement depuis cinq mois.

— Elle est vieille, remarquez, peut-être qu'elle ne quitte plus New York. Vous avez lu son poème *Ode à ma mère* ?

— Non.

— Il permet de comprendre pourquoi elle a appelé *Ma mère* son énorme araignée en bronze. Le tissage, bien sûr. Ses parents restauraient des tapisseries et sa mère tissait. Et les araignées sont intelligentes, patientes, utiles, calmes, propres, rapides, sereines, observatrices et prudentes comme l'était sa mère. »

Elle n'aurait jamais cru qu'on puisse utiliser tant d'adjectifs positifs pour qualifier ces effrayantes bestioles. Il passa le dîner à lui parler, sans l'ennuyer, des différentes sortes d'araignées et de leurs ruses pour attirer leurs proies, se protéger des prédateurs, ou de celles des mâles pour s'accoupler avec des femelles plus grosses qu'eux qui risquaient de les dévorer. Quand elle partit, il lui demanda son numéro. Isabelle l'accompagna à la porte, contente.

« J'étais sûre que vous alliez vous entendre. »

Une semaine passa, puis une deuxième.

Clarisse voyait son corps dans le miroir de la salle de bains. Paris regorgeait de femmes plus jeunes, qui n'avaient pas porté trois enfants.

*

Elle préparait le dîner en écoutant la radio quand elle entendit un bruit d'explosion, tout proche.

« Martin ? Lucas ? »

Elle se précipita dans le salon et vit ses trois fils sains et saufs, l'air abasourdi. Elle suivit leur regard : la lampe en verre de Murano bleu clair que lui avait offerte Mehdi pour son mariage était brisée en mille morceaux. Par terre, entre le canapé et la table basse, elle aperçut le ballon de foot. Elle se tourna vers Martin.

« Tu es débile ou quoi ? À treize ans, jouer au foot dans le salon ?

— Maman c'est pas moi, c'est Lucas qui…

— Je ne veux pas savoir qui c'est ! Tu es l'aîné ! Va chercher le balai et l'aspirateur ! »

Elle s'agenouilla pour rassembler les bouts de verre. Son cadet voulut l'aider.

« Ne touche pas ça, Lucas, tu vas te couper. »

Elle balaya, ramassa les plus grands éclats à la main. Le

téléphone sonna au moment où Martin allumait l'aspirateur. Zack courut attraper l'appareil.

« Tiens, maman.

— Qui ? » demanda Clarisse dans l'écouteur. Elle éloigna le téléphone. « Martin, arrête cet aspirateur, je n'entends rien ! »

« François Dolbecq. »

Le nom ni la voix n'éveillèrent aucun écho.

« L'arachnophile. On s'est rencontrés chez Isabelle.

— Ah oui. Vous tombez mal, excusez-moi. » Elle faillit raconter l'incident et se retint : elle n'entendrait plus parler de lui. « Vous pouvez rappeler dans une demi-heure ? »

*

Pour ce premier rendez-vous galant en neuf mois – ou même en quatorze ans – elle décida de porter sa tenue de travail, un jean et un chemisier sobre, d'autant plus qu'elle se rendrait directement de la galerie au restaurant dans le quartier des Halles. Mais en passant devant une boutique près de Saint-Eustache, elle remarqua une robe portefeuille en jersey gris en vitrine. Elle entra l'essayer. Parfaitement coupée, la robe mettait en valeur son décolleté. Tant qu'elle y était, elle prit aussi un manteau et garda l'ensemble sur elle. Dans une boutique de lingerie elle fit l'acquisition d'une parure en dentelle haut de gamme, dont le soutien-gorge à armature offrait un excellent support. Non loin se trouvait un chausseur de grande marque : elle acheta la paire d'escarpins à boucles dont elle avait envie depuis longtemps. En vingt minutes elle avait dépensé son salaire d'un mois.

Elle était nettement plus élégante que François, qui portait le même vieux pull à mailles lâches. Il lui posa des questions sur sa vie ; elle oublia de rester légère et joyeuse. Il écoutait si attentivement qu'on avait envie de tout lui dire, comme à Mehdi. Elle raconta son mari tombé amoureux de sa meilleure amie, son père qui avait abandonné sa mère quand elle avait deux ans, sa mère alcoolique qui avait failli la tuer quand elle en avait dix-huit, le mégot mal éteint dans la poubelle de la cuisine, l'odeur qui l'avait réveillée, les flammes montant jusqu'au plafond.

« Quand j'étais ado je pensais que sa folie avait fait fuir mon père, mais ensuite j'ai compris que c'était sa faute à lui. Il a abandonné ma mère avec un bébé. Il y a deux ans, elle a fait quelque chose qui nous a beaucoup rapprochées. Quand mon meilleur ami est tombé malade du sida, c'est elle qui s'est occupée de lui, elle que je ne voulais pas lui présenter autrefois parce qu'elle me faisait honte. Elle lui tenait la main quand il est mort... »

L'émotion lui coupa la voix. François l'écoutait gravement. Lui aussi devait avoir des amis morts du sida.

« Tu me fais parler, parler, parler... Et toi ?

— Quoi, moi ?

— Tu n'as pas d'enfants ?

— Non. Je ne veux pas être responsable d'un autre être.

— J'admire que tu sois conscient de tes limites. »

Ils avaient passé cinq heures ensemble et la conversation aurait pu se poursuivre. Mais les garçons allaient à l'école le samedi matin et elle travaillait.

Elle avait senti que François avait la patience d'une

araignée, mais au bout de trois semaines sans nouvelles elle conclut qu'un étalage si rapide de son intimité avait dû lui faire peur. Tant pis. Elle en avait assez de rester sur ses gardes. Cette soirée avait eu une conséquence positive en ranimant son envie d'écrire.

Elle s'était réveillée le lendemain du dîner avec l'image de la cuisine en flammes, de sa mère comateuse sur le canapé du salon, de sa course en chemise de nuit vers la caserne de pompiers à deux rues de là. Elle se leva et prit des notes avant de préparer le petit déjeuner des garçons. Pendant quinze jours elle mit son réveil et écrivit de six heures à sept heures. Elle remplit presque cinquante pages au stylo à plume en commençant avec l'incendie et en remontant vers le passé. Quand elle en vint à ce qui s'était passé l'été de ses seize ans et se remémora la réaction de ses parents à qui elle l'avait révélé quelques mois plus tôt, elle resta la plume en l'air. Le lendemain elle éteignit son réveil, trop fatiguée pour se lever.

*

Lucas avait reçu son bulletin du premier trimestre. Il n'avait la moyenne nulle part. Presque tous les jours Clarisse devait signer un mot dans le carnet de correspondance parce qu'il avait oublié un livre à la maison ou un devoir à faire. Chaque matin il avait mal au ventre. Elle l'avait emmené chez le pédiatre : cliniquement il n'y avait rien.

Clarisse avait parlé à la maîtresse de sa situation personnelle, mais cette femme, par ailleurs pas méchante, avait trente-deux élèves et Lucas n'était pas le seul gamin dont les parents s'étaient séparés. Quelle place y avait-il dans le monde pour un enfant qui détestait l'école ? Il n'aimait qu'une chose : chanter. Hendrik – ou Irina – lui avait transmis ce don. Il avait une voix cristalline et une oreille parfaite. Lui qui n'arrivait pas à apprendre une poésie pour l'école se rappelait n'importe quel air et les paroles de toutes les chansons. Clarisse l'avait inscrit au Conservatoire mais il n'avait pas réussi à valider son année de solfège, trop abstrait pour lui : on ne l'avait pas gardé. Sa grand-mère lui donnait des cours de chant.

De son côté, Martin, qui n'avait aucune difficulté scolaire, était devenu d'un jour à l'autre un collégien rebelle qui répondait avec insolence et passait du hard rock à tue-tête dans sa chambre, l'ancienne chambre de Clarisse et Hendrik, qu'elle lui avait laissée parce qu'il ne supportait plus de partager sept mètres carrés avec ses frères et que Zack devait vraiment quitter son berceau. Il fallait qu'un voisin sonne à la porte pour qu'il baisse le volume, et encore. Elle n'avait aucune prise sur lui. Quant au bébé, qui n'était plus un bébé puisqu'il avait trois ans « et demi », il imitait le frère aîné qu'il idolâtrait. Le jour où il dit à sa mère : « T'es trop conne », le contraste entre la grossièreté de l'insulte et la bouille adorable de son dernier-né était si fort qu'elle ne put s'empêcher de rire. Zachary, qui sentait qu'il avait dépassé les bornes, se mit à rire aussi. Elle le prit dans ses bras et le chatouilla en le couvrant de baisers, mais elle comprit qu'elle devait faire attention : il risquait de mal tourner.

Il était suffisamment difficile pour une mère célibataire – ce qu'elle était depuis qu'Hendrik était parti vivre à Bordeaux où Bérangère avait été embauchée chez

Mollat – de jongler avec le travail, la vie matérielle et les besoins de trois enfants : elle n'avait pas de place pour un homme. Même quand tout se passait bien, il était rarissime de supporter les enfants des autres. Trois garçons, ça faisait du bruit et ça prenait de la place. Il n'était pas question de les exposer à la maltraitance, surtout le fragile Lucas. Elle ne ramènerait jamais chez elle un étranger qui risquait de leur parler sans amour.

*

Elle était assise à son poste, quand la porte de la galerie s'ouvrit et François se dirigea droit sur elle avec un large sourire. Sa présence électrisa l'air, effaçant en une seconde la déception qu'avait produite son silence. Il s'accouda au comptoir et lui dit qu'il rentrait de voyage : il avait participé à une exposition collective à Berlin et en avait eu une personnelle à Lisbonne.

« Tu finis à quelle heure ? »

Le directeur de la galerie sortit de son bureau. Clarisse fit semblant de chercher un papier. Il dévisagea le peintre, s'approcha et lui tendit la main :

« François Dolbecq ? Ravi de vous rencontrer. J'ai vu votre travail à la Fiac. »

Clarisse apprit ainsi que François n'était pas un total inconnu comme la plupart de ses amis artistes. Le directeur lui fit visiter l'exposition de Francis Bacon et autorisa Clarisse à sortir plus tôt. Ils allèrent boire un café près du métro Miromesnil avant qu'elle file s'occuper des enfants.

Quelques jours plus tard il l'invita dans un petit restaurant de son quartier et lui offrit une édition reliée des *Métamorphoses* d'Ovide datant de 1674, avec quinze gravures anciennes.

« Lis le mythe d'Arachné. Ça devrait te plaire. »

Ils parlaient sans arrêt ou plutôt elle parlait et il absorbait ses paroles en la fixant de ses yeux dont le bleu tirait sur le gris. Vers une heure il l'aida à trouver un taxi sur un boulevard et la laissa repartir sans l'avoir embrassée.

Il ne lui demanda pas où elle comptait passer la soirée dont tout le monde vous bassinait les oreilles depuis un an et qui se devait d'être extraordinaire parce qu'on changeait de millénaire. Clarisse avait expédié les enfants à Bordeaux en payant elle-même les trois billets de train ; elle était invitée à plusieurs fêtes mais resta chez elle avec Ovide. Elle rit en lisant les mots que la jeune tisseuse, fille de berger, adressait à Athéna déguisée en vieille femme : « Vieille idiote, va donc dire ça à ta fille ou ta belle-fille ! Si Athéna a quelque chose à me dire, qu'elle vienne ! A-t-elle peur d'un concours avec moi ? » Une rebelle osant défier les dieux. Athéna laissant tomber son déguisement pour apparaître dans sa splendeur de déesse n'avait pas impressionné Arachné davantage. Clarisse trouvait les araignées de plus en plus aimables. François l'appela le 1er janvier à treize heures et l'invita chez lui. Il habitait un studio rue du Poteau et vivait comme un étudiant, avec un grand matelas par terre.

« J'avais oublié comme c'était bon, dit-elle en caressant sa peau chaude.

— Ça fait si longtemps ?

— Personne depuis la rupture, à part un ex en avril. Les occasions n'ont pas manqué…

— J'en suis sûr.

— … mais j'avais besoin de faire le vide. »

Ils restèrent trois jours au lit en écoutant Miles Davis, Billie Holiday, João Gilberto, Helen Merrill et Nina Simone, et en décongelant de temps en temps une pizza, infâme et délicieuse.

Même si ça ne devait pas durer, cette escapade lui aurait au moins permis de moins souffrir en entendant ses fils, de retour de Bordeaux, parler de Bérangère comme s'ils avaient oublié qu'elle leur avait volé leur père.

Mais ça durait. Un ou deux soirs par semaine elle prenait une baby-sitter et allait chez François. « Ton amoureux », disaient ses fils. Il avait hâte de les connaître. Elle reculait le moment. Elle craignait que les enfants ne l'aiment pas et que leur nombre ne l'effraie. François ignorait les impératifs d'une vie de famille. Il travaillait la nuit, se réveillait rarement avant midi. Il était probablement aussi égoïste que le vieil homme de son immeuble qui ne lui tenait jamais la porte du temps où elle sortait avec la poussette, et qui se plaignait maintenant qu'elle laisse au rez-de-chaussée, sous l'escalier, le tricycle de Zachary au lieu de le porter jusqu'au cinquième étage.

*

François vint déjeuner rue des Pyrénées un dimanche de la mi-février et apporta cinq éclairs au chocolat et des fraises Tagada. Il parla de rock avec Martin, examina la collection d'images Pokémon de Lucas, construisit avec Zachary une tour en Kapla plus haute que l'enfant.

Après son départ, Martin dit qu'il était « OK ». C'était un énorme compliment de sa part.

François fut réinvité le dimanche suivant et cela devint un rituel. Un samedi de la fin mars il vint dîner pour la première fois. Ils regardèrent un film de Charlie Chaplin et rirent à gorge déployée. Elle n'eut pas le cœur de le chasser à quatre heures du matin. Il mit son réveil à neuf heures, s'habilla avant que les enfants se lèvent et descendit acheter des croissants.

Il passait plusieurs nuits par semaine chez elle. Ils n'avaient pas de chambre à eux et dormaient dans le canapé-lit. Elle avait du mal à se détendre, craignant que Zachary ou Lucas ne surgisse dans le salon après un cauchemar. Le lundi la galerie était fermée. Ils se retrouvaient rue du Poteau ou rue des Pyrénées et restaient au lit jusqu'à ce qu'elle aille chercher les enfants.

L'appartement de quarante-six mètres carrés était vraiment petit pour cinq. Elle s'était séparée d'Hendrik au moment où ils s'apprêtaient à en chercher un plus grand. François suggéra d'emménager ensemble et offrit de payer la moitié du loyer, alors qu'il était seul et eux, quatre.

Quand elle en parla aux enfants, ils poussèrent des cris de joie.

*

Le T4 au troisième étage d'une tour moche de la place des Fêtes n'avait aucun charme mais cochait les cases : un salon lumineux, trois chambres dont une spacieuse pour Zack et Lucas qui devraient la partager parce qu'un appartement avec quatre chambres coûtait trop cher, et deux salles de bains – un luxe. Mais surtout, il se trouvait à dix minutes de l'école de Lucas et Zachary (Clarisse ne voulait pas les en changer) ainsi que du lycée Georges-Brassens où Martin entrait en seconde. Les Buttes-Chaumont étaient à cinq minutes. Pour Clarisse, la traversée en métro d'est en ouest prendrait toujours quarante minutes porte à porte. Seul François perdait au change, lui qui avait l'habitude de se rendre à pied à son atelier près de la mairie de Saint-Ouen. Leurs deux noms étaient inscrits sur le contrat. Jusqu'au dernier moment elle eut du mal à croire que cet homme qu'elle avait rencontré seulement neuf mois plus tôt allait emménager avec elle et trois enfants qui n'étaient pas les siens.

Fin juillet, elle alla en Croatie avec François pendant que les enfants campaient en Dordogne avec leur père – sans Bérangère qui travaillait. Ils visitèrent Hvar et Mljet, louèrent une moto et dormirent dans de petites pensions. C'était leur premier voyage. Ils ne se disputèrent pas une seule fois.

Le déménagement eut lieu le 1er août. Ils louèrent un van pour se rendre chez Ikea, et François insista pour payer leurs achats, y compris le lit superposé avec toboggan dont rêvaient Zack et Lucas. Sa générosité était l'exact inverse de la pingrerie d'Hendrik. Il offrit à Martin, pour décorer sa chambre, un poster dédicacé de Lamb of God, où les cinq membres de la bande, en tee-shirt noir, se tenaient debout devant des ruines.

Chaque après-midi François allait chercher les garçons à l'école à quatre heures et demie au lieu de les laisser à l'étude, et faisait lire à Lucas plusieurs pages en le corrigeant avec patience quand il trébuchait sur un mot. Il conseilla à Clarisse de le faire évaluer.

« Il a été testé à l'école il y a deux ans. Il n'est pas dyslexique.

— Il y a d'autres problèmes. Fais-lui faire une évaluation neuropsychologique complète. Le test prend une journée entière.

— Tu crois qu'il n'est pas normal ?

— Ça veut dire quoi, "normal" ? On est tous différents, Ève. Lucas fonctionne différemment. Le punir est contre-productif. Il est plein de bonne volonté. »

Lucas fut testé en octobre. Il y avait un écart important entre son intelligence et sa performance. Ce qu'on appelait sa distraction était un handicap d'apprentissage qu'il fallait traiter. Grâce à l'un de ses collectionneurs dont le fils avait des difficultés similaires, François obtint le nom d'un orthophoniste spécialisé.

Le changement fut perceptible au bout de quelques semaines, quand Lucas comprit qu'il n'était pas bête mais devait corriger quelque chose en lui, comme une sorte de myopie. François lui répétait qu'il était plus intelligent que les autres car il devait affronter de plus grandes difficultés.

À table il encourageait les âneries. Les « caca boudin » de Zachary fusaient sans qu'on le réprimande. Clarisse levait les yeux au ciel, mais au bout du compte elle aussi riait quand François et ses deux aînés, en rivalisant de vitesse, ne parlaient plus qu'en remplaçant toutes les voyelles par des « i ». « Ji ti dis qui ci pili i tri bi ! » Il imposait parfois une règle plus difficile, à la Perec dont il était un fan, comme ne pas utiliser de « e », et la joute se déroulait entre Martin et lui. Lucas fut fier, un jour, d'étonner la galerie en déclamant à haute voix, sans trébucher, une blague qu'il avait lue sur un Carambar : « La pie niche haut, l'oie niche bas, l'hibou niche ni haut ni bas, mais où niche l'hibou ? L'hibou niche pas ! » Ils pleurèrent de rire en la récitant à toute allure tour à tour.

Certains soirs, quand Clarisse rentrait à dix-neuf heures, épuisée après son trajet dans un métro bondé, et trouvait les trois garçons en train de se chamailler, elle se demandait comment François supportait cet enfer. Noël approchait, ils vivaient ensemble depuis cinq mois, elle n'avait jamais connu une telle harmonie.

« Quelle chance tu as, lui dit Florence. En général les enfants font échouer les familles recomposées. Tomber sur un mec qui n'en a pas et qui les adore… Tu es sûre qu'il n'est pas pédophile ? »

Le blond Lucas était si beau, si fragile, si désireux d'être aimé. Elle le questionna de façon anodine sur ce qu'il faisait avec François quand ils étaient seuls. Ce n'était pas par manque de confiance mais par vigilance : ses enfants passaient d'abord. Il n'y eut rien pour nourrir un soupçon.

Cinq soirs par semaine, après avoir travaillé avec Lucas et dîné en famille, François quittait la maison. Il rentrait vers six heures du matin, se glissait dans leur lit et lui faisait l'amour. Puis il prenait le petit déjeuner avec les enfants avant de se recoucher. Clarisse acceptait ce rythme biologique si différent du sien. Du jour au lendemain François avait hérité d'une famille nombreuse. Les cinq nuits dans son atelier étaient son sas.

Une chose la surprenait : que François, fils unique,

ne rende pas visite à ses parents, ne leur téléphone pas, ne lui propose pas de l'emmener à Cholet. Il haussa les épaules.

« Regarde les oiseaux : ils nourrissent leurs bébés et dès que les oisillons prennent leur envol, ils s'en vont. Simple loi de la nature.

— Pas pour moi. Je ne supporterais pas de ne plus voir mes fils.

— Mais tu ne vois plus ton père. »

Choquée que son père ait pris le parti d'Hendrik, Clarisse ne lui avait pas présenté François. Elle fut encore plus blessée quand elle apprit, par une gaffe innocente de Lucas, que ses fils et Hendrik ne passeraient pas la semaine du Nouvel An à Anvers mais à Rome, chez son père qui avait payé les quatre billets de train.

François la consola en l'emmenant dans un riad à Fès. Le 1er janvier 2001, jour anniversaire de leur premier baiser, alors que, assis sous une tente dans le désert, ils regardaient se lever le soleil dont ils avaient contemplé la veille le coucher flamboyant, il lui dit qu'il souhaitait qu'elle demande le divorce : il voulait l'épouser.

*

Hendrik n'était pas opposé au divorce, mais incapable d'accomplir la moindre démarche administrative. Elle n'était guère plus douée que lui dans ce domaine mais lui trouva un avocat et se débrouilla pour lui envoyer les formulaires qu'elle avait préremplis. Cela prit du temps. Ils partageaient l'autorité parentale et il lui laissait la garde des enfants, la seule chose qui comptait.

Un soir de la mi-mai, elle trouva une lettre de son avocat dans sa boîte aux lettres en rentrant du travail : le divorce était prononcé par consentement mutuel. Quand elle poussa la porte de l'appartement, huma le parfum des oignons mijotés, entendit Lucas chanter *L'Aigle noir* de sa voix pure et Zachary rire avec François dans la cuisine, un sentiment de plénitude descendit en elle.

« Je suis là ! »

François sortit de la cuisine et l'embrassa en hâte.

« J'ai préparé un poulet. Je ne dîne pas avec vous. Je vais à l'atelier.

— Tout de suite ?

— Je dois finir quelque chose. »

Ce n'était pas le moment mais elle ne put s'empêcher de brandir la lettre.

« Je suis libre de me remarier !

— Bravo », dit-il d'une voix distraite.

Réveillée par une sirène de pompiers, elle ne réussit pas à se rendormir. À l'aube elle entendit la porte d'entrée. François entra dans la chambre. Au lieu de se déshabiller et de s'allonger sous la couette, il s'assit au bord du lit. Elle alluma sa lampe de chevet et vit son visage, très pâle, aux yeux injectés de sang comme s'il avait bu.

« Qu'est-ce qui t'arrive ?

— Il faut que je m'en aille.

— Tu me quittes, c'est ça ? Juste quand j'obtiens le divorce ? »

Elle fondit en larmes. Il se leva et s'appuya contre le mur en croisant les bras.

« Non, non ! S'il te plaît, Clarisse. Il ne s'agit pas de toi.

— Alors c'est quoi ?

— Mon travail. »

Elle avait visité l'atelier de Saint-Ouen mais l'interrogeait rarement sur sa peinture, dont il n'aimait pas parler. C'était la majeure partie de sa vie. Il lui dit que depuis sa dernière exposition personnelle, il n'avait rien créé de nouveau. Cela faisait deux ans. Un mois plus tôt il avait reçu une lettre d'une galerie de Chelsea qui lui proposait une exposition en septembre à New York.

Elle ouvrit de grands yeux. Exposer dans une galerie new-yorkaise ayant pignon sur rue, c'était le rêve de tout artiste. La nouvelle était plus importante que son divorce.

« C'est fantastique ! Pourquoi tu ne m'en as pas parlé ?

— Je t'en parle. Une chance unique m'est donnée, je ne peux pas la louper. Pour créer quelque chose de nouveau et de meilleur, il faut que je sois seul. Je ne sais pas combien de temps.

— Mais bien sûr ! »

Ils firent l'amour rapidement. Il était déjà sept heures vingt, les enfants allaient à l'école. Il courut acheter des croissants et leur parla pendant le petit déjeuner. Il devait s'absenter pour son travail sans savoir quand il pourrait revenir. Il leur donna à chacun un carnet de croquis et leur demanda de rédiger un journal en dessin. Quand elle rentra de la galerie le soir, sa brosse à dents, son rasoir et sa mousse à raser avaient disparu de la salle de bains.

*

Elle pensait à tout ce qu'elle aurait pu faire autrement. François s'était glissé si facilement dans le rôle du père et du mari parfaits. Il l'avait pourtant prévenue qu'il n'était pas capable d'assumer cette responsabilité. Elle ne le laisserait plus faire les courses, préparer le dîner, s'occuper de Lucas tous les soirs.

Elle évitait d'appeler sa mère, qui adorait François, et dont l'angoisse la contaminait. Un virement bancaire arriva sur son compte en mai, en juin, puis en juillet : il payait sa moitié du loyer et des factures. Elle aurait aimé avoir une date butoir. Le pire, c'était l'incertitude.

Ses enfants étaient plus patients qu'elle, à l'exception de Zack qui demandait sans cesse quand il reviendrait. Il manquait beaucoup à Lucas, mais François avait mis en place un système de soutien qui lui permit de ne pas couler. Les trois garçons tenaient consciencieusement leur journal. Zack le coloria avec des Crayola et Lucas avec des feutres. Martin composait une bande dessinée d'un détail extraordinaire : François avait accouché l'artiste en lui. Un soir il vit pleurer sa mère dans la cuisine.

« Maman, François a besoin d'être seul. Son exposition à New York est en septembre. Laisse-lui le temps, fais-lui confiance. Il reviendra. »

Il avait quinze ans, il mesurait un mètre quatre-vingts et c'était déjà un jeune homme, un très beau jeune homme aux cheveux noirs, aux yeux bleus et à la bouche sensuelle, dont le visage oscillait entre l'enfance et l'âge adulte. Ce garçon philosophe, qui avait la beauté d'Hendrik mais aucun de ses défauts, elle l'avait mis au monde.

Hendrik l'appela pour lui dire qu'il déménageait en Nouvelle-Zélande, où Bérangère venait d'obtenir un poste d'attachée culturelle. Bordeaux ou Auckland, ça ne changerait pas grand-chose : elle pouvait à peine compter sur lui. Il promit qu'il reviendrait chaque été pour voir les garçons. Il l'informa que Bérangère était enceinte. Il avait juré, deux ans plus tôt, qu'il n'y aurait pas d'autre enfant.

En juillet les enfants partirent en Belgique avec leur père. Elle passa un mois solitaire en s'efforçant de se rappeler comme un mantra les paroles de Martin : « Laisse-lui le temps. » Chaque soir elle allait au cinéma pour retarder son retour dans l'appartement vide. À la fin du mois le téléphone la réveilla vers deux heures du matin ; elle se précipita, terrifiée que quelque chose soit arrivé à l'un de ses fils.

« C'est moi.

— François ! Tu es où ?

— Au Mexique. J'y suis arrivé, Clarisse. J'ai presque fini.

— Vraiment ! Je suis contente.

— Comment vont les garçons ?

— Ils sont avec leur père, je les retrouve dans trois jours. On va chez Isabelle et Antoine, au Cap-Ferret.

— J'avais oublié qu'ils étaient avec toi en août. Je t'ai acheté un billet d'avion. Pour demain, en fait.

— Pour demain ? » Son cœur bondit. « Je vais m'arranger. »

Au matin elle appela Isabelle, qui avait deux enfants un peu plus jeunes que Lucas et un grand jardin : elle accepta de s'occuper des fils de Clarisse jusqu'à son retour.

Au comptoir d'Aeroméxico elle découvrit que François lui avait pris un billet en première classe : une folie. Elle n'avait jamais voyagé aussi luxueusement.

Dès qu'elle sortit de la zone des bagages à l'aéroport de Mexico après huit heures de vol où elle avait été traitée en VIP, elle le vit, ses joues plates hâlées par le soleil, ses yeux gris brillant de joie de la retrouver. Ils s'embrassèrent avec passion. Il habitait Coyoacán, un des quartiers les plus verts et les moins dangereux de Mexico. Chez lui, elle examina attentivement les toiles accrochées aux murs. Dans la lignée de son travail qui associait les œuvres des maîtres anciens et le monde contemporain, il avait repris certains tableaux très connus, comme *L'Angélus* de Millet ou *L'Astronome* de Vermeer, en remplaçant le paysan par un homme en costume regardant son iPhone et le globe de l'astronome par un ordinateur Apple avec Google Maps ; il avait construit ses tableaux en trois dimensions en mettant les personnages en relief. Si le concept la séduisit, elle fut surtout frappée par leur beauté : sa peinture n'avait jamais été aussi harmonieuse.

Ils prirent un train jusqu'à Oaxaca et un car qui franchit les montagnes jusqu'au Pacifique. Ils trouvèrent un petit hôtel dans un village aux maisons colorées. Un soir elle partagea un joint avec lui. La marijuana pure eut sur elle un effet puissant : il dut presque la porter pour la ramener à leur pension. Allongée sur le ventre sans pouvoir bouger ses membres, elle rêva qu'une pieuvre l'envahissait de ses tentacules. Son corps était traversé de décharges, elle jouit presque quinze fois de suite, comme si elle n'était plus rien qu'une chair érotique. Elle n'avait encore jamais fait l'expérience d'une telle dépossession, d'un don total à l'autre. Elle eut une vision où les spermatozoïdes de François nageaient dans une mer bleu turquoise vers une grotte où reposaient ses ovules, s'y faufilaient et se nichaient en eux.

« La pie niche haut !

— Quoi ? »

Elle pleurait de rire. Il rit aussi.

Quand elle repartit pour la France, elle n'avait aucun doute : il reviendrait.

*

Le mardi de son retour à la galerie, le directeur sortit soudain de son bureau, l'air effaré. Il invita ses trois employés à venir regarder sa télévision : on y voyait New York, un avion rentrant dans un édifice de verre et d'acier sur fond de ciel bleu azur, des colonnes de fumée montant des tours jumelles, des gens sautant des derniers étages pour échapper au feu, et les gratte-ciel s'effondrant aussi vite qu'un château de cartes balayé par le vent. Comme tous les gens de tous les pays sur tous les continents, elle passa les jours suivants à regarder en boucle les mêmes images. Était-ce le début d'une troisième guerre mondiale ?

L'art était le cadet des soucis du monde entier. On ne pouvait plus aller à New York. La galerie de Chelsea annula l'exposition. Au lieu de partir en camion pour New York, François rentra à Paris.

La vie reprit avec ses rituels, les films du samedi soir, les parties de foot aux Buttes-Chaumont, les éclairs et les croissants, les déjeuners du dimanche avec Irina, enchantée de son retour. Il regarda attentivement les journaux des garçons et les complimenta avec précision, impressionné par l'œuvre de Martin, que les éloges de François firent rosir de plaisir. Il passait à nouveau cinq nuits par semaine dans son atelier : il peignait un nouveau tableau inspiré par *Les Ambassadeurs* de Holbein.

Depuis le Mexique elle n'avait pas eu ses règles. Le résultat positif du test ne la surprit pas.

Échaudée par sa fausse couche trois ans plus tôt, elle attendit. Mi-octobre elle alla voir sa gynécologue. Elle entendit les battements du cœur. Le bébé avait deux mois et demi. La peur se mélangea à l'exaltation tandis qu'elle contemplait la minuscule créature sur l'écran, son sang mêlé à celui de François. Comment le convaincre que cet être sorti de sa chair ne tuerait pas sa créativité mais lui apporterait une nouvelle énergie ?

« Je suis enceinte, lui dit-elle au matin, après avoir fait l'amour.

— Je croyais que tu prenais la pilule ?

— Ça arrive. Je suis très féconde. Ça date du Mexique.

— Qu'est-ce que tu vas faire ? »

Il ne semblait pas concerné. Le « tu » la frappa au ventre. Elle s'efforça de réprimer le tremblement de sa voix :

« Qu'est-ce que tu veux dire ?

— Tu peux t'en sortir avec quatre enfants dont un nouveau-né ? Tu sais que tu ne peux pas compter sur moi. »

Elle ne répondit pas. Il fit une pause avant de reprendre :

« Ce n'est pas juste à cause de mon travail, Clarisse. Je suis maniaco-dépressif. J'ai une maladie héréditaire que je ne tiens pas à transmettre. Ma grand-mère paternelle s'est suicidée quand mon père était jeune. Dans les phases hautes je suis énergique et créatif, pendant des mois, parfois même des années. Mais mon énergie finit par disparaître et je me retrouve complètement vidé. Tu ne m'as jamais vu comme ça, mais ça va se reproduire. C'est insupportable pour moi et pour les autres. Je ne peux pas être père.

— Tu n'es pas le seul maniaco-dépressif sur la terre. Il y a des traitements.

— J'ai vu des psychiatres, j'ai été hospitalisé. Dans mes phases hautes, j'ai l'impression d'avoir une lampe branchée sous le crâne jour et nuit, je déborde d'idées, je ne suis jamais fatigué, je n'ai même plus besoin de dormir. C'était comme ça au Mexique pendant trois mois et demi. C'est mieux que la drogue et c'est en moi, c'est gratuit, légal. Sans ça je ne serais pas un artiste. Je suis prêt à payer le prix. Le traitement ne détruit pas seulement mon énergie créative, il me rend incapable de bander – d'ailleurs, c'est pareil. Si je prenais un traitement, je ne pourrais plus te faire l'amour. »

Début novembre elle tua un fœtus de trois mois en parfaite santé. En gardant l'enfant elle aurait perdu François. Il ne l'accompagna pas à l'hôpital.

Il s'était ouvert à elle. Maintenant elle connaissait le secret que cachait sa façade parfaite et savait pourquoi cet homme extraordinaire était encore célibataire à quarante-deux ans. Elle l'en aimait davantage. Elle comprenait pourquoi il était désireux d'aider Lucas à s'ajuster à la société. Il avait souffert de sa différence et connu l'exclusion.

Quelques jours après l'avortement il rapporta un chat.

Elle avait toujours résisté au désir de ses enfants d'avoir un animal, mais le chaton roux était si mignon qu'elle ne put en vouloir à François plus de cinq minutes. Ils le baptisèrent Pepper. Ils se disputaient le fil de laine qu'ils faisaient danser devant lui. Quand elle rentrait chez elle le soir, elle était aussi impatiente de retrouver le chaton que ses enfants et François.

*

La galerie de New York le recontacta pour une exposition en décembre. Les conditions n'étaient pas idéales, on ne parlait que de la future guerre en Irak, mais François craignit de rater une occasion qui ne se représenterait pas. Un dimanche de la fin novembre au déjeuner, il posa une enveloppe sur la table. Zack l'ouvrit et en retira des papiers, que Lucas déchiffra.

« Tu nous emmènes à New York ! » s'écria Martin.

L'attentat ayant ralenti le tourisme, les vols et les hôtels ne coûtaient presque rien. Les enfants bondirent de joie. Ni eux ni Clarisse n'avaient jamais mis les pieds aux États-Unis. Leurs amis étaient effarés qu'ils partent là-bas en un moment pareil.

À New York, à moins de se trouver dans le périmètre des tours jumelles surveillé par les militaires où les carcasses de métal étaient encore rougeoyantes, on n'aurait pas pu savoir qu'une catastrophe avait eu lieu : la ville debout regorgeait d'énergie. Ils passèrent une semaine à marcher de Brooklyn à Harlem. Ils mangèrent d'énormes hamburgers, achetèrent des jeans Levi's et des Converse, traversèrent le pont de Brooklyn au coucher du soleil, visitèrent le musée d'Histoire naturelle qui fascina Zack et Lucas, explorèrent les aires de jeux de Central Park. Au vernissage il y avait foule. François, le bras autour de la taille de Clarisse, la présenta aux critiques – « *My wife* » – en signalant qu'elle travaillait chez Lelong. Son anglais teinté d'accent français et son élégance parisienne attisèrent l'intérêt qu'éveillait le travail de François.

Le retour fut dur. Les enfants avaient manqué une semaine d'école, mirent dix jours à se remettre du décalage horaire, ramenèrent de mauvaises notes.

« L'essentiel, c'est l'école de la vie », dit François.

Pour le réveillon du Nouvel An, elle laissa sa mère s'occuper des garçons. François, qui avait vendu plusieurs œuvres à New York, avait réservé trois nuits au palace Punta Tragara à Capri. Le temps était magnifique et même si la mer était froide ils descendirent le chemin escarpé pour aller nager près des Faraglioni, en léchant un cornet de glace comme au cœur de l'été. La gourmandise de Clarisse qui avait pris trois boules, cassis, réglisse, noisette, faisait rire François. Le ciel d'un bleu pur, le vaste horizon de la mer, les Faraglioni dorés par le soleil et la maison rose de Malaparte au loin offraient un décor dramatique pour une demande en mariage avec bague, genou à terre et *tutti quanti*. Qui n'eut pas lieu.

*

À la fin du mois de janvier, les premiers signes de la vague de reflux se manifestèrent. François écoutait les enfants avec des yeux absents quand ils racontaient leur journée. Il travaillait avec Lucas, préparait le dîner, mangeait avec eux. Mais au lieu de se rendre dans son atelier après le dîner, il proposait de regarder un film. Le matin il avait du mal à se réveiller. Il cessa de sortir sauf pour faire les courses au Franprix.

Il passait ses journées en pyjama sur le canapé, se levant juste pour fumer un joint dans l'entrebâillement de la fenêtre. Il ne cuisinait plus. Le siège des toilettes bougeait : il ne resserra pas les vis. Il ne changea pas l'ampoule de la cuisine, trop haute pour que Clarisse puisse l'atteindre. Zachary jouait près de lui, Lucas lisait ses pages sans que François le corrige. Un dimanche elle sortit le rhum pour en mettre dans la pâte à crêpes et trouva vide la bouteille qu'elle avait laissée pleine.

« Tu as bu tout le rhum !

— Excuse-moi. Tu veux que j'aille en acheter ?

— Le dimanche après-midi c'est fermé. »

Elle remarqua alors les cadavres de bouteilles sous leur lit, dans les placards, et jusque dans la chambre de Lucas et de Zack. D'Hendrik à François, était-elle tombée de Charybde en Scylla, de l'archétype de son père pas fiable à celui de sa mère alcoolique ?

Contrairement à sa mère, François ne l'insultait jamais. Mais sa présence douce et lourde aspirait l'énergie comme un trou. Il ne se douchait plus et portait une barbe qui chatouillait quand on l'embrassait. Le changement s'opéra peu à peu, en deux mois, avec de minimes détériorations quotidiennes. Les enfants ne s'en étonnèrent pas, jusqu'au jour où Lucas assis près de lui fit la moue.

« Berk ! Tu sens comme la litière de Pepper quand on la change pas ! »

François sourit, Zack éclata de rire et les deux garçons se mirent à l'appeler Pepper et à chanter « Tu sens comme la litière » jusqu'à ce que Clarisse leur crie d'arrêter.

Quand se réveillerait-il de cette léthargie ? Elle n'osait pas en parler à Isabelle qui le connaissait mais finit par en toucher quelques mots à Florence, qui fronça les sourcils.

« Il est suicidaire ? »

Elle se rendit compte qu'elle avait une terreur : que les garçons le trouvent pendu au plafonnier du salon en rentrant de l'école.

« Je ne sais pas. Je ne crois pas.

— Il faut qu'il se soigne. Il ne peut pas vous imposer ça, Clarisse. S'il connaissait sa maladie, comment a-t-il pu s'installer avec toi sans te prévenir ? »

Le soir de cette conversation, Clarisse, allongée près de lui, sentit l'odeur aigre.

« Tu as besoin de prendre une douche, mon amour, dit-elle du ton le plus léger possible.

— Excuse-moi. En ce moment, l'eau…

— Et de te soigner, continua doucement Clarisse. Il faut que tu voies un psy, François. Tu sais, c'est lourd pour les enfants. »

Il ne répondit pas. Elle entendit bientôt sa respiration régulière. Il s'était endormi.

Quand elle ouvrit les yeux à l'aube, la place à côté d'elle était vide. Elle se leva en sursaut et courut au salon. Il dormait sur le canapé qu'il n'avait pas déplié, en position fœtale, la bouche ouverte. Une odeur persistante de marijuana flottait dans l'air et une bouteille de whisky traînait au pied du canapé. Elle la ramassa, ouvrit la fenêtre pour aérer, et mit une couverture sur lui.

Quand elle rentra de la galerie en fin de journée, il n'était pas là. Lui avait-elle donné la secousse dont il avait besoin pour sortir de sa stupeur ?

Elle examina le rasoir dans la salle de bains et tâta la serviette en y cherchant des traces d'humidité. S'était-il douché ?

Ce soir-là il ne vint pas dîner.

*

Pendant la nuit, réveillée par un cauchemar dont elle n'avait aucun souvenir, elle fut saisie d'une intuition. Elle alluma la lumière et ouvrit le placard. L'étagère était vide. Par terre, sous les manteaux, manquait un grand sac en toile lui appartenant. Qu'il ait emporté ses affaires était rassurant : il ne s'était pas tué.

Trois jours passèrent sans nouvelles. Les enfants demandèrent où il était.

« Il s'est remis au travail, il a besoin d'être seul.

— Il ne nous a pas dit au revoir ? s'étonna Lucas.

— L'important c'est qu'il aille mieux », dit Martin.

Le lundi elle se rendit à Saint-Ouen pendant que les enfants étaient à l'école et réussit non sans mal à retrouver le vieux hangar à partir du métro. Elle frappa à la porte et frémit de soulagement en entendant des pas. Il s'était remis au travail. Son mensonge aux enfants n'en était pas un. Mais ce ne fut pas lui qui ouvrit.

« Excusez-moi. J'ai dû me tromper…

— Si vous cherchez François Dolbecq, j'ai repris son bail. »

Il ne l'avait pas vu depuis que celui-ci lui avait remis les clefs deux mois plus tôt.

Comment joint-on un homme qui ne possède pas de téléphone portable ?

À part Isabelle, François et elle n'avaient aucun ami commun. Elle sortait avec lui depuis plus de deux ans, ils vivaient ensemble et elle ne connaissait pas ses amis – s'il en avait.

Elle trouva dans l'annuaire le numéro de ses parents à Cholet. Une femme à la voix âgée décrocha. Quand Clarisse dit qu'elle cherchait François, la femme répondit d'un ton crispé, presque effrayé, qu'il ne vivait pas là et elle raccrocha.

Mi-avril, Isabelle l'invita à déjeuner. Elle était chargée d'un message.

« Il ne reviendra pas.

— Il est où ?

— Je ne sais pas. Il a laissé un message vocal à Antoine. Pour le loyer, il a dit qu'il le paierait jusqu'à la fin du bail. »

Clarisse eut un tressaillement d'impatience. Comme s'il s'agissait du loyer !

« C'est juste une phase. Il m'a prévenue. Il reviendra.

— Clarisse, écoute-moi. Ne l'attends pas. Prends soin de toi et de tes enfants. Je suis vraiment désolée de te l'avoir présenté. »

Clarisse éclata en sanglots.

« Mais je l'aime ! »

L'année précédente il avait parlé aux enfants et promis

de revenir. Cette fois-ci, il avait transmis un message pour dire qu'il ne reviendrait pas. Il ne la laissait pas suspendue à l'attente comme l'araignée à son fil. C'était une forme de décence et de fiabilité. Elle pouvait le croire. Il était parti.

Le jour même elle lui écrivit une longue lettre, lui dit combien elle regrettait des paroles qu'elle avait prononcées seulement par souci de lui. S'il avait besoin d'hiberner même plusieurs années, cela ne la dérangeait pas. Elle l'acceptait tel qu'il était. Elle l'aimait. Elle porta la lettre à l'atelier et revit l'artiste : il n'avait pas d'adresse de réexpédition. Clarisse appela Isabelle, qui n'en savait pas plus. Antoine pensait qu'il avait quitté la France.

Il était parti depuis plus d'un mois. Les garçons demandaient des nouvelles. Elle prétendait qu'il était retourné au Mexique. Elle sentit qu'elle leur devait la vérité. Il fallait qu'elle rompe le lien et permette à ses enfants de faire leur deuil de ce père de substitution. Elle attendit le week-end.

« J'ai quelque chose à vous dire. »

Ils levèrent la tête.

« François ne reviendra pas.

— Il est mort ? demanda Martin.

— Non. »

Lucas fondit en larmes, et Zachary aussi. Martin semblait en état de choc.

« Qu'est-ce que tu as fait ? Q'est-ce que tu lui as dit ?

— Rien, Martin. Ça n'a rien à voir avec nous. Il est malade. »

Zachary hoquetait de chagrin.

« François ! Je veux François ! »

Lucas se leva.

« C'est ma faute ! J'ai dit qu'il sentait comme la litière du chat !

— Idiot ! cria Martin.

— Tais-toi, Martin ! Lucas, non, ce n'est pas ta faute ! »

Mais Lucas avait attrapé Pepper et, avant que quiconque puisse réagir, le jeta par la fenêtre ouverte. Clarisse et Martin coururent à la fenêtre. Elle redoutait de voir leur chat en bouillie sur le trottoir trois étages plus bas. Martin et Zachary criaient le nom de Pepper à pleins poumons. C'était le chaos. Une maison de fous. Elle sanglotait. On sonna. Martin courut plus vite qu'elle à la porte d'entrée. Ce n'était pas François mais le voisin du deuxième étage, qui tenait Pepper dans ses bras.

« Votre chat a sauté sur le rebord de ma fenêtre ! Il ne s'est pas fait mal. »

Retrouver Pepper vivant ne leur apporta aucun soulagement.

Les enfants, avec leur instinct, avaient tout de suite su que c'était réel : François ne reviendrait pas.

*

La nuit, la douleur était si forte qu'elle mordait son oreiller pour s'empêcher de crier. Elle entendait Martin : « Qu'est-ce que tu as fait ? Qu'est-ce que tu lui as dit ? » Elle revoyait Lucas hurlant « C'est ma faute ! » et jetant le chat par la fenêtre parce qu'il avait conscience que ces mots, « tu sens comme la litière », avaient chassé François. Mais Lucas les avait dits avec l'innocence de l'enfance.

Tandis qu'elle avait prononcé des mots d'adulte aussi glacés et tranchants qu'un couperet.

François était peut-être un sociopathe. Il n'était sans doute pas normal que cet homme de quarante-deux ans qui ne parlait plus à ses parents et n'avait pas de famille soit aussi vite entré dans la sienne et devenu le père de ses enfants.

Mais peut-être avait-il eu l'espoir d'être guéri. Peut-être y avait-il cru.

Elle repensa à sa patience avec Lucas, à l'amour qu'il leur avait donné. François avait fini par exprimer sa vulnérabilité. Il s'était remis entre ses mains. Elle l'avait payé de retour en lui disant de prendre une douche et d'aller voir un psy. Cela revenait à lui dire : « Tu pues. » En une phrase elle l'avait rejeté. Elle n'avait pas toléré sa faiblesse plus de deux mois. Elle l'avait laissé seul. François était parti le jour même – par instinct de survie.

Elle avait l'impression d'avoir raté l'épreuve imposée à l'héroïne dans un conte de fées, celle qui transformera la bête en prince charmant. Par sa faute elle ne sentirait plus ce corps dont elle aimait l'odeur. La chance inouïe d'un immense amour lui avait été donnée, et elle l'avait gâchée.

*

À la maison c'était le désastre. Lucas ne voulait plus lire ni faire ses devoirs. Il ne chantait plus. À l'école il était pris de violents maux de ventre, et l'infirmière appelait Clarisse qui devait quitter la galerie quand la babysitter n'était pas libre à l'improviste. À onze ans et demi il s'était remis à faire pipi au lit. Il redoublerait sûrement sa sixième. Quant à Zachary, sa maîtresse demanda à voir Clarisse et lui dit qu'elle devait l'amener chez un psychologue.

« Il est déprimé.

— Déprimé ? Il a à peine six ans ! »

Mais le mot expliquait sa nouvelle attitude : il n'embêtait plus ses frères, ne jouait plus, ne dessinait plus, ne posait plus de questions. Il restait assis par terre, le chat s'installait sur lui, il le caressait machinalement. Elle lui chercha une psychologue. Il fallut l'y conduire chaque mercredi.

Elle n'avait pas le temps de penser à Martin. À peine rentré du lycée, il s'enfermait dans sa chambre et écoutait du hard rock à tue-tête comme deux ans plus tôt. Elle eut un choc le jour où elle reçut un appel du CPE lui demandant le certificat médical justifiant l'absence de Martin : il n'était pas retourné en cours après les vacances de Pâques. Quand elle lui parla, il rétorqua que les études ne servaient à rien. Dans quelques mois il aurait seize ans, âge auquel la scolarisation n'était plus obligatoire. François, qui avait abandonné le lycée à dix-sept ans sans avoir son bac, était un grand artiste. Les études tuaient l'imagination. L'école de la vie était plus importante.

« Mais non, Martin ! François pensait que l'école, c'est essentiel. Il était fier de toi quand tu avais de bonnes notes !

— Il s'en foutait. C'était pour toi, à cause de ton esprit bourge. »

Elle n'avait aucune prise sur ce grand garçon de quinze ans et demi au visage angélique dont le père vivait à l'autre bout du monde. Il était entré dans une bande de petits durs qui dealaient place de la République. Elle le découvrit quand il l'appela un soir à minuit du commissariat du Xe : il avait été arrêté avec un copain qui vendait de la marijuana. Paniquée, elle contacta un ami avocat. Dans les pires moments, il y a parfois des gens qui vous aident sans rien attendre en retour. Il l'accompagna au commissariat et Martin s'en tira avec un avertissement. Son casier judiciaire resterait vierge. Même la menace de placement en centre éducatif ne semblait pas l'effrayer. Il était fier d'avoir passé une nuit en prison. Il ne voulait pas remettre les pieds au lycée, ni passer son bac de français dont il se moquait. Quand sa mère lui parlait, il plaquait les mains sur ses oreilles avec dégoût : il ne supportait plus sa voix. « Tu es toxique », lui dit-il un jour. Le plus doué de ses enfants était en train de griller son avenir. Clarisse à bout de forces appela Hendrik, mais Martin refusa de parler à son père. Isabelle et Antoine essayèrent tour à tour de le raisonner. Il était impossible de l'atteindre.

Elle prit rendez-vous avec le proviseur, mit une robe élégante, expliqua que Martin avait perdu deux pères de suite, qu'il était traumatisé, jeune, immature, elle pleura dans son bureau et le supplia de ne pas le renvoyer. Il avait été excellent élève jusque-là. Le proviseur accepta qu'il redouble.

De son côté Irina, qui prenait davantage soin d'elle depuis qu'elle connaissait François, s'était remise à boire. Clarisse savait qu'elle devait attribuer au chagrin, et donc à l'amour que sa mère avait pour elle, ces mots qu'Irina ivre prononça d'une voix pâteuse, en ricanant, le jour où

Clarisse passa la voir à l'improviste, nettoya l'appartement et l'aida à prendre une douche : « Toi aussi tu vieilliras seule ! »

Sa vie était devenue un naufrage où se noyaient ses enfants et sa mère. Le directeur de la galerie la convoqua dans son bureau pour lui dire qu'il était désolé et comprenait ses difficultés, mais que la galerie Lelong n'était pas une association de charité. Elle s'absentait trop souvent. Il lui proposa un licenciement avec des indemnités.

La nuit, incapable de dormir, elle pensait aux boîtes de somnifères dans l'armoire de la salle de bains. Elle les jeta à la poubelle quand elle s'avisa que ses aînés pouvaient avoir la même idée. Sa première tentative de suicide, elle l'avait faite à quinze ans avec les somnifères de sa mère. Et sa deuxième aussi, à seize ans, peu après le viol.

Du fond de son marasme elle savait une chose : elle n'ouvrirait plus sa maison à un homme.

*

Un matin de juin, trois mois et demi après le départ de François, elle coupait des aubergines en écoutant France Inter.

« L'abandon est une structure, disait le psychologue interviewé, il se répète de génération en génération, comme un motif. »

Elle monta le volume et écouta, sans bouger, le couteau à la main.

On aurait dit qu'il racontait l'histoire de sa famille. Elle pensa à son arrière-grand-mère lituanienne, mariée à un homme qui s'était tué en la laissant avec six enfants ;

à sa grand-mère venue étudier le piano à Paris en 1928, à vingt-quatre ans, et qui s'était retrouvée en 1931 enceinte d'un étudiant en médecine; quand elle était allée à Lyon le supplier de reconnaître Irina, les parents avaient reçu dans leur salon bourgeois la jeune Juive étrangère : « Comment pouvez-vous savoir de qui est cet enfant? Sortez d'ici! » Elle pensa à sa mère, mariée à un homme qui l'avait quittée quand sa fille n'avait pas deux ans; à elle-même, que son père avait abandonnée, que son premier petit ami avait trahie, que des garçons avaient violée à seize ans, que son mari avait trompée avec sa meilleure amie, et qui venait d'être larguée par le deuxième grand amour de sa vie. Elle appartenait à une lignée de femmes qui ne retenaient pas leurs hommes. De femmes sans valeur à leurs propres yeux, que les hommes pouvaient prendre et jeter.

Elle mettait enfin des mots sur sa douleur. « La structure de l'abandon. » Pour la première fois, elle comprit qu'elle n'était pas coupable de ce désastre, mais victime. Elle répétait un destin.

Cette nuit-là elle dormit d'un trait. Au réveil elle se sentit différente. Libérée, comme si elle venait de rompre un sortilège – le cycle de la culpabilité.

*

Elle devait déménager. Le loyer était trop élevé pour elle seule.

Inutile de passer par une agence. Mère de trois enfants, divorcée et au chômage, elle pouvait seulement compter sur le contact direct avec un propriétaire humain, si ces deux mots n'étaient pas antinomiques. Mais il lui manquait un garant, comme le lui dit, désolé, un propriétaire qu'elle avait charmé. Elle n'osa pas en parler à Antoine et Isabelle par peur d'un embarras qui aurait gâché leur amitié. À trente-neuf ans, elle n'était pas solvable. Qui se serait mis une potentielle dette sur le dos pour une femme qui n'était pas de sa famille ?

C'était l'été. Hendrik et Bérangère avaient débarqué de Nouvelle-Zélande avec leur bébé pour emmener les garçons en Belgique ainsi qu'en Italie où le père de Clarisse invitait à nouveau non seulement ses petits-fils, mais aussi la femme avec qui son gendre avait trahi sa fille et conçu un bébé. Clarisse traversait Paris à pied d'un quartier à l'autre : ces huit ou neuf heures de marche quotidienne la fatiguaient suffisamment pour qu'elle dorme quelques heures la nuit. À la mi-juillet elle n'avait toujours rien trouvé.

Début août elle vit une petite annonce pour un appartement dans le IVe, un arrondissement inaccessible à sa bourse. Pas à louer, mais à vendre. À un prix si bas qu'elle crut à une erreur. Était précisé : « Travaux à prévoir. »

La petite rue tranquille près de l'Arsenal ne ressemblait pas aux artères branchées du Marais. Au bas de l'immeuble se trouvait un magasin de plomberie. Clarisse rejoignit, en haut des six étages recouverts de tapis, une dame à chignon blanc qui l'escorta jusqu'au septième par un escalier étroit. Une odeur nauséabonde se mêlait à celle de l'eau de Javel. La dame expliqua que sa locataire de quatre-vingt-huit ans était décédée sans que personne s'en rende compte, et que l'odeur finirait par disparaître. Clarisse faillit partir.

La propriétaire vendait à la fois le galetas mansardé, en très mauvais état, où était morte la grabataire et, de l'autre côté du couloir et des toilettes de palier qu'on pouvait racheter à la copropriété, trois cagibis avec des portes-fenêtres et des balconnets. Honnête, elle informa Clarisse que les murs étaient porteurs et que, l'immeuble étant classé, on ne pouvait rien casser sans l'aval de l'architecte des Bâtiments de France. Entre l'odeur, les sept étages sans ascenseur, les travaux considérables et les autorisations improbables, tous avaient reculé, sauf un jeune couple qui venait de se voir refuser son prêt. La vieille dame n'en pouvait plus de monter ces sept étages et partait le lendemain en vacances : elle était prête à brader.

À l'instant où Clarisse avait vu les portes-fenêtres donnant sur le ciel, elle avait senti un apaisement. Ce lieu, c'était le contraire de la grotte où elle avait grandi. Elle était sûre qu'au septième étage, n'importe quel mur porteur pouvait être abattu, et qu'au noir les travaux ne coûteraient pas si cher.

Elle avait depuis quinze ans la même banquière, qui s'enthousiasma pour le projet. En tremblant de son audace, Clarisse fit à la vieille dame une offre indécente. La banquière lui obtint un emprunt sur trente ans avec un remboursement mensuel de quatre cent cinq euros. Trois mois plus tard elle signa l'acte définitif et reçut les clefs : quatre grosses clefs anciennes, un vrai trousseau de Barbe-Bleue.

Malheureuse en amour, heureuse en immobilier.

Il fallait ce minimum de chance pour affronter le nouveau coup qui l'atteignit fin août quand Hendrik l'appela de Belgique : Martin partait vivre en Nouvelle-Zélande. Ils avaient une chambre pour lui, Bérangère l'avait inscrit dans un bon lycée – pas un lycée français puisqu'il n'y en avait pas à Auckland – et le père de Clarisse payait le billet d'avion ainsi que les fournitures scolaires : tout était organisé. Martin apprendrait l'anglais : « une opportunité formidable ».

Son ex-mari, son père et son fils la mettaient devant le fait accompli. Elle n'était que la mère : autrement dit, rien. Clarisse fut écrasée par ce dernier abandon, tout en sachant que son fils, qui n'était ni son père, ni son mari, ni son amant, ne lui devait rien, et qu'il se sauvait dans tous les sens du mot.

*

Quand Clarisse décrocha sur sa ligne fixe, un soir de janvier 2010, elle reconnut immédiatement la voix qu'elle n'avait pas entendue depuis huit ans.

« François ? »

Elle ne pensait plus à lui. Une vie nouvelle avait commencé quand elle s'était installée dans son puits de lumière, qui lui avait donné la force de faire face à la maladie puis la mort de sa mère, dont on avait découvert le cancer généralisé au printemps 2004 après qu'Irina s'était cassé le poignet en tombant dans l'escalier du métro. Elle n'avait plus que trois mois à vivre. Clarisse était allée la voir tous les jours, avait veillé sur elle jusqu'à la fin.

Zack, sorti de sa mélancolie, était devenu un boute-en-train qui faisait juste ce qu'il fallait pour passer dans la classe supérieure. Pendant sept ans elle avait accompagné pas à pas Lucas, terriblement affecté par la disparition de sa grand-mère deux ans après celle de François. Elle s'était battue à la fin de la troisième quand ses professeurs avaient voulu l'orienter vers un lycée technique, et avait obtenu de son père qu'il paie l'école privée. Tant d'efforts avaient porté leurs fruits : il venait d'obtenir son bac.

Avec Martin elle avait développé un nouveau lien par mail. C'est à sa mère qu'il s'était confié quand il était tombé amoureux. Les allusions à son adorable petite sœur ne faisaient plus à Clarisse l'effet d'une craie crissant sur un tableau. Pendant six ans il était rentré en France chaque hiver – les vacances d'été en Nouvelle-Zélande – et avait passé tout le mois de janvier chez elle. Elle n'avait pas de chambre pour lui mais lui laissait la sienne. L'étranger bronzé qui débarquait redevenait au fil du mois son fils. Il avait développé une passion pour le surf, parlait anglais couramment, brillait dans ses études. Après l'université d'Auckland, il avait été accepté en architecture à Yale et vivait depuis dix mois aux États-Unis, séparé d'elle par seulement cinq mille kilomètres, sept heures d'avion, et un décalage horaire de six.

Elle se trouvait enfin au bon endroit, en paix avec elle-même et avec ses enfants qu'elle guidait vers l'âge d'homme. Lucas et Zack exigeaient trop d'attention pour qu'elle recherche un emploi régulier mais elle s'en sortait avec des petits boulots. Elle avait tenu la promesse qu'elle s'était faite après le départ de François : depuis huit ans, aucun homme n'avait franchi sa porte, pas même le violoniste fou d'elle qui voulait qu'elle emménage avec ses fils dans son grand appartement rue de l'Abbé-de-l'Épée. Il avait fini par la quitter pour une femme plus jeune à qui il avait fait un enfant, mais revenait régulièrement vers elle, toujours amoureux. Il n'était pas son seul amant. D'autres hommes mariés la désiraient, qui souhaitaient mettre un peu de gaieté, de fantaisie et de plaisir dans leur vie.

« Isabelle m'a donné ton numéro, disait François. J'ai besoin de te voir. »

Elle proposa de le retrouver aux Chimères, place Saint-Paul, où il y avait une petite salle tranquille à l'étage. Lui donnerait-il, huit ans après, l'explication de sa disparition ? Elle ne fit aucune attention à sa tenue, ne mouilla pas ses cheveux dont les racines commençaient à blanchir. Ce qu'il pensait d'elle n'avait pas d'importance. Il était déjà là, vêtu d'un jean et d'un vieux tee-shirt en coton gris foncé sur lequel était écrit « *Respekt* », orthographié à l'allemande. Le mot fit surgir le souvenir du grand Serbe aux dents étincelantes (sûrement un dentier) qui avait fait les travaux au noir chez elle sept ans plus tôt. Induit en erreur par les sourires aimables de Clarisse et son statut de célibataire, il l'avait un jour plaquée contre le mur en prenant visiblement son « non » ferme pour un « oui » de femme du monde. Saisie d'une inspiration, elle avait lancé ce mot, « *Respekt* », en le prononçant avec toutes les consonnes, car il ne parlait presque pas français. Le Serbe, étonné, l'avait lâchée, une lueur de regret dans le regard. Ce n'était pas un mauvais bougre. Elle ne l'avait pas renvoyé. Ils avaient fini les travaux ensemble, ils étaient devenus amis.

« *Respekt* ? »

François haussa les sourcils avant de comprendre qu'elle lisait le mot sur son tee-shirt.

« C'est le nom d'un magazine à Prague. Tu as l'air en forme.

— Je vais bien, merci. »

Elle ne ressentait aucune émotion, comme si une épaisse couche d'ouate entourait son cœur. Il n'avait pas changé, sauf que ses cheveux étaient devenus gris et les rides de son visage plus profondes. L'âge lui allait bien. Ils bavardèrent comme de vieux amis qui se sont quittés la veille, sans même évoquer sa disparition. Il lui posa une multitude de questions sur Martin, Lucas et Zachary, admiratif que Martin étudie l'architecture à Yale, content que Lucas ait eu son bac.

« Grâce à l'option musique facultative : un 20 en chant.

— Il sait ce qu'il veut faire ?

— Instituteur. Il prépare le concours.

— Il sera formidable avec les enfants. Et Zachary ?

— Il a treize ans, il est à Charlemagne, il a plein de copains.

— Treize ans ! Tu as une photo ? »

Elle sortit son téléphone. Zack était son fond d'écran.

« Qu'est-ce qu'il te ressemble ! Il a tes yeux, ton nez, ta bouche, tes cheveux.

— Je sais, le pauvre.

— Pas du tout ! Il est très beau. Mais on voit que c'est un autre moule. Martin et Lucas sont identiques, avec juste des couleurs différentes, le brun aux yeux bleus et le blond aux yeux marron. »

Il était plaisant de parler avec lui. Il s'intéressait à ses fils avec un œil de peintre.

« Et ta mère ?

— Elle est morte.

— Morte ! Quand ? Comment ?

— En 2004. Un cancer du foie, qui avait métastasé partout quand on l'a découvert.

— Pauvre Irina… Je suis désolé, Clarisse. »

Il tendit la main et lui effleura la joue.

De son côté il y avait eu du changement. Il suivait un traitement et restait créatif. Quatre ans plus tôt il avait rencontré une artiste tchèque, à Prague où il exposait. Ils avaient couché ensemble : enceinte de cinq mois, elle avait débarqué à Paris avec sa valise. Clarisse sourit.

« On dirait *L'insoutenable légèreté de l'être.* Ce doit être une stratégie tchèque. »

À quarante-cinq ans il s'était enfin senti prêt à avoir un enfant. Durant les quatre mois précédant la naissance, il lui avait fait visiter la France. C'était la seule période où ils avaient vécu à deux. Le petit prince était arrivé : un garçon, Oskar. Il lui montra sur son téléphone (il avait maintenant un téléphone) une photo de l'adorable bambin de trois ans et demi.

Mais Ivana avait changé. Elle critiquait la vie spartiate de François et exigeait qu'ils emménagent dans le VIe arrondissement pour qu'Oskar aille dans les meilleures écoles. Ils se disputaient sans cesse. Elle avait fini par rencontrer un avocat d'affaires et par le quitter. Influencée par de mauvaises séries américaines et par son avocat de mari, elle essayait maintenant de le priver de son enfant en arguant de sa maladie mentale. Clarisse fit la moue.

« C'est moche. »

Pourquoi se confiait-il à elle qui n'était ni sa psy, ni son amie, ni son avocate ?

« J'ai un service à te demander, Clarisse. »

Elle regarda son beau visage aux joues plates et aux yeux gris.

« Oui ?

— Tu pourrais écrire une lettre certifiant que je suis un bon père ? Pour la juge aux affaires familiales.

— Un bon père ?

— Je me suis bien occupé de tes enfants, non ? Ils m'adoraient. »

Elle écarquilla les yeux.

« D'abord tu n'es pas leur père. Ensuite tu les as abandonnés, tu te rappelles ? Tu sais le mal que tu leur as fait ?

— Je suis désolé.

— Et comment peux-tu me demander d'écrire une lettre pour l'enfant d'une autre femme, alors que tu m'as demandé d'avorter ?

— D'avorter ?

— Tu ne te rappelles pas ?

— Non, excuse-moi. »

Il semblait sincère. Elle renonça. Un serveur apporta la note. Il la régla.

Ils se dirent au revoir dans la rue. Elle faillit lui proposer d'écrire la lettre.

Alors qu'elle marchait vers la rue Jacques-Cœur, elle se mit à rire. Un bon père ! Il ne manquait pas de culot.

CHAPITRE 8

La maladie moderne

2013-2016

À l'issue d'une mammographie de routine en novembre 2013, la technicienne demanda à Ève d'attendre : on allait lui faire une échographie. Cet examen fut nettement moins pénible. Ève avait les seins très sensibles : c'est à peine si Paul pouvait les caresser. Qu'elle ait allaité ses filles relevait du miracle. Elle avait eu si mal au début que ses larmes jaillissaient chaque fois qu'Hannah happait la pointe du mamelon. Aujourd'hui elle ne pleurait plus, mais avait le souffle coupé quand la tablette en plastique commandée à distance par la technicienne lui écrasait le sein.

Le tissu de ses seins était dense : de l'allaitement résultaient des microcalcifications qu'il fallait surveiller. Six mois plus tard, lors de la nouvelle mammographie suivie d'une échographie, rien n'avait changé. Si c'était encore le cas dans six mois, on reviendrait au régime d'une mammographie par an. Ève n'en doutait pas. Mais il y avait du bon à vivre dans un pays où la surveillance médicale était stricte.

Après sa troisième échographie en novembre 2014,

elle attendit en frissonnant dans la tunique en coton des patientes, aux côtés d'autres femmes appelées tour à tour. Elle commençait à se dire qu'on l'avait oubliée, quand la technicienne lui demanda de la suivre jusqu'au bureau de la radiologue. La doctoresse lui montra une ombre sur l'écran et recommanda une biopsie.

« Tu sais bien que les médecins jouent la carte de la prudence à l'excès pour se garantir en cas de procès et se remplir les poches au passage », dit Ève ce soir-là à Paul dont la mère était morte un an plus tôt, et dont les yeux s'étaient assombris sous le coup de la nouvelle. « Chaque fois que je vais chez la dermato, j'ai droit à une biopsie. La fatigue est un des premiers symptômes du cancer, et je suis en pleine forme. »

Elle avait cette idée que le cancer ne vous tombe pas dessus par hasard, mais résulte d'une fissure ou d'un bouleversement. Nombreuses étaient les femmes quittées par leur mari à développer un cancer du sein. La gestion de son entreprise était facteur de stress, bien sûr, tout comme les fréquentes frictions avec sa fille cadette, adolescente rebelle, mais Ève exerçait le métier de son choix, vivait avec l'homme qu'elle aimait, avait deux filles en bonne santé. Elle menait une vie saine, mangeait bio, circulait à vélo dans New York, nageait deux fois par semaine, marchait beaucoup. En dehors d'un rhume par an et d'un mal de dos dû à la station debout prolongée devant ses fourneaux, elle n'était jamais malade. Il était plus logique de se faire du souci pour Paul, qui passait son temps devant un écran, fumait encore plus depuis qu'il s'était mis à la vapoteuse sans odeur, buvait du whisky chaque soir pour se détendre, et avait été très affecté par les morts successives et prématurées de ses parents, son père à soixante-dix-huit ans d'un arrêt cardiaque et Rivka deux ans plus tard, à soixante-dix-sept, d'une rupture d'anévrisme dans le bus qui l'amenait à Union Square où elle allait déjeuner avec son fils. Une mort douce pour elle mais brutale pour sa famille, qui n'avait pas eu le temps de s'y préparer.

La gynécologue l'appela une semaine après la biopsie : « Ève, ce n'est pas bon. » Elle lui donna le nom d'un cancérologue.

Ève eut instantanément la sensation de quelque chose de très grave, d'une rupture avec la vie d'avant. Ce cancer n'avait aucune raison d'être. Il arrivait, voilà tout. En latin on dit *accidit.* L'accident, c'est ce qui vous tombe dessus sans raison, ce qui rompt la logique des choses. Elle aussi était soumise au hasard. Elle ne contrôlait rien. Ce cancer était une leçon d'humilité – puisque Ève n'arrivait pas à s'empêcher de donner du sens. D'ailleurs, était-ce un hasard si la partie atteinte était la plus sensible de son corps ? Ne faisons-nous pas arriver ce dont nous avons le plus peur ?

Un ami psychologue lui avait parlé du traumatisme intergénérationnel. La pensée la traversa que ce cancer avait peut-être un lien avec le secret de sa mère, la douleur refoulée de la trahison, qui ressortait à la deuxième génération.

Les choses s'enchaînèrent, à la fois rapides, lentes et répétitives. L'opération : elle suivit le conseil de son chirurgien qui recommandait une simple tumorectomie. On trouva une micrométastase sur le premier ganglion sentinelle et même si le médecin l'assura que ce n'était pas grave, Ève paniqua à l'idée que son sein foisonnait de tumeurs invisibles. C'est le moment où elle fut le plus déprimée, malgré l'entourage qui la soutenait : Paul, Hannah qui l'appelait tous les soirs, sa mère qui détestait l'avion et vint passer quatre jours auprès d'elle. Ève cherchait à préserver Houston, dont l'année était cruciale pour son avenir puisqu'elle devait passer les examens d'admission à l'université. Elle fit trois mois de chimiothérapie, parmi les pires de son existence : elle se sentait mal en permanence et dut prendre toutes sortes de médicaments pour lutter contre les effets secondaires. Elle n'arrêta pas de travailler, ne refusa pas une commande. Paul, encore plus strict qu'elle sur le protocole, comprit que le travail lui rendait le contrôle de sa vie.

Il y eut encore deux mois de radiothérapie, presque une détente par rapport à la chimio. Elle choisit d'y aller à sept heures du matin : ensuite elle avait toute sa journée. La salle au deuxième sous-sol de l'hôpital donnait l'impression de descendre dans un caveau mortuaire. Elle se laissait manipuler et obéissait si bien aux ordres des techniciens qu'on la félicitait comme une bonne élève. Quand elle sortait de l'hôpital, elle prenait un taxi pour le sud de la ville (Paul lui avait interdit d'emprunter le métro), et faisait les courses au marché d'Union Square avant de gagner Lispenard Street, une petite rue de Tribeca où se trouvait depuis onze ans sa cuisine, au rez-de-chaussée d'un immeuble décrépit, avec des plafonds très hauts et d'immenses fenêtres.

Un an après la dernière séance de rayons, elle passa sa première IRM de contrôle, et la sentence tomba : en rémission. Rémission, ce mot magique dont rêve tout patient cancéreux. Elle devrait juste continuer un traitement hormonal pendant dix ans. Elle célébra la nouvelle au restaurant avec Paul et les filles.

Deux semaines plus tard elle arrivait à Capri, pour des vacances qu'elle avait prévu de prendre deux étés plus tôt avec son amie Francesca mais que l'annonce du cancer l'avait obligée à reporter.

Par une malchance inouïe Francesca avait dû annuler sa venue à la dernière minute, pour remplacer au pied levé une collègue victime d'un accident. Ni son mari, qui devait finir un livre pour lequel il était très en retard, ni ses filles, qui travaillaient pendant l'été, n'étaient disponibles pour l'accompagner, mais Paul avait encouragé Ève à partir, puisqu'elle avait tout organisé et pouvait faire confiance à l'efficace assistante qu'elle avait formée. Dix jours au bord de la mer, même seule, ne seraient pas désagréables. Elle emportait de bons romans, et trois de ses soirées seraient occupées par ces rencontres littéraires auxquelles voulait assister Francesca et qui avaient déterminé les dates de leur séjour.

À son arrivée, Ève avait découvert que l'adorable maisonnette des amis de Francesca en haut de la Via Matermania rendait la cohabitation facile avec quelqu'un qui n'était pas un intime, grâce à ses deux chambres et ses deux salles de bains sur deux étages. Il aurait été dommage de laisser un étage vide quand Capri était si belle et les hôtels hors de prix. Même s'il était peu probable que quiconque puisse se libérer au dernier moment, elle avait lancé une invitation à ses amis en France et aux États-Unis, en y incluant, après avoir consulté son mari, un collègue de Paul qu'elle avait croisé trois ou quatre fois à New York. Lors d'un dîner chez des amis communs en avril, le journaliste d'origine indienne lui avait confié que sa femme l'avait quitté au bout de vingt-neuf ans de mariage : quatre ans après, il ne s'en remettait pas. Le sexagénaire avait touché Ève, plus vulnérable à la souffrance des autres depuis sa maladie. Or non seulement Varun avait répondu oui, mais il avait été si rapide à sauter dans un avion (le soir même) qu'elle craignait qu'il ne se fût mépris sur le sens de l'invitation. Cet Indien de Bombay qui avait grandi en Californie partageait peut-être le préjugé des Américains sur la légèreté de la femme française.

De retour de la plage, Ève s'était arrêtée sur la place du funiculaire pour attendre Varun, qui avait atterri à Rome trois heures plus tôt et arriverait sans doute d'ici une heure. De son banc surplombant la mer, la vue était si belle que la foule ne la dérangeait pas.

Le souvenir d'autres retrouvailles remonta à sa mémoire. L'été de ses vingt-cinq ans, elle avait rendez-vous à Gênes, en cachette de son fiancé français, avec Paul rencontré à Boston deux mois plus tôt. Quand son train était entré en gare, elle s'était aperçue qu'elle n'était pas à la stazione Piazza-Principe mais dans une autre, plus petite. Elle n'avait aucun moyen de joindre Paul. Elle courait le long des voies, paniquée, en larmes, quand un homme l'avait arrêtée par l'épaule : « *Dove vai, signorina ?* » Elle s'était retournée, prête à frapper l'impudent, et s'était presque évanouie de joie. « Paul ! Comment tu as fait pour me trouver ? — Je suis arrivé tôt. Il n'y avait pas de train en provenance du sud de la

France à la gare principale, alors je me suis renseigné. » Ils avaient échangé le plus long des baisers.

Toutes les dix minutes un groupe de touristes avec des valises montait l'escalier du funiculaire. Elle écarquilla les yeux. Son invité se trouvait parmi les nouveaux arrivants, dépassant d'une tête les gens autour de lui, reconnaissable à sa peau sombre et ses cheveux gris même si une paire de Ray-Ban cachait ses yeux. Déjà ? Elle se leva à regret : elle n'avait pas envie que prenne fin sa rêverie nostalgique. Il ne l'avait pas reconnue sous son chapeau de soleil à larges bords.

« Varun ! »

Il se dirigea vers elle avec un sourire, posa sa petite valise à coque dure et l'étreignit à l'américaine, en la serrant un peu trop fermement et un peu trop longtemps contre son ventre. Ève se raidit. Il finit par la lâcher et regarda autour de lui.

« Que c'est beau ! Je n'arrive pas à croire que j'étais à New York hier !

— Tu m'épates. Je ne pensais pas que tu arriverais avant dix-huit heures.

— Je suis débrouillard.

— La maison est à quinze minutes d'ici, en haut d'une colline. Tu veux laisser ta valise au service de porteurs ? Ça ne coûte que six euros.

— Je ne me sépare pas de ma valise. Elle contient mon ordinateur. »

Ils traversèrent la place. Varun regardait les terrasses animées des cafés avec une curiosité gourmande.

« La fameuse *piazzetta* ! On boit un verre ?

— Maintenant ? La conférence va commencer. »

Prendre un verre sur cette place pleine de touristes ? Francesca ne lui aurait jamais proposé quelque chose d'aussi vulgaire.

Ils montèrent quelques marches et tournèrent dans l'étroite rue pavée bordée de bougainvilliers qui surplombait la mer. Dix minutes plus tard, alors qu'ils s'étaient rangés pour laisser passer la voiturette des porteurs de bagages, Varun poussa un soupir.

« C'est loin ? Je dois être plus fatigué que je ne pensais.

— On est à mi-chemin. Tu veux que je tire ta valise ?

— Je veux bien. Ce n'est pas juste le voyage. Je sors d'une grosse semaine. Je suis sur quelque chose d'énorme.

— Quoi ?

— C'est top secret. »

La pente était abrupte, et la valise plus lourde qu'elle ne s'y attendait tirait sur son épaule. Ils arrivèrent enfin, elle ouvrit le portail en fer forgé et ils montèrent l'escalier conduisant à la terrasse carrelée de petits morceaux de céramique bleue.

« Magnifique !

— C'est la terrasse qui fait l'intérêt de cette maison. La vue. »

Elle en profita pour mettre les choses au clair.

« Paul aurait adoré venir, mais il finit un livre. J'ai écrit à tous mes amis hier. Ça me semblait très improbable qu'un New-Yorkais accepte l'invitation : ce n'est pas la porte à côté !

— Je sais saisir les occasions.

— Je vais te montrer ta chambre. »

Ils descendirent l'escalier extérieur qui menait à l'autre chambre. Varun fronça les sourcils en voyant les murs où pelait la peinture.

« C'est humide, dis donc. Je fais un peu d'asthme, ce n'est pas sain.

— Il y a un déshumidificateur en haut. Tu le veux ?

— Oui. Je vais le descendre. »

Il la rejoignit dix minutes plus tard dans la cuisine où elle préparait des sandwiches, les cheveux mouillés, en bermuda beige et chemise de lin bleu clair.

« Il n'y a pas d'eau chaude !

— Désolée, ça arrive. Ça dépend de l'heure. »

Il sortit son téléphone de sa poche et fronça les sourcils.

« Pas de réseau.

— Ça marche à l'extrémité de la terrasse.

— Quel est le code wifi ?

— Il n'y a pas le wifi.

— Tu plaisantes. »

Il avait l'air sidéré. Elle rougit comme si c'était sa faute.

« Je t'ai prévenu : c'est rustique. Tu trouveras un café avec le wifi à dix minutes d'ici en redescendant vers Capri.

— J'irai demain matin. J'attends des messages très importants. »

Ils arrivèrent avec une demi-heure de retard sur l'esplanade surplombant la mer au pied de la forteresse orange du Punta Tragara, le plus bel hôtel de l'île, où Churchill et Eisenhower étaient descendus autrefois, comme Varun le lut sur une plaque. Il n'y avait pas une chaise de libre. Ils avaient raté la moitié de la conférence d'Erica Jong. Varun semblait heureusement surpris de se retrouver au cœur de la civilisation qu'il avait quittée la veille.

Alors que la foule se dispersait, un homme s'approcha d'eux. Varun présenta Ève au journaliste américain.

« Il faut que vous rencontriez Antonio ! »

L'homme les mena jusqu'à l'organisateur du festival, qui les salua aimablement et les convia à la fête prévue ce soir-là. Varun était ravi.

« Il sait qui je suis, évidemment. On y va, Ève ? Ça sera amusant ! »

Avec Francesca elle aurait dîné sur la terrasse en discutant d'Erica Jong et du féminisme des années soixante-dix.

Ils suivirent un grand groupe, composé pour la plupart d'élégants Romains et d'Américains. Une demi-heure plus tard ils se retrouvèrent dans les jardins d'une villa luxueuse, où des serveurs en veste blanche leur servirent du champagne dans des flûtes en cristal. Ève avait une impression d'irréalité. Ce n'était pas son Capri. Elle qui vivait à New York, prenait l'avion comme les gens prennent le bus, possédait une maison dans un quartier chic de Brooklyn, avait accès aux meilleurs hôpitaux du monde, payait des universités privées à ses filles et passait des vacances à Capri, se sentait mal à l'aise parmi les riches et avait presque honte du confort matériel qu'ils avaient gagné à la sueur de leur front. Paul aurait dit qu'elle ne s'assumait pas.

Varun pérorait au cœur d'un cercle qui l'interrogeait sur les futures élections. Il n'avait pas mentionné sa date de départ. Il allait chez des amis en Toscane samedi. Comptait-il rester toute la semaine à Capri ?

« Je me demande où sera la fête demain, dit Varun quand ils rentrèrent vers minuit.

— Tu crois qu'on sera invités ?
— Bien sûr ! »
Elle devrait trouver un prétexte pour se dérober.
Le lendemain matin il consulta ses mails au café. L'après-midi elle l'emmena à Marina Piccola, une des rares plages de l'île, une petite anse de cailloux bondée qu'on atteignait en descendant des centaines de marches. Tout enchanta Varun : la mer à la température idéale pour lui qui avait grandi en Californie, le verre de chianti qu'il l'invita à boire à l'ombre d'un parasol et le poulpe grillé qu'il commanda pour l'accompagner – un excellent choix. Il se félicitait d'avoir utilisé ses Miles en sautant dans un avion dès qu'il avait reçu son message : il avait vraiment besoin de vacances.
Elle identifia ce qui la dérangeait : il ne parlait que de ses sensations, de ses besoins, de sa satisfaction, sans lui poser une seule question. Elle se souvint d'une blague qu'Hannah lui avait rapportée : « Mon Dieu, donnez-moi la moitié de la confiance en soi d'un homme blanc médiocre. » Varun n'était pas blanc, mais l'égocentrisme masculin était universel. Les choses changeraient-elles quand une femme serait – très bientôt – présidente des États-Unis ? Ève n'avait jamais été révolutionnaire. Houston lui disait qu'elle était un parfait exemple du modèle traditionnel des couples, mariée au même homme depuis vingt-cinq ans, ayant quitté son pays pour lui, ne pouvant imaginer sa vie sans lui. Dans son cours de français, cette année, elle avait lu *La femme rompue*, le roman de Beauvoir qu'Ève préférait. Sa fille avait trouvé exaspérant le personnage de Monique, la femme brisée par la rupture avec son mari : « Elle n'arrête pas de

gémir ! On l'a tous détestée. » La nouvelle génération était dure. Houston, qui travaillait cet été comme animatrice football dans une colonie alors qu'Ève avait toujours eu en aversion les vacances en groupe et les jeux de ballon, était un ovni pour sa mère. Paul disait que Houston et Ève avaient la même volonté, le même refus de céder, et que c'était la cause de leurs conflits fréquents.

Il fallait qu'elle se débarrasse de Varun même si cela promettait une conversation désagréable. Elle n'allait pas le laisser lui gâcher ses vacances.

Il se fit prendre en photo par elle devant la mer et la falaise. Il portait une chemise rose vif assortie aux fleurs de bougainvillier, qui faisait ressortir sa peau sombre et ses yeux à l'étonnante couleur dorée. Il n'était pas mal, mais pas le genre d'Ève : trop maigre, trop sec, et surtout trop content de lui. Il regarda les photos.

« Celle-là est vraiment bien ! Je vais la mettre sur Facebook. »

Au moins il ne lui proposait pas d'en prendre une ensemble.

Tandis qu'il lui racontait ses extraordinaires voyages gastronomiques en Espagne et au Vietnam tout en s'interrompant pour consulter ses messages, Ève songeait à la tendresse dont Paul l'avait entourée pendant son cancer. Alors même qu'il la trouvait très jolie avec sa tête rase et détestait les perruques, il l'avait encouragée à choisir celle aux longs cheveux blonds bouclés naturels, la plus chère, et à se faire faire l'autre avec ses propres cheveux rattachés à un petit bonnet, qu'elle avait portée pendant l'hiver. Il l'avait accompagnée à chacune des séances de chimio malgré son énorme charge de travail. Un samedi,

Paul qui n'avait jamais eu d'animal domestique et ne les aimait guère avait rapporté l'épagneul, cette petite boule d'affection, à la joie de leur fille cadette, et avait même permis qu'Ève le nomme Réglisse (un goût qui lui répugnait). Ils ne s'étaient disputés qu'une fois : quand il avait voulu lui interdire le vélo. Certaines femmes ne parlaient pas de leur cancer à leur mari, craignant d'être affaiblies par son manque d'empathie en un moment où elles devaient rassembler leurs forces. Qui sait, peut-être était-ce ainsi que la femme de Varun avait cessé de l'aimer sans qu'il s'en rende compte. Ève s'avisa qu'on était le 2 juillet.

« Varun, tu pourrais me prêter ton téléphone ? C'est notre anniversaire de mariage, et avec mon portable français je ne peux pas appeler Paul aux États-Unis.

— Bien sûr ! Combien d'années ? »

Elle fit un rapide calcul.

« Vingt-six.

— Pour nos vingt-cinq ans, nos noces d'argent, j'ai emmené ma femme à Sainte-Lucie, dans les Caraïbes, dans un cinq-étoiles. J'avais bien fait les choses. Je n'imaginais pas qu'elle me quitterait quatre ans après ! »

Il lui passa l'iPhone. Elle s'éloigna. Un samedi à dix heures, Paul serait sans doute en train de promener Réglisse. Il décrocha.

« Allô ?

— Joyeux anniversaire, mon amour !

— Vous avez fait un mauvais numéro. »

Elle rit, décontenancée.

« Paul, c'est moi ! C'est notre anniversaire de mariage aujourd'hui !

— Oh, pardon chérie, la distance déforme ta voix ! Mais oui, c'est le 2 juillet ! Bon anniversaire, Eva-Love ! Tout va bien ? Varun est bien arrivé ?

— Je t'appelle de son téléphone. Drôle de type.

— Il est bavard.

— Oh oui ! Je me demande si j'ai bien fait de l'inviter. Tu me manques !

— Toi aussi. Qu'est-ce que j'aimerais être à Capri avec toi, au lieu de me morfondre douze heures par jour devant mon écran ! »

Quand elle raconta à Varun la première réaction de Paul, il éclata de rire.

« C'est vrai que le téléphone change notre voix. Je me rappelle une fois où je... »

Elle n'était pas vexée que Paul ait oublié la date. Chaque année ils se remémoraient leur anniversaire avec quelques jours de retard et riaient de leur oubli. Mais c'était la première fois en quinze ans qu'elle n'était pas aux manettes de ses cuisines à New York un 2 juillet, à travailler vingt-quatre heures sur vingt-quatre pour la fête de l'Indépendance. Capri n'était pas si loin de New York : Varun l'avait prouvé. Le 4 étant férié, Paul aurait pu se prendre un grand week-end. Trois jours de soleil, de marche, de nage et de mer lui auraient fait un bien fou. Pourquoi ne lui avait-elle pas acheté un billet sans lui laisser le choix, comme pour leurs dix ans de mariage, quand elle l'avait invité à Venise pendant que sa mère gardait à Paris leurs filles toutes petites ? L'idée ne lui était même pas venue. Pourquoi leur existence était-elle définie par le travail ?

Il y avait quelque chose de pourri dans cette vie

new-yorkaise que ses amis parisiens lui enviaient tant. Un mot sur le modèle d'« alcoolique » désignait l'addiction au travail : *workaholic.* Travaillolique ! Sept jours sur sept Paul se couchait et se levait en pensant au boulot : son esprit était sans cesse occupé par ses enquêtes. Championne de la logistique, Ève s'était révélée aussi douée comme femme d'affaires que comme cuisinière. Elle avait douze employés, des robots à la pointe de la technologie, des contrats juteux avec des banques et des entreprises, une réputation sur le Web qui ne cessait de croître. Elle éprouvait la nostalgie de leurs « années Varsovie », de cet espace de solitude et de silence qui lui avait permis de réinventer sa vie une vingtaine d'années plus tôt.

Le cancer était un message : il fallait recréer du vide, sortir de la prison de l'efficacité, du succès et du gain, afin de retrouver du désir. Cela faisait deux ans et demi que Paul et elle n'avaient pas fait l'amour. Elle n'en avait même plus envie. Pourtant ils s'aimaient. Avec moins de passion, mais plus de compréhension et de complicité qu'autrefois.

Voilà ce dont elle aurait discuté avec Francesca, dont elle aurait aimé boire les sages paroles.

Alors qu'ils montaient les escaliers en fin d'après-midi sur le chemin du retour, Varun dut s'arrêter à plusieurs reprises, essoufflé, haletant. Elle l'attendait avec patience. Paul aurait sans doute exigé de prendre le minibus ou un de ces taxis hors de prix. Ses promesses de changer de mode de vie après la mort de Rivka étaient restées lettre morte.

Ce soir-là ils se rendirent aux *Conversazioni* avec une demi-heure d'avance afin de pouvoir s'asseoir. À la fin de la conférence, Varun se dirigea vers son ami journaliste avant de retourner vers Ève, désappointé : le dîner ce soir-là était en comité retreint. Elle cacha son soulagement. Il l'invita dans un restaurant que mentionnait le Zagat, où ils mangèrent un osso-buco auquel Ève ne trouva rien à redire.

À la déception de Varun, ils ne furent pas non plus conviés à la fête du lendemain soir après la dernière conférence. Ils rentrèrent Via Matermania et elle prépara le dîner tandis qu'il buvait du vin blanc en consultant ses messages, installé sur une chaise longue à l'endroit de la terrasse où il y avait du réseau.

L'air était un peu plus frais. Ève portait une robe à fines bretelles et la brise caressait sa peau. Elle aurait aimé que Paul soit là, sur cette terrasse avec elle, et mette la main sur son épaule. Elle écoutait distraitement Varun. Quiconque lisait ses articles aurait sûrement été flatté de converser en tête à tête avec lui – enfin, d'entendre son monologue.

Elle sourit. Le cancer n'avait pas rendu sa langue moins acide. Elle en voulait à Varun parce qu'il n'était pas Paul, voilà tout. Il lui versa un autre verre de vin.

« Merci, ça suffit.

— Il faut que tu m'aides ! J'en ai bu les deux tiers. Dis, tu as vu la femme au premier rang ce soir ? Très belle, en robe rouge. Elle ressemblait à mon épouse. »

Il l'agaçait.

« Je n'ai pas remarqué. À propos, Varun, tu pars quand ?

— Je vais chez des amis en Toscane samedi. Tu as la maison jusqu'à samedi, c'est ça ? »

Elle rougit et prit son courage à deux mains.

« Je suis très contente que tu sois là, mais… j'ai besoin de quelques jours seule. »

La surprise le laissa coi. Mais il se ressaisit vite.

« Bien sûr. Si je pars mercredi, ça ira ?

— C'est parfait.

— J'en profiterai pour visiter une autre île avant de rejoindre mes amis. Ischia, par exemple. J'irai au café demain réserver une chambre. »

Le lendemain matin, il trouva sur Internet un hôtel sur la plage à Ischia. Vraiment pas cher, et l'hôtel proposait des cours de plongée sous-marine : il avait toujours eu envie d'essayer. Pour un peu il aurait remercié Ève de le chasser.

Ils prirent un bus pour Anacapri, puis le téléphérique jusqu'en haut du mont San Michele, où ils piqueniquèrent devant une autre vue sublime avant de redescendre par des sentiers sinueux sous les pins. Depuis qu'elle connaissait sa date de départ, elle se sentait mieux disposée à son égard. Pour la première fois il l'interrogea sur son travail. Ève lui dit qu'elle pensait vendre son entreprise de traiteur afin de retrouver un autre rapport au temps. Ce désir lui était venu après un cancer du sein.

« Tu as eu un cancer ? C'est ma terreur depuis que ma femme m'a quitté, à cause du choc ! Comment t'en es-tu rendu compte ? »

Il la regardait avec un respect nouveau et posait des questions précises sur le protocole, en journaliste. L'idée des rayons le terrifiait et il fut étonné d'apprendre qu'on ne sentait rien. C'était la première fois qu'elle « racontait » son cancer. Elle se rendit compte que cette période était derrière elle.

Après une longue marche sous le cagnard et un bain divin dans la Grotta Azzurra à la lumière bleue, un bus les ramena à Anacapri. Varun vérifiait son téléphone toutes les cinq minutes. Même si loin des États-Unis, à la fin d'une si belle journée, il n'oubliait pas New York. Ils changèrent de minibus et arrivèrent à Capri à la nuit tombée. L'iPhone émit un bip alors qu'ils commençaient l'ascension vers leur domicile.

« Ça y est, Ève : l'article sort vendredi ! C'est une histoire majeure, majeure. Maintenant je peux t'en parler. Mais surtout ne dis rien à personne. Même pas à Paul.

— Bien sûr.

— Tu as entendu parler de Mikhaïl Lessine ? »

Elle secoua la tête.

« J'aurais cru, avec un mari journaliste ! C'est un milliardaire russe qui est mort dans une chambre d'hôtel à Washington le 5 novembre dernier. La justice américaine a conclu à la mort naturelle : le type aurait succombé à des coups violents à la tête, au cou et au torse qu'il se serait faits en tombant de son lit plusieurs fois de suite parce qu'il était ivre mort ! Au FBI personne ne croit à la thèse de l'accident, mais on ne veut pas répondre officiellement à mes questions : c'est trop dangereux.

— Dangereux ?

— Il ne s'agit pas juste de Lessine. Les "accidents" de dissidents russes se sont multipliés ces dernières années. J'ai essayé d'interviewer des gens et partout j'ai trouvé porte close. Me parler, c'est se condamner à un "accident". »

Ses doigts repliés traçaient des guillemets en l'air.

« On dirait un film de James Bond.

— C'est du James Bond – couplé avec *Le Parrain*. Les

services secrets russes travaillent main dans la main avec la mafia. Lessine a été assassiné, c'est une évidence. C'est l'ancien ministre de la Communication d'Eltsine et de Poutine. Il a créé RT en 2005, Russia Today, un groupe de médias en langue anglaise qui a pour but de donner une perspective alternative, c'est-à-dire un point de vue russe, sur les grands événements mondiaux… »

Elle s'écarta pour laisser passer un homme dans l'étroite rue pavée, un pauvre diable maigre qui tirait un diable, justement, chargé de cinq énormes packs d'eau. Il devait se casser le dos dans les côtes. L'homme avait la peau encore plus sombre que Varun : un Sri-Lankais, pas un Capriote. Ève avait remarqué leur nombre ces derniers jours. Ils étaient attelés aux tâches les plus pénibles : elle soupçonnait une forme d'esclavage. Elle aurait souhaité en savoir plus sur leur immigration et leurs conditions de travail. Voilà l'article qu'elle aurait aimé lire.

La mort de ce dissident russe, continuait Varun, la veille du jour où il devait être entendu par la justice américaine sur la façon dont Poutine se servait de RT pour faire de la propagande, était directement liée aux élections américaines, à l'interférence des Russes et à la compromission de Trump. C'était énorme.

« J'avais peur que le directeur du journal ne cède à des pressions du gouvernement et qu'il ne publie pas mon article.

— Pourquoi est-ce qu'Obama empêcherait la publication d'un article qui compromet Trump ?

— Pour ne pas interférer dans les élections.

— Mais quelle importance, puisque Hillary va gagner ?

— C'est ce qu'on croit à New York, à Boston, et en

Californie. Les Russes ne veulent pas d'Hillary et vont tout faire pour que Trump soit élu. »

Varun réécrivait l'histoire pour se donner de l'importance : voilà qui amuserait Paul. Il y avait des surprises, certes – l'élection d'Obama en avait été une et leurs amis, à l'automne 2007, ne donnaient pas cher de la peau du candidat noir s'il était élu, tant ils craignaient qu'un extrémiste blanc n'attente à sa vie – mais de là à imaginer qu'un bouffon à postiche devienne président de la première puissance mondiale !

Tandis qu'ils dégustaient les raviolis frais à la ricotta et la salade d'épinards qu'elle avait préparés pour le dîner, il lui raconta en détail son enquête.

« Les Russes tiennent le Donald par les couilles. Mon article révèle la collusion entre Trump et le Kremlin. Il faut absolument l'empêcher d'accéder à la Maison-Blanche. Ce type est un escroc. En enquêtant, j'ai pris le risque d'avoir un "accident". Mais les enjeux sont trop importants pour notre pays et pour le monde. »

Ses mains faisaient de grands mouvements pour souligner ses phrases. Il avait relevé ses manches sur ses bras sombres et maigres. Comme la veille, la brise caressait la nuque d'Ève et ses épaules nues, les zones les plus érogènes de son corps. Si seulement Varun était italien, si seulement il arrêtait de pontifier pour écouter la sérénité du moment et poser la main sur son épaule. Elle savait que cette poussée de désir n'avait rien à voir avec lui, qui ne l'attirait pas : c'était l'effet du vin, de la nuit chaude et étoilée, de la mémoire d'autres moments langoureux sous des cieux semblables – de l'Italie.

L'Italie, sortie de sa vie par la porte en avril 1984

quand elle s'était enfuie de Rome après avoir rencontré son géniteur, était rentrée par la fenêtre deux mois plus tard au jardin du Luxembourg, où une ravissante étudiante italienne en philosophie l'avait abordée d'une petite voix chantante devant la fontaine Médicis : « Qu'est-ce que vous lisez ? » Grâce à Francesca, Ève avait appris l'italien et était allée en Italie chaque année – sauf à Rome où elle n'était jamais retournée, par crainte de tomber à un coin de rue sur Alberto Moretti. Ce pays faisait partie d'elle.

Ils étaient là, un homme et une femme, seuls dans une maison à Capri. Elle se souvint de ce qu'un ami de Francesca lui avait dit trente ans plus tôt, alors qu'elle lui avouait avoir couché avec l'amant de Francesca dans l'appartement de Pise et qu'elle s'en voulait d'avoir trahi son amie : « Quand un homme et une femme sont seuls dans une maison la nuit, Ève, ça doit arriver. C'est inévitable. Une loi de la nature. Francesca le sait et pourtant elle a choisi d'aller à ce colloque, de te laisser seule chez elle avec son petit ami. » Eh bien, la nature n'était pas la même pour les Européens et les Américains. Immigré de deuxième génération, Varun était américain ; et elle, française, avec du sang italien. Il y avait plus de liberté en Europe. Qu'est-ce qui les empêchait de s'allonger et de se donner du plaisir ? Une main caressant sa verge ne lui serait-elle pas agréable ? Pourrait-il enfin fermer les yeux et s'abandonner ? Elle avait envie de placer un doigt sur ses lèvres et d'arrêter son flux de paroles. C'était leur dernier soir.

« Varun, je peux te demander quelque chose – en tant qu'ami ?

— Bien sûr. Quoi ?
— Que tu mettes la main sur mon épaule. »
Il rit comme si elle avait fait une blague.
« Varun, tu pourrais mettre la main sur mon épaule ? »
Surpris, il obtempéra et posa la paume sur son épaule chaude. Il se tut. Le courant passa d'une peau à l'autre. Elle frémit. Il recommença à parler.
« J'ai vraiment du mal à me détendre. J'ai besoin d'apprendre à ralentir. La méditation, peut-être… Ma femme voulait que j'essaye. »
La main sur l'épaule d'Ève changeait la teneur de son discours. Il avouait que quelque chose lui pesait – il semblait désemparé. Elle savait exactement ce dont il parlait : la maladie de New York, la maladie moderne dont Ève cherchait à guérir. Prisonnier de la rapidité, des réseaux, de son téléphone, de la compétition, du succès, il ne pouvait plus lâcher prise. Ce qu'elle ressentait pour lui se rapprochait davantage de l'affection fraternelle que du désir érotique.
Le téléphone de Varun sonna. Sa main quitta l'épaule d'Ève. Il se dirigea vers le coin de la terrasse où la connexion était meilleure. Lorsqu'il raccrocha, ses yeux brillaient.
« L'article sort après-demain ! En une. Mon rédacteur en chef a peur qu'on nous vole le scoop. C'est énorme. Ça va sortir aussi dans les journaux étrangers. »
Ils rapportèrent les assiettes à la cuisine et allèrent se coucher.
Elle lut comme chaque soir, éteignit la lumière au moment où le sommeil la gagna, mais ne s'endormit pas. Au bout d'un moment, elle alla dans la salle de bains.

Elle releva sa chemise de nuit et appuya son dos contre les carreaux de faïence dont la fraîcheur donnait la sensation d'un corps étranger. Elle écarta les cuisses, fléchit les genoux, se caressa, et se laissa envahir par l'image d'un homme allant et venant en elle. Son orgasme fut rapide et intense.

Quand elle retourna au lit, elle était parfaitement réveillée. Elle ralluma la lumière et lisait son roman quand elle sentit une nouvelle montée de désir. Elle se mit à quatre pattes sur son lit, le cul à l'air. La jouissance fut tout aussi forte. Deux fois de suite, alors que c'était la première fois depuis le cancer que sa libido se manifestait ! Quel dommage que Paul ne soit pas avec elle sur ce lit ! Et c'était un homme sans aucune sensualité, un homme qui ne l'attirait pas, qui avait ressuscité à son insu (et à son corps défendant) son désir érotique ! Alors que le plaisir solitaire lui avait toujours inspiré une vague honte, elle ressentait maintenant une immense fierté de ce double orgasme, preuve que son corps était vivant.

Dans le miroir de la salle de bains elle regarda son torse bronzé et rentra le ventre. Elle avait toujours de jolis seins, même avec la cicatrice, à peine visible sous le sein droit. Un beau travail de chirurgien. Cinquante-deux ans, ce n'était pas vieux.

Mieux valait que rien ne se soit passé. Ils avaient des amis communs à New York.

Le lendemain matin Varun passa la matinée au café, à échanger des mails. Au déjeuner, il lui dit que le journal se préparait à un énorme scandale : il devait rentrer aux États-Unis plus tôt que prévu et renoncer à la semaine en Toscane après Ischia. L'après-midi elle descendit avec lui à Marina Grande et l'accompagna jusqu'au port. Ils s'embrassèrent.

« Ève, c'était vraiment sympa ! On voyage bien ensemble, tous les deux. Je suis un compagnon facile, non ? »

Elle se baigna à Marina Grande avant de remonter à la petite maison en haut de la Via Matermania et, sur le chemin du retour, s'arrêta chez le meilleur glacier de Capri, où elle prit un cornet avec trois boules : cassis, réglisse, noisette. Elle avait besoin de sucre pour compenser le vague à l'âme que lui laissait l'absence de Varun – de son énergie, de son enthousiasme. Elle était surprise de penser à lui avec autant d'affection. C'était un homme très sympathique en fin de compte.

« Moi qui le trouvais insupportable au début ! dit-elle à Paul quand il l'appela ce soir-là.

— Comme quoi il ne faut pas se fier aux premières impressions. »

Alors qu'elle avait décidé de se déconnecter pendant son séjour, le matin elle se rendit au café avec son iPad pour lire le message de remerciement que Varun lui avait sûrement envoyé. Il n'y en avait pas. Elle lui demanda par mail comment il allait et si l'hôtel avait répondu à ses attentes. Il aurait dû lui écrire le premier, mais ignorait évidemment ce qu'on appelle en France la lettre de château.

Elle alla se baigner à Marina Piccola dans l'après-midi. Elle reprenait son rythme, appréciait à nouveau sa solitude.

Le soir la curiosité la fit retourner au café juste avant la fermeture. Pas de réponse. Branché sur son iPhone comme il l'était, Varun avait sûrement vu son message. Pensait-il qu'elle lui faisait des avances ? L'homme était un rustre.

Le lendemain elle écrivit une lettre à Francesca et lui raconta avec humour la visite du journaliste. En fin d'après-midi, quand elle passa par Capri au retour de la plage, elle regarda les titres des journaux en anglais et ne vit pas trace de l'article de Varun. La presse étrangère arrivait ici avec du retard. Elle acheta la feuille de chou régionale et s'arrêta dans un café sur la *piazzetta*, où elle commanda un granité au citron. Avec son journal en italien, elle se trouvait l'air très local. Après tout, elle était génétiquement à demi italienne, même si elle n'en avait pas l'air avec sa peau blanche, ses cheveux clairs et ses taches de rousseur.

Les mots « *Turista americano… Scuba diving… Ischia* » dans la rubrique des faits divers attirèrent son attention. Elle fut saisie en parcourant les quelques lignes dont elle comprit presque tous les mots. Un touriste américain d'âge mûr avait disparu lors d'une plongée sous-marine à Ischia. L'instructeur l'avait trouvé en train d'embrasser un corail, son tube respiratoire arraché. Il l'avait aussitôt ramené à la surface mais l'Américain n'avait pas pu être réanimé. Une autopsie serait effectuée pour déterminer la cause, probablement cardiaque ou digestive, de cet accident regrettable.

Ève changea de couleur. L'article ne donnait pas le nom de l'homme mais l'âge, la nationalité, l'activité, le lieu, tout correspondait à Varun.

Accident. Elle revit Varun dessiner des guillemets autour du mot. Elle ne l'avait pas pris au sérieux. Était-il suivi ? L'avait-elle condamné à mort en l'envoyant à Ischia ?

« *Signora, tutto va bene ?* »

Le serveur lui jetait un regard inquiet. Elle essuya les larmes sur ses joues.

« *Si, grazie... Brutte notizie !* »

Elle paya son granité et se leva. Il y avait le wifi dans ce café, mais l'archaïque téléphone à clapet qu'elle utilisait en Europe n'y donnait pas accès. Il fallait qu'elle aille chercher son iPad et contacte Paul.

Elle remonta à toute allure la longue rue pavée jusque chez elle puis redescendit au café en face du supermarché, où le serveur était en train d'empiler les chaises. Sur Google elle tapa le nom de Varun et ne trouva pas de notice nécrologique ni de mention de l'accident. Elle écrivit ensuite en italien les mots « accident plongée sous-marine Ischia ». L'Américain s'appelait Jack Beacon ; il laissait une veuve de cinquante-deux ans – l'âge d'Ève. Elle soupira de soulagement tout en compatissant au malheur de l'Américaine.

En ouvrant ses mails, elle vit le nom de Varun parmi les expéditeurs.

Chère Ève, je vais très bien. Il y a une vraie plage de sable au pied de mon hôtel (pas d'escalier !), l'Internet marche bien, et j'apprécie la climatisation avec cette humidité. J'ai très bien choisi et te recommande cet hôtel si tu vas à Ischia. J'ai commencé la plongée sous-marine. C'est très amusant, et je me débrouille déjà pas mal ! Ma seule déception, c'est qu'on a retardé la publication de mon article. Je sens des pressions venant du sommet. On n'est plus au temps du Watergate et de Ben Bradlee ! (Si tu ne

vois pas de qui je parle, demande à Paul. :-)) L'avantage, c'est que je peux prolonger mes vacances.
Bon retour à New York. Cordialement, Varun.

Varun tel qu'en lui-même.

Elle regretta de ne pouvoir tout raconter à Paul. Ensemble ils auraient bien ri.

CHAPITRE 9

« *Toi aussi tu vieilliras seule* »

14 novembre 2016

Le téléphone fixe sonna alors qu'elle avait enfilé une bottine. Elle traversa le salon en boitillant.

« Salut Clarisse ! C'est ce soir ? »

Diana, la jeune Bosniaque devenue sa nouvelle grande amie depuis leur rencontre devant les poireaux au Monoprix de la rue Saint-Antoine, n'avait pas oublié la date.

« Oui. Je suis nerveuse.

— Il y a deux mois tu étais sûre qu'ils détesteraient. Ils ont adoré.

— C'est la fin qui me fait peur. J'ai un problème avec les fins. »

On pouvait le dire ainsi. Clarisse avait rempli de nombreux cahiers depuis ses quinze ans. Toujours abandonné avant la fin. Jamais rien soumis à publication.

Après la réaction unanime du groupe deux mois plus tôt, elles avaient rêvé la suite : la publication, le succès, le film avec Juliette Binoche, le festival de Cannes, Hollywood pourquoi pas.

« Je suis sûre que c'est excellent. Tu t'habilles comment ?

— Avec un jean noir et la tunique Isabel Marant que tu aimes.

— Bien. Tu restes après tout le monde et tu l'aides à ranger sa cuisine ?

— Pascale ne me laissera jamais seule chez lui.

— Elle est chiante, celle-là.

— Ça oui.

— Débrouille-toi. J'y crois. Il est divorcé et il a des enfants, comme toi. Il est plus jeune que toi, mais il fait plus vieux. Il est attiré par toi, c'est clair. Et tu as rêvé de lui. En plus il va t'aider à publier ton roman. »

Clarisse mit un peu de rouge à lèvres rosé. Elle avait lu cette blague dans un roman paru cet hiver : « Quel est le super-pouvoir des femmes après cinquante ans ? L'invisibilité. » Ce n'était pas son cas, surtout depuis qu'avait eu lieu ce miracle capillaire, que son coiffeur aussi étonné qu'elle expliquait par un phénomène d'oxydation à la lumière du soleil. Quelques années plus tôt Clarisse avait décidé de teindre ses racines qui commençaient à blanchir, et ses cheveux s'étaient mis à pousser blond cendré. La chevelure frisée qu'elle s'était efforcée de cacher à l'adolescence était devenue à cinquante ans sa meilleure alliée. La spectaculaire manne de boucles dorées qui contrastait avec sa peau olive et ses yeux foncés lui ôtait plus de dix ans. Elle n'avait pas besoin d'aller en ligne pour rencontrer des hommes.

Elle vérifia ses mails. Yves réclamait la traduction en retard. Prise par les finitions de son texte, elle avait oublié. Elle promit de l'envoyer demain. Il l'appelait madame Mañana. Heureusement qu'il l'aimait bien. Sa survie matérielle dépendait de lui. Mais si le livre était publié et qu'il avait un prix littéraire, si les droits étaient achetés pour faire un film, peut-être qu'un jour…

Ne pas vendre la peau de l'ours.

Elle mit dans son sac le moule qu'elle avait laissé près de la cuisinière, puis enfila un blouson en jean et enroula autour de son cou l'écharpe que Martin lui avait offerte pour son anniversaire. Depuis une semaine le temps s'était refroidi; après un automne splendide, l'hiver arrivait brutalement. Pepper et Pizzicato la regardaient, le roux Pizzi d'un œil qui semblait approuver sa tenue et lui souhaiter bon vent, le vieux Pepper d'un air las et triste. Elle caressa la pauvre bête qui avait un cancer, vérifia qu'il restait des croquettes et de l'eau, et s'apprêtait à claquer la porte quand le téléphone fixe sonna. Elle revint sur ses pas.

« Allô ?

— Maman ! »

Son bien-être s'échappa d'elle comme l'eau d'un bain par une bonde largement ouverte. Elle regretta d'avoir décroché.

« Elle a rencontré quelqu'un !

— Tu ne sais pas si ça va durer, chéri. Viens déjeuner demain. Là je dois partir.

— Tu crois qu'elle le connaît dep… ?

— Demain, chéri. Tu peux passer la soirée chez Simon ?

— Ça fait trop mal… »

Simon, qu'il connaissait depuis l'école maternelle, était son seul ami. Lucas pleurait. Si seulement elle avait pu lui insuffler un peu de sa force.

« Va chez Simon, chéri. À demain midi. »

Elle raccrocha sans lui laisser le temps de répondre. Elle aurait pu le rappeler de la rue depuis son portable, mais elle y aurait laissé toute son énergie, en vain. Elle avait besoin de sa demi-heure de solitude avant d'arriver chez Seb. Demain il faudrait convaincre Lucas de retourner voir le docteur Afzal et de prendre des antidépresseurs.

En tout cas elle avait été inspirée quand son fils lui avait annoncé un mois plus tôt qu'il revenait vivre à la maison. Paniquée à l'idée de partager son espace avec lui, de le voir traîner en caleçon toute la journée et de devoir lui remonter le moral du matin au soir, elle avait appelé Isabelle dont la fille était partie étudier en Angleterre, libérant une chambre de service trop petite pour être louée légalement. Toutes ses amies étaient d'accord : un retour à la maison aurait représenté une régression. Sa mère ne pouvait plus le porter à bout de bras.

Même si Clarisse en voulait à Noémie qu'elle avait accueillie comme une fille, elle la comprenait. Lucas était un boulet. Un boulet charmant, attachant, mais un boulet. La dépression était épuisante pour les autres. Comme Noémie avait onze ans de plus que lui, Clarisse avait espéré qu'ils aient un enfant et que Lucas se retrouve père au foyer. Que pouvait-il faire après avoir raté trois fois sa première année de licence d'histoire et trois fois sa première année de psychologie ? Inutile de rêver de devenir instituteur. L'échec était un cercle vicieux. À vingt-six ans, sa seule façon de gagner des sous consistait à promener des chiens.

Elle n'allait pas résoudre maintenant cette question qui ouvrait un puits d'angoisse. Elle descendit les marches étroites entre le septième et le sixième étage, puis l'escalier recouvert de tapis. Elle ne pouvait pas prendre son vélo, n'ayant toujours pas fait réparer son pneu crevé. À cause de l'appel de Lucas, elle n'aurait pas ses dix minutes d'avance.

« Salut Clarisse ! »

Abdou, le grand Sénégalais qui travaillait au magasin de primeurs, lui adressait son sourire éclatant. Elle lui envoya un baiser du bout des lèvres et fit signe qu'elle devait se dépêcher. En sortant de chez Nicolas avec une bouteille de rosé, elle donna un euro à la Syrienne assise sur un matelas avec son enfant, ainsi qu'à la folle en manteau de fourrure qui la remercia sur un ton de femme du monde : « Merci, chère madame ! Vous êtes bien aimable ! »

Clarisse passa devant la librairie La Belle Lurette et imagina son livre en vitrine, avec son nom en lettres bleues sur une couverture blanche. Soixante-dix pages, était-ce trop court ? Faudrait-il écrire une deuxième histoire avant de l'envoyer ? Seb disait qu'en France on publiait des textes de toutes les tailles.

Elle remonta la rue de Turenne d'un pas rapide et tourna rue de Saintonge. Des militaires avec des mitraillettes arpentaient le boulevard Voltaire, à cinquante mètres du Bataclan. Le premier anniversaire de l'attentat avait eu lieu hier, et la ville était sous tension. Elle pensa à ces hasards qui vous sauvent la vie alors que, sur le moment, ils vous ont contrariée. Le 13 novembre 2015, où la température était plus douce que ce soir, elle avait failli dîner en terrasse au Petit Cambodge : un couple grossier avait raflé la dernière table où Florence et elle étaient sur le point de s'asseoir. Elles s'étaient rabattues sur un restaurant sans terrasse un peu plus loin. Quand des gens effarés étaient entrés dans la salle en parlant d'une fusillade, elles avaient d'abord cru à un règlement de comptes lié à la drogue. Entre la terrasse du Petit Cambodge et celle du Carillon, douze personnes avaient été tuées. Cent trente morts en tout. Un ex-amant de Clarisse était une des victimes du Bataclan.

En février dernier, elle avait entendu Seb sur France Culture. « Je suis un vrai tâcheron, disait-il. Mes premiers jets sont d'une médiocrité terrible. Pour moi, l'écriture, ce n'est que de la réécriture. » Soit, mais d'où venait la motivation pour recommencer ? Quand une publicité pour l'atelier d'écriture de Seb était apparue sur sa page Facebook, elle y avait vu un signe du destin même si elle soupçonnait une manipulation de Google. Ce n'était pas bon marché : six cents euros pour douze heures sur deux week-ends. C'est dans l'atelier de Seb qu'elle avait raconté sa soirée du 13 novembre, dont elle avait enregistré à son insu chaque détail : la terreur instinctive sur le visage de la jeune mère qui avait attrapé son enfant par le bras au risque de lui déboîter l'épaule et couru dans la cave du restaurant ; le vieil homme attablé avec sa famille près de Clarisse qui s'impatientait parce qu'on était bien long à servir le plat principal, et sa femme qui disait d'un ton nonchalant à leurs enfants adultes : « Oh, vous savez, nous on a vécu les bombes ! »

Seb avait trouvé son texte extrêmement vivant et lui avait demandé d'attendre à la fin du dernier atelier. « Vous écrivez ? — Non. — Vous devriez. Vous êtes douée. — C'est un peu tard. — Pourquoi donc ? Vous avez des enfants ? — Trois. » Il avait jeté un coup d'œil à sa main dépourvue d'alliance. « Vous êtes divorcée et vous avez la garde, c'est ça ? » Elle avait hoché la tête. « Ne cherchez pas plus loin. On ne peut rien faire avec des petits. Mais ils sont tous à l'école maintenant, non ? » Quel âge lui donnait-il ? C'était flatteur. Il avait pris son sourire pour un assentiment – « C'est le moment de vous lancer, Clarisse » – et lui avait proposé de se joindre au groupe d'écriture qu'il avait organisé avec quelques amis, dont certains étaient publiés et d'autres non. Ils se rencontraient une fois par mois. « Avoir une date limite, ça stimule. Et sept personnes qui vous lisent, sept miroirs qui permettent de voir votre écriture sous tous les angles, c'est très utile. — J'aurais trop peur, je crois. — On n'est pas là pour juger, mais pour faire des suggestions. C'est un groupe bienveillant, et tout le monde se risque. Commencez par lire et écouter les autres, vous verrez si le format vous inspire. »

Un écrivain célèbre s'intéressait à elle : pas à ses seins mais à son écriture, à ce qu'il y avait en elle de plus intime. Quand Seb l'avait présentée à ses amis en mai, elle s'était sentie comme la benjamine, alors qu'elle était de loin la doyenne. Le groupe d'écriture était vite devenu son activité préférée. Elle l'attendait avec impatience. Lire les textes des autres et les commenter de façon constructive en cherchant les mots qui ne vexeraient pas leur auteur représentait un défi passionnant. Seb ne s'était pas trompé : au cours de l'été l'envie d'écrire lui était venue. En septembre elle leur avait remis la première moitié d'un texte où elle racontait sa liaison avec Jean-Baptiste Cœur-Aimable, dit J.-B., un Haïtien de vingt-quatre ans qu'elle avait nommé Jules dans son histoire et transformé en Alsacien, craignant que la liaison entre une cougar et un jeune Black (la réalité) ne fasse trop cliché. Elle avait vieilli son personnage, Suzanne, de quelques années, pour rendre l'écart d'âge encore plus frappant. Leur réaction avait été unanime, ce qui était rare. Même Pascale, la plus critique, avait semblé sincère dans son étonnement : « Vraiment, tu n'as jamais rien écrit ? » Seb lui avait parlé avec respect comme à une consœur. Tout en se demandant si le groupe n'avait pas chanté son éloge pour plaire à son chef, car toute structure, même un groupe d'écriture, est hiérarchique, elle était sortie de là avec une exaltation joyeuse. Ce soir-là elle était allée attendre J.-B. à la sortie du club où il travaillait, sans avoir rendez-vous avec lui.

Seb avait écrit de nombreux romans qui avaient reçu plusieurs prix littéraires, et deux de ses livres étaient devenus des films. Quand on le googlisait, on trouvait plus de deux cent mille liens. Mais les écrivains ne sont pas non plus des stars. Sa renommée impressionnait moins Clarisse que la manière dont il avait transformé sa passion en métier, à la force du poignet s'il fallait l'en croire. Il lui donnait de l'espoir. Il était grand, massif, un ours. Rien à voir avec la sveltesse et la grâce de Jean-Baptiste, avec ce corps tout en muscles, sombre, sans graisse, sculpté comme une œuvre d'art. Seb avait du ventre et les doigts jaunis par la cigarette. Pourtant il y avait chez lui une force d'attraction magnétique. Elle avait cru que c'était l'ascendant du maître, jusqu'à ce geste un mois plus tôt, en octobre, quand il avait pris le poignet de Clarisse pour examiner son bracelet indien. La nuit même elle avait rêvé de lui : debout côte à côte dans un musée, ils entrelaçaient leurs petits doigts à l'insu de leur guide (Pascale !), et Clarisse se liquéfiait de désir.

Début septembre il lui avait proposé d'aller voir en nocturne, un jeudi soir, une exposition au musée d'Orsay qui se terminait dans trois jours (d'où le musée dans son rêve un mois après). Elle avait accepté, flattée. Le jeudi après-midi elle avait reçu un texto de J.-B. qui voulait la voir ce soir-là, et elle avait cavalièrement décommandé Seb, qui avait dû comprendre pourquoi en lisant son récit. Il ne s'y risquerait plus. C'était à elle de faire le premier pas.

Elle tourna dans la rue Morand. Comme d'habitude, pas une seule femme n'était assise à la terrasse du café en face de la mosquée, et les hommes la suivirent du regard. C'est pour des détails comme ça qu'elle n'aimait pas la religion musulmane, ni aucune autre religion limitant la liberté des femmes. Elle tapa le code et grimpa à pied, même s'il y avait un ascenseur. Au quatrième, Seb lui ouvrit et lui fit la bise. Sa barbe était douce. Pascale était déjà dans la cuisine, appuyée contre le comptoir, une bouteille de bière à la main. Elles se saluèrent sans chaleur.

Pascale, une belle femme de quarante-cinq ans aux cheveux gris courts, avait publié un roman chez P.O.L dix ans plus tôt et travaillait sur un recueil de nouvelles dans les interstices que lui laissait sa petite entreprise en conseil. Seb et elle se connaissaient depuis longtemps. Sans doute pas une rivale, même si elle veillait sur lui comme une louve. Clarisse sortit le rosé et le cake de sa besace, et demanda un plat à Seb, qui lui tendit une assiette ébréchée et lui proposa une bière.

« Clarisse ne boit pas d'alcool, lui rappela Pascale.

— C'est vrai, excuse-moi. Un thé, un verre d'eau ? »

On sonna. Tandis qu'il ouvrait la porte et que Pascale consultait son téléphone, Clarisse alla aux toilettes. Par une porte entrebâillée elle aperçut une chambre avec des jouets éparpillés. Seb avait deux enfants : un adolescent qui devait son prénom, Lucien, aux *Illusions perdues*, et une petite fille de sept ans nommée Éponine en souvenir de son personnage favori dans *Les Misérables* : la jeune fille aux sentiments nobles née dans une famille horrible, qui se sacrifie pour Marius dont elle est amoureuse, et qui ne gagne rien d'autre que la mort – rien, pas même un peu de reconnaissance. Les semaines où se réunissait le groupe, les enfants étaient chez leur mère.

Quand elle sortit des toilettes, Philippe, Emmanuelle et Ben étaient arrivés.

« Marie a la grippe, les informa Seb. Elle t'enverra son commentaire par mail, Clarisse. »

Ils s'embrassèrent tous. Il ne manquait plus qu'Olivier. Seb vérifia ses mails.

« Sa femme a un contretemps, il doit garder les enfants. »

Leur absence était-elle en lien avec son texte ? Elle s'efforça de contrôler sa nervosité.

Dans le salon, ils prirent place autour de la large table. Emmanuelle parlait de sa nouvelle cafetière Nespresso, Pascale et Seb de la série israélienne *Hatufim*, avec l'enthousiasme que seules suscitent aujourd'hui les séries ; Emmanuelle, Ben et Philippe évoquaient la cérémonie de commémoration des attentats à laquelle ils avaient assisté la veille. Il était huit heures moins vingt. On aurait dit que personne n'avait envie de démarrer la séance. Seb donna enfin le signal.

Chacun raconta comment s'était écoulé le mois du point de vue de l'écriture : le nombre de pages écrites, les blocages rencontrés et les ruses pour les contourner, la quête d'un éditeur. C'était l'équivalent pour écrivains d'une session d'alcooliques anonymes. Ils picoraient en même temps des pistaches et des carrés de chocolat amer, s'extasiaient sur le moelleux du cake aux olives de Clarisse et vidaient sa bouteille de rosé. On applaudit Seb qui avait terminé son roman, on félicita Philippe qui avait décidé d'écrire quinze minutes par jour pour ne pas perdre le muscle de l'écriture et qui tenait bon. Emmanuelle avait jeté les pages composées depuis un mois : on lui rappela que ce découragement faisait partie du processus.

On fit une pause. Pascale alla fumer une cigarette à la fenêtre de la cuisine, accompagnée de Seb et de Philippe. On se rassit. Clarisse avait mal aux gencives et se souvint qu'elle avait éprouvé la même angoisse deux mois plus tôt.

« Qui commence ? demanda Seb. Clarisse, tu désignes quelqu'un ? »

Quelqu'un de gentil.

« Emmanuelle. »

Comme ils parlaient tour à tour dans le sens des aiguilles d'une montre, Seb interviendrait en dernier.

Emmanuelle avait lu le texte en deux soirs, heureuse de le retrouver à la fin d'une journée de travail : c'était ce qu'on pouvait attendre de mieux de la littérature, ce sentiment d'une vraie compagnie.

« Il faut juste que tu retravailles un peu la fin. Je suis restée sur ma faim. »

Il était logique que cette Picarde de quarante-deux ans mariée et sans enfants qui travaillait dans l'édition scolaire ne conçoive pas le récit d'une liaison sans une bonne vieille « chute » qui lui donne un sens moral. Philippe, homosexuel et habitué des bars du Marais, serait un meilleur lecteur pour ce texte. Il commença par une série de compliments avant d'ajouter qu'il pensait comme Emmanuelle :

« On ne comprend pas pourquoi la liaison se poursuit. Je n'y crois pas. »

Clarisse eut l'impression que le vent avait tourné. Pascale prit la parole.

« Une fin ne me paraît pas nécessaire. Au contraire, j'apprécie cette résistance aux lois communes de la narration. Mais tu ne vas pas assez loin, Clarisse. Ne cherche pas à justifier la liaison. Le texte sera plus fort si tu t'en tiens à une pure description physique. »

Pascale attendait un autre texte, plus dur. Cet avis contradictoire avec celui des deux premiers lecteurs ne l'aidait pas. C'était à Ben.

« Je ne suis pas d'accord avec toi, Pascale. Le récit de Clarisse est trop graphique. La façon dont Jules remplit la bouche de Suzanne avec son sexe, dont il la prend par-devant ou par-derrière et la plie comme un origami, je m'en fous – si je puis dire. »

Philippe et Pascale gloussèrent. Clarisse était crispée. Ben, un informaticien de trente ans qui écrivait de la science-fiction, sportif et puritain comme toute sa génération prétendument libérée, devait être choqué par la différence d'âge entre Suzanne et Jules.

Ils n'avaient pas été plus tendres avec Ben il y a un

mois. De ces critiques elle devait séparer le bon grain de l'ivraie et ne retenir que ce qui lui était utile. Peut-être avait-elle présumé de ses forces. Mais enfin ce n'était pas une question de vie ou de mort. Juste un mauvais moment à passer.

Restait Seb, le seul vrai professionnel parmi eux. Elle avala quelques gorgées d'eau.

« Clarisse, cette séance va t'être utile parce que nos avis concordent. Ton texte avait vraiment bien commencé, mais il ne marche pas. » Son téléphone portable posé sur la table vibra. « Tu m'excuses ? J'en ai pour une minute. »

Il quitta la pièce. À l'étage au-dessus on entendit traîner quelque chose de lourd, puis le vrillement d'une perceuse. Ils levèrent tous les yeux, sauf Clarisse qui fixait le mur devant elle tandis que les mots de Seb résonnaient dans sa tête comme un gong. « Il ne marche pas. » Un jugement sans appel.

« Ce n'est peut-être pas une perceuse, dit Ben. Une scie électrique ?

— Pour découper le cadavre ? »

Ils se mirent à rire. On aurait dit des gamins. Seb rentra dans la pièce.

« C'est dingue, ce bruit ! dit Philippe.

— Oui, il faut que je me plaigne. »

Un contentement sans doute attribuable au coup de fil qu'il venait de recevoir éclatait dans ses yeux.

« Où en étais-je ? Ah oui. Ton texte ne marche pas parce que la fin n'est pas vraisemblable. Si tu ne suis pas la logique de la situation et des personnages que tu as créés, ton histoire est fausse.

— La dernière fois tu m'as dit que tout était juste.

— Les prémisses m'avaient convaincu : la femme de cinquante-sept ans divorcée qui rencontre sur Internet un type très jeune en quête de mère. J'aime que Suzanne ne soit pas une initiatrice mais que Jules la domine sexuellement, qu'avec lui elle ait dix-sept ans – et qu'il refuse de marcher avec elle dans la rue en plein jour parce qu'il a honte d'être vu avec une femme qui a plus de deux fois son âge. »

Troublée par l'évocation de ses amours avec J.-B. dans la bouche de Seb, Clarisse se demandait s'il était lui aussi dominateur. Ils attendaient tous que tombe la deuxième chaussure, le « mais » qui introduirait les critiques.

« Au début sa relation clandestine apporte un plus à Suzanne et ne lui prend rien. Mais plus ils deviennent intimes, plus on sent venir chez elle quelque chose de la nature d'une addiction, comme chez un ancien drogué en qui se réveille une vieille pulsion. »

Il était fin, quand même. Une addiction, c'était ce qui l'avait menacée avec J.-B.

« Pour en venir aux pages qu'on a lues pour aujourd'hui, j'ai aimé la partie où tu décris leurs retrouvailles après la rupture. Quand Jules revient vers Suzanne trois mois après l'avoir quittée, la relation change du tout au tout. Une digue a lâché. Suzanne tombe amoureuse. Elle n'a plus aucune conscience de son corps qui vieillit. C'est fascinant. Elle devient ce qu'on appelle en anglais un *unreliable narrator*. Tu sais ce que c'est ? »

Elle fit non de la tête.

« Une narratrice pas fiable. Elle raconte sa version de la réalité, mais le lecteur sait qu'elle fonce dans le mur. Ce décalage crée du suspense. Sauf que toi aussi tu as perdu de vue le principe de réalité. Comment veux-tu qu'un garçon de vingt-quatre ans reste amoureux d'une femme de cinquante-sept ?

— Et les Macron ? s'exclama Philippe, dont Clarisse apprécia le soutien.

— Leur différence d'âge est moins grande et leur histoire, celle d'une passion hors norme, n'a rien à voir avec le récit de Clarisse, qui reste une histoire de cul. L'ambivalence de Jules m'a frappé. Il aime faire l'amour avec Suzanne mais le corps vieillissant de son amante le dégoûte. Il n'a pas de respect, pas d'amour pour elle. Quand on décrit ce type de relation où une personne entre dans la dépendance d'une autre et s'expose au mépris, on peut aller très loin. »

Il se tourna vers elle.

« Il faut que tu ailles au bout de tes prémisses, Clarisse : que tu nous montres la déchéance de Suzanne alors qu'elle *croit* garder le contrôle. Ton personnage est tragique, comme Blanche dans *Un tramway nommé Désir*. Fais-la épouser Jules et lui donner la moitié de ce qu'elle possède quand il la quitte. Fais-la tout perdre, devenir une clocharde, une de ces folles qu'on voit traîner dans les rues avec leurs sacs. Tu as le potentiel pour une histoire comme ça. Avec une vraie chute, dans le sens narratif et humain.

— Un peu dramatique, non ? dit Clarisse d'un ton crispé.

— Pour l'instant ce ne l'est pas assez. Ton sujet, Suza... »

Ils se mirent tous à rire.

« ... Clarisse, excuse-moi ! Ton sujet, c'est la déchéance

progressive de Suzanne. C'est l'arc du texte. Tu dois la mener à la folie ou au suicide : toute autre fin serait de la bluette.

— Je ne suis pas d'accord. Mon personnage n'est pas désespéré. C'est une femme lucide, capable de faire la part des choses, plutôt heureuse.

— Heureuse ? Elle a passé sa vie à se faire plaquer ! Elle est désespérée de vieillir seule, accrochée à Jules comme à une bouée de sauvetage. »

Clarisse sentit une grande lassitude.

« Que tu sois partie dans une mauvaise direction ne change rien à tes qualités d'écriture, Clarisse. Tu vas y arriver, j'en suis sûr. Le groupe est vraiment utile, ce soir, car on t'a tous dit la même chose. Bon, il est tard, on s'arrête ? Tu as des questions ? »

Elle secoua la tête. Philippe fut le premier à partir. Emmanuelle le suivit, elle aussi se levait tôt. Clarisse débarrassa la table avec Pascale et Ben.

« Tu veux que je te ramène ? J'ai un deuxième casque », dit Pascale à Ben.

Tandis qu'ils enfilaient leurs blousons, Clarisse rapporta les derniers verres et les posa dans l'évier. Quand Seb entra dans la cuisine, elle prit entre deux doigts l'éponge en lambeaux et se força à sourire :

« C'est une éponge de collection ?

— Tu as raison, il faut que j'en rachète une. Merci pour ton aide mais je dois sortir. Je rangerai demain. »

Au moins elle pourrait jurer à Diana qu'elle avait essayé.

Elle descendit l'escalier derrière Pascale et Ben. La moto était garée en face, sur le trottoir. Ils l'embrassèrent et partirent. Elle se retrouva seule. Elle s'éloigna de l'immeuble pour que Seb ne croie pas qu'elle le guettait. Avec qui avait-il rendez-vous à dix heures du soir, sinon avec la femme qui l'avait appelé tout à l'heure ? De toute façon, quelle importance ? Il n'était pas son genre. Ses dents jaunies par le tabac lui rappelaient celles de sa mère.

La vitrine d'un laboratoire médical lui renvoya le reflet d'une petite vieille voûtée. Elle se redressa. Elle était assommée comme si on venait de lui taper sur la tête avec un maillet.

Elle remonta la rue sans rien voir autour d'elle. Un lundi soir, par ce froid, il n'y avait pas grand monde dehors. Au bout d'un quart d'heure, elle arriva place de la République et s'avisa qu'au lieu de marcher vers son quartier, elle se dirigeait vers la rue de l'Échiquier. J.-B. sortait du club vers une heure du matin. Deux mois plus tôt, quand elle était allée l'attendre après le groupe d'écriture, elle s'était cachée dans une embrasure de porte et l'avait guetté, prête à le voir partir enlacé à une jeune fille. Il était sorti seul à deux heures moins le quart. « J.-B. ? » Lorsqu'il s'était retourné, il y avait eu dans son regard tout ce dont elle pouvait rêver : une surprise heureuse, du désir. Ce soir, en revanche, son humeur provoquerait le rejet, car elle avait besoin d'être rassurée.

Elle ne contactait pas J.-B., ne lui envoyait pas de textos. Elle se rendait disponible dès qu'il avait envie d'elle. C'était en général toutes les trois ou quatre semaines. Ils s'étaient vus une semaine plus tôt. Elle ne pourrait pas aller le chercher sans qu'il sente la dépendance qui le ferait fuir. Elle signerait la fin de l'histoire. Elle sourit avec amertume. « La fin de l'histoire. » Voilà peut-être ce qu'elle devrait écrire : la réaction du groupe, son errance nocturne, une scène finale avec J.-B. furieux qu'elle le harcèle, et puis quoi ? Qu'elle se jette sous un bus telle Anna Karénine ? Ça conviendrait à Seb ? Ça ferait un bon film ?

Elle pensa à son fils. Comme elle avait été dure avec lui tout à l'heure ! Il avait besoin d'un peu de tendresse. Elle avait raccroché en lui disant « À demain », comme s'il était possible de contenir la douleur dans les canaux de la raison et du temps. Lucas pourrait-il s'en sortir avec une telle mère ? Une mère accro et égoïste. Elle avait empêché son garçon fragile de revenir habiter chez elle, l'avait confiné dans une chambre de huit mètres carrés. Pour lui donner la force de vivre, vraiment ? Non. Pour pouvoir ramener J.-B. chez elle, se balader nue dans l'appartement et baiser partout.

Clarisse avait si mal qu'elle se mordit la main presque jusqu'au sang.

Au coin de la rue Léon-Jouhaux, elle s'arrêta sous un réverbère. Elle envoya un message à Lucas : « Tu es chez Simon, mon amour ? Je t'embrasse, à demain. Ta mamounette. »

« T'es seule ? »

Elle sursauta. Elle n'avait pas vu l'homme s'approcher. Petit, vieux, engoncé dans un imperméable gris, il sortait sans doute d'un sex-shop de la rue Saint-Denis.

« C'est bon, barre-toi, siffla-t-elle entre ses dents.

— Connasse », grommela-t-il en s'éloignant.

Elle descendit la rue Saint-Martin pour échapper à l'attraction qui la poussait vers le nord. Le dégoût qu'elle éprouvait pour ce type, songea-t-elle, était exactement celui que Suzanne inspirait à Seb. La même misère humaine et sexuelle.

Elle se vit à travers les yeux de Seb : pathétique. Une vieille accrochée à un garçon de vingt-quatre ans, prête à tout pour se faire remplir par lui, prête à le payer.

Elle avait offert à J.-B. un pull en cachemire, une ceinture, une chemise Agnès b. dont les manches étaient presque trop étroites pour ses bras musclés, des slips avec des phrases rigolotes imprimées sur les fesses, « *I'm your master tonight* ». Elle lui avait prêté de petites sommes qu'il n'avait pas pensé à rembourser. Il était normal de faire des cadeaux à un amant, non ? Une fois J.-B. lui avait apporté un bouquet de roses jaunes. Elles s'étaient fanées tout de suite, il avait dû les acheter dans le métro, mais c'est l'intention qui compte.

Un bip l'avertit d'un message. Pas Lucas. Diana, qui voulait savoir comment ça s'était passé avec Seb.

Clarisse appela son fils et tomba sur la boîte vocale. Au même moment retentit la sirène hurlante d'une ambulance. Elle eut une vision sur laquelle son esprit ne put s'arrêter. Inutile d'appeler Police Secours. Ils ne se déplacent pas sur simple prémonition. Elle ne laissa pas de message à Lucas mais se rabattit sur Isabelle, qui répondit après deux sonneries.

« Clarisse ?

— Excuse-moi, je sais qu'il est tard. Vous êtes couchés ?

— Antoine se lave les dents. Dis-moi.

— Ça t'ennuierait de monter voir au sixième ? Je n'arrive pas à joindre Lucas.

— Laisse-le vivre, Clarisse.

— Lucas répond, d'habitude.

— Peut-être qu'il n'a plus de batterie.

— Il est très déprimé depuis que Noémie a rompu. »

Elle savait ce que pensait son amie : que son inquiétude infantilisait Lucas.

« OK, je vais voir », dit Isabelle avec un soupir.

Clarisse marcha vers chez elle, la main crispée sur son téléphone. Il fallait laisser le temps à Isabelle d'enfiler sa robe de chambre, d'appeler l'ascenseur, d'atteindre le sixième, de frapper, d'attendre avant d'ouvrir la porte, de redescendre. L'appareil finit par sonner.

« Il n'est pas là.

— Oh, merci ! »

L'image de la chambre vide se substitua à la vision d'un corps pendu au bout d'une corde qui guettait au bord de sa conscience. Il y avait d'autres moyens, bien sûr, comme se jeter dans la Seine ou sous un métro, mais ils lui semblaient moins probables.

« Par contre tu pourrais lui suggérer d'aérer. Et de nettoyer les miettes, sinon il va avoir des souris. »

Comme chaque fois qu'on lui adressait un reproche concernant un de ses enfants, surtout Lucas, Clarisse sentit son ventre se nouer. Isabelle connaissait sa susceptibilité. Même en amitié le crédit s'épuisait.

« Désolée. Lucas ne voit pas le désordre.

— Je te dis ça pour lui, reprit Isabelle d'une voix plus douce. Et toi, ça va ? »

Clarisse entendit Antoine derrière elle.

« Oui. Merci. »

À la maison elle se fit une tisane. Quand elle prit une tasse, une vis sauta d'une charnière et la porte de placard se referma de travers. C'était une cuisine Ikea : au bout de treize ans, elle se déglinguait. Le reste de l'appartement aussi. Le bois des huisseries, cette matière noble qu'elle avait préférée à l'aluminium, pourrissait sous les intempéries. Il fallait les gratter, les poncer et les repeindre. La peinture partait en lambeaux dans un coin du salon : il y avait sûrement une fuite dans le toit.

Elle avait faim. Une faim incroyable. De sucré. Elle finit par trouver un antique paquet entamé de biscuits mous qu'elle dévora, debout contre le comptoir. Au fond d'un tiroir elle dénicha une moitié de tablette de chocolat praliné. Et dans le placard, la fin d'un pot de miel de châtaigne. Elle mangea tout.

Vers une heure elle reçut un texto de Lucas : il était chez Simon, ils avaient regardé un film. En se lavant les dents elle remarqua les joints craquelés de la douche et un carreau décollé.

Le message de Lucas n'avait pas desserré l'étau. Elle se retournait dans son lit sans glisser dans le sommeil. De ses trois fils, deux avaient mis un océan entre eux et elle. Le troisième n'arrivait pas plus à vivre que sa mère. Elle n'avait jamais réussi à garder un homme ni un boulot. Elle avait voulu écrire et jamais pu finir. Son unique création, l'appartement, s'effondrait sur elle comme un tombeau.

Elle avait sauté à pieds joints dans ce groupe d'écriture, elle se voyait déjà célèbre et imaginait Seb transi d'amour pour elle – tout comme, à seize ans, elle avait suivi un garçon qu'elle croyait amoureux, pour se précipiter dans un piège. Elle n'avait pas changé depuis ses seize ans. Stupide. Naïve. Présomptueuse. Elle se rappela la prédiction de sa mère : « Toi aussi tu vieilliras seule. » Ses larmes coulaient en rigole et mouillaient l'oreiller. Elle ne pleurait pas sur elle mais sur sa mère, petite fille de sept ans arrêtée lors d'une rafle à Paris en 1943. Le policier de garde au commissariat du IXe laissait sortir les enfants, et la mère d'Irina avait confié la fillette à une autre un peu plus âgée, mais la gamine s'accrochait à ses jupes et elle avait dû la gifler pour lui faire lâcher prise. C'était le dernier souvenir qu'Irina avait de sa mère. Une claque pour la sauver.

À quatre heures Clarisse se leva, ouvrit grand une porte-fenêtre du salon et contempla la nuit. Ce n'était pas juste la peur de finir tétraplégique qui la retint de sauter. Elle était accrochée à la vie comme à J.-B.

Elle avait cinquante-trois ans. Les hommes de cinquante ou soixante ans n'avaient aucun mal à trouver des femmes de trente ou quarante. Au-delà de soixante-dix ans, ils cherchaient de futures infirmières. Elle n'avait pas la vocation. Le désir entre J.-B. et elle était réel, le désir n'avait pas d'âge, mais la société en donnait honte à J.-B. Martin, le plus « normal » de ses fils, cesserait peut-être de lui parler s'il apprenait qu'elle avait un amant de cinq ans plus jeune que lui. Tout ça était d'une tristesse. Elle alla se recoucher.

Un jour pâle finit par traverser le velux dont elle n'avait pas baissé entièrement le store occultant. Elle se leva et prépara un thé. Elle le but assise sur son canapé, face à ses trois portes-fenêtres qui donnaient sur le ciel brumeux et les toits de zinc. Pizzicato se frotta contre sa jambe, et elle dut aider Pepper à grimper sur le canapé pour qu'il s'installe sur ses genoux. L'angoisse de la nuit tomba comme un rideau.

À neuf heures moins vingt le téléphone sonna. Diana. Elle venait de déposer ses enfants à l'école et se dirigeait vers son bureau. Elle fut surprise que Clarisse décroche, car elle savait que son amie s'endormait très tard et se levait rarement avant dix ou onze heures.

« Tu as passé la nuit là-bas ?

— Tu vas être déçue : il a rencontré quelqu'un.

— Oh, dommage ! Tu as trop attendu. Il va t'aider à publier ton livre ?

— Il a détesté la fin. Ils ont tous détesté. C'était ma fête hier. »

Elle lui raconta les avis des uns et des autres, dont celui de Seb qui avait enfoncé le clou. Diana se taisait – comme si les arguments de Seb rejoignaient ce qu'elle avait pensé sans le dire.

« Ça me rappelle une émission que j'ai entendue sur France Culture, dit-elle enfin, à propos d'un roman dont tu m'avais parlé… *La princesse de Faye*?

— *La princesse de Clèves.* »

On aurait dit que même Diana voulait noyer le poisson.

« Au dix-septième siècle ce roman a été accusé d'invraisemblance parce qu'il était impossible qu'une femme avoue à son mari son amour pour un autre homme. Trois siècles plus tard, c'est possible ! Et *La princesse de Clèves* est considéré comme un chef-d'œuvre, pas comme un roman raté et invraisemblable. »

Clarisse comprit où elle voulait en venir.

« Toi aussi tu es en avance sur ton temps, Clarisse. Ce que ton groupe veut lire, c'est un cliché d'homme blanc hétérosexuel. Dans ton histoire il n'y a pas de chute, pas de rédemption. Jules ne méprise pas Suzanne. Il est amoureux de quelque chose de rare en elle : une énergie érotique que la plupart des femmes n'ont jamais eue ou perdent en vieillissant. Suzanne est une femme fondamentalement libre, pas un personnage tragique. Seb ne l'a pas compris ? Il est nul, en fait, ce mec. Bon vent ! Mais je t'appelais pour autre chose. Robin rentre tôt et peut garder les enfants ce soir : on se fait un ciné ? »

En raccrochant, Clarisse avait un sourire aux lèvres. Elle était sûre que Diana avait improvisé et ne l'avait pas appelée dans le but de lui proposer un ciné.

Les deux pieds posés sur le plancher en chêne massif que le temps avait laissé intact, elle n'était pas près de perdre l'équilibre. Elle avait ses chats, le ciel, le silence (aucun voisin au-dessus d'elle), ses fils, et surtout ses copines. Nul besoin de s'asseoir à son bureau, d'allumer l'ordinateur et de se remettre à l'ouvrage. Elle ne retournerait pas au groupe d'écriture. Il y avait assez d'écrivains. Elle allait refaire les joints de la salle de bains, finir la traduction, appeler le syndic pour la fuite du toit, et préparer son poulet aux épices du Sud-Est asiatique pour Lucas.

Deuxième partie

LE RÉCIT D'ÈVE

C'était il y a deux ans et demi. C'était dans une autre vie – une vie avant la rencontre de Clarisse, avant cette rupture de continuité qu'est la mort.

Ce matin de novembre 2018, après avoir lu mes mails j'ai ouvert ma page Facebook professionnelle, que je consultais rarement depuis que j'avais vendu mon entreprise. Je recevais ce soir-là les membres de notre club de lecture et voulais relire un vieux post sur les subtilités de la cuisson des macarons. Comme ma page n'était plus mise à jour et que j'avais stoppé mon activité, j'ai été surprise de voir un message privé, envoyé quelques semaines plus tôt.

« Chère madame, je vous prie de m'excuser si vous trouvez ma question bizarre : Françoise Caradec fait-elle partie de votre famille ? »

Ma mère s'appelle Françoise et Caradec est son nom de jeune fille.

J'avais emprunté ce pseudonyme pour mon livre de cuisine paru en France et aux États-Unis, dont ma page Facebook faisait la publicité. J'ai pensé qu'une ancienne camarade de ma mère avait vu mon livre et cherchait par mon intermédiaire à renouer avec elle. Mais la seconde d'après j'ai sursauté en remarquant le nom de famille de l'expéditrice, Moretti. Était-ce un patronyme courant? Cette Clarisse Moretti avait-elle un lien avec mon père biologique?

J'ai répondu prudemment : « Pourquoi me posez-vous cette question? »

Il n'était pas certain qu'elle voie mon message tout de suite. Je suis descendue cuisiner. En plus des macarons, j'avais prévu de faire des cannelés, de rôtir un gigot de sept heures, et de préparer une ratatouille en cuisant chaque légume séparément. Mais je n'avais pas l'esprit à la nourriture ni au club de lecture : ce message et ce nom me troublaient. Après avoir mis mes macarons au four, je suis remontée vérifier ma page Facebook. Il y avait une réponse.

« Mon père, Alberto Moretti, est mort il y a un an. En vidant son appartement j'ai trouvé des photos d'une jeune femme au dos desquelles était écrit : *Françoise Caradec 1963*. Dans une librairie à Paris j'ai remarqué ce nom, Caradec, sur un livre de recettes, et je vous ai googlisée. Vous vivez à New York mais vous êtes française, alors j'essaie à tout hasard. Si vous êtes apparentée à Françoise Caradec, je serais ravie de vous envoyer ces photos, qui sont très belles. »

C'était la fille d'Alberto Moretti.

Ma sœur, donc.

Le savait-elle?

Sur sa page Facebook il y avait une petite photo d'elle avec un chapeau. Elle avait la peau mate et les yeux noirs. Elle ressemblait à Alberto – d'après le souvenir lointain que j'avais de lui. Elle était née à Paris le 10 avril 1963. J'ai fait un rapide calcul mental. Neuf mois jour pour jour avant moi.

J'entendais Alberto Moretti me dire de sa voix grave à l'accent chantant, dans la trattoria du Trastevere en 1984, quand je lui avais demandé s'il avait d'autres enfants : « Pas que je sache. » Mentait-il ? Ou bien cette Clarisse l'avait-elle connu encore plus tard que moi ? Mais alors pourquoi portait-elle son nom ?

Si j'avais refermé mon ordinateur sans répondre à cette inconnue, je ne serais pas là maintenant, assise à mon bureau dans ma maison de Brooklyn, ce 10 avril 2021, trois mois après la mort de Clarisse et jour anniversaire de ses cinquante-huit ans, à commencer de raconter ce qu'il faut bien appeler une histoire, notre histoire – si c'est la fin qui définit l'histoire. Peut-être que rien ne serait arrivé – si tant est que je joue un rôle dans cette histoire.

Mais comment aurais-je pu ne pas répondre, quand les questions tourbillonnaient dans ma tête ? J'éprouvais une émotion obscure, qui contenait à la fois une colère refoulée et l'excitation d'avoir une sœur, une sœur de mon âge. Ce que j'avais enfoui trente-quatre ans plus tôt, après avoir rencontré Alberto, allait ressortir au grand jour. N'est-ce pas ce qui arrive aux secrets ? Ils finissent toujours par ressurgir. Celui-ci avait un nom, des yeux noirs et la peau mate.

Je lui ai écrit que son père, Alberto, était mon géniteur, et qu'il ignorait mon existence – ce qui était faux depuis mes vingt ans.

« Clarisse, vous êtes ma demi-sœur. »

Elle m'a aussitôt demandé comment je pouvais en être sûre. Comme moi, elle semblait rivée à son ordinateur de l'autre côté de l'Atlantique. Je lui ai répondu par un long message, lui expliquant comment, en 1981, à dix-sept ans, j'étais tombée sur des lettres écrites par mes parents au temps de leurs fiançailles, que j'avais parcourues dans l'espoir de découvrir des détails indiscrets sur leur jeunesse. J'étais née avant leur mariage, fait insolite dans notre famille catholique et justifié par la longue mission de mon père en Afrique. En fait de détail croustillant, j'avais lu ces mots dans un post-scriptum d'une lettre de mon père : « Embrasse mon Évounette, qui me manque et que j'aime déjà comme ma propre fille. » Ce soir-là j'étais entrée dans la chambre de mes parents et j'avais explosé en sanglots, tout en espérant que mon père donnerait une explication innocente à ce « comme » qui avait eu sur moi l'effet d'un coup de tonnerre. Ma mère avait fondu en larmes et Christian, sans perdre son calme, m'avait tout dit.

À vingt ans ma mère, étudiante en histoire à la Sorbonne, avait rencontré un Italien plus âgé dans un café du Quartier latin. Elle était tombée amoureuse pour la première fois. Un an plus tard elle avait emménagé chez Alberto dans le XVIe, en racontant à ses parents qu'elle quittait son foyer de jeunes filles pour partager avec une camarade un appartement que sa tante leur laissait gratuitement. Alberto s'absentait souvent, car il travaillait entre la France et l'Italie. Ma mère s'était retrouvée enceinte. Il avait décrété que c'était trop tôt et qu'il l'emmènerait en Suisse, où l'avortement était légal, début juillet, juste avant qu'elle retourne chez ses parents en Bretagne pour l'été. Ma mère s'était mise à douter de son amour et de son intention de l'épouser.

Un après-midi de juin où il était censé partir en Italie, elle l'avait pris en filature. Il avait traversé Paris en métro d'ouest en est par la ligne 10. Au lieu de se rendre gare de Lyon, il était descendu à Nation, et elle l'avait suivi jusqu'à un immeuble de l'avenue de Saint-Mandé. Elle avait attendu une demi-heure avant d'y entrer à son tour. Elle avait vu les noms sur une boîte aux lettres : Alberto et Irina Moretti. Elle était rentrée, avait fait sa valise, lui avait laissé un mot disant qu'elle savait tout, qu'elle allait avorter et qu'il ne devait jamais chercher à la revoir. Pour ma mère catholique, il n'était pas question d'avorter : elle était retournée à Brest, où j'étais née. Un an et demi plus tard, l'été 1965, elle avait rencontré Christian, un ami de son cousin, en vacances sur la presqu'île de Crozon. Il l'avait épousée et m'avait adoptée.

Après avoir envoyé le message, j'ai songé que je venais de révéler un secret de famille à une étrangère. Seuls Paul, mes parents et moi étions au courant. Ma mère avait toujours refusé que mes frères sachent que j'étais la fille d'un autre homme. Elle craignait leur jugement, en particulier celui de Yann, l'aîné, polytechnicien comme notre père et catholique au caractère strict, et ne voulait pas que mes frères sentent la moindre différence entre nous. De mon côté je ne voyais pas l'intérêt du secret, j'aimais Christian « comme » mon propre père, mais je respectais la volonté de ma mère et n'avais rien révélé à mes filles pour ne pas les mettre en posture de mentir à leurs cousins français. De plus, depuis que j'avais rencontré Alberto Moretti, je ne tenais pas à ce qu'on sache que j'étais la fille d'un tel homme. Je n'avais aucune envie de parler de lui.

Je suis restée à mon bureau, incapable de bouger, à attendre la réponse de Clarisse, quand une odeur de brûlé accompagnée du sifflement strident de l'alarme anti-incendie m'a fait me précipiter en bas. J'ai dû récupérer l'échelle au sous-sol afin d'atteindre le détecteur de fumée pour arrêter l'insupportable son, puis ouvrir porte et fenêtres, malgré le froid, afin de chasser la fumée. Mes macarons étaient carbonisés. Cela ne m'était pas arrivé depuis de nombreuses années, car j'ai un minuteur de cuisson dans le cerveau.

Quand je suis remontée, Clarisse m'avait écrit. « Ève, je suis sous le choc et en même temps je ne suis pas surprise. » Son père avait quitté sa mère quand elle avait deux ans. C'est peut-être la grossesse qui l'avait éloigné d'Irina car elle l'avait entendu dire, un jour (quand elle-même était enceinte), qu'il avait en horreur cette déformation du corps féminin. L'immeuble de l'avenue de Saint-Mandé était celui où elle avait grandi. Son père et sa mère habitaient au cinquième étage mais après le divorce sa mère avait déménagé avec elle dans la loge de la concierge au rez-de-chaussée. Alberto était retourné vivre en Italie. Elle ne l'avait presque pas vu quand elle était petite mais avait renoué le lien avec lui plus tard, après la naissance de ses fils. Il avait été meilleur grand-père que père.

Elle m'a demandé si j'avais rencontré Alberto et j'ai répondu non. Je ne me voyais pas raconter à cette inconnue ce qui s'était passé à Rome.

Elle n'avait pas de frères et sœurs et ressentait une émotion immense. Elle allait rendre visite début décembre à son fils aîné qui vivait aussi à New York : accepterais-je de faire connaissance à ce moment-là ?

« Bien sûr », ai-je dit tout de suite.

Sur les photos qu'elle a scannées pour me les envoyer, ma mère était très jolie, et si jeune ! Hannah lui ressemblait beaucoup. Sur plusieurs clichés qui n'avaient rien d'obscène, on la voyait nue en train de lire au lit, allongée sur le ventre, et la ligne de son corps – la courbe douce du dos et des fesses, le globe du sein apparaissant derrière le coude replié – était superbe. On aurait dit Brigitte Bardot dans *Le Mépris*. Sur une autre photo, elle tournait la tête et regardait le photographe sous sa frange et par-dessus son épaule, avec un sourire timide et tendre. Il y avait tant d'innocence dans ses yeux clairs. Je me suis avisée qu'elle était plus jeune qu'Hannah quand elle avait dû affronter, seule, la douleur de la trahison, la réprobation de ses parents, et ma naissance. À dix-sept ans je n'avais pensé qu'à moi, à ma souffrance. J'ai compris ce jour-là la nécessité du secret pour ma mère – la nécessité d'oublier, d'effacer.

Je n'ai pas pu attendre que Paul rentre du bureau. Je l'ai appelé et lui ai tout raconté.

« *Mazel Tov !*

— Remarque, pour ce que je sais d'Alberto, j'ai peut-être plein de frères et sœurs. Si je fais un de ces tests ADN à cinquante dollars, ils vont surgir comme des champignons après la pluie ! »

On a ri.

Après avoir raccroché, j'ai appelé ma mère à Paris. Je voulais lui apprendre que cette Irina dont le nom sur une boîte aux lettres lui avait brisé le cœur avait un bébé, qui était aujourd'hui une femme à peine plus âgée que moi. Ma mère n'a pas semblé surprise. Elle m'a avoué qu'elle avait vu Alberto sortir de l'immeuble avec une femme et un landau.

« Tu savais que j'avais une sœur et tu ne me l'as pas dit ?

— Tu aurais essayé de la retrouver, Ève. Je n'aurais pas pu garder le secret. De toute façon tu sais ce que je pense : c'est l'éducation qui compte, pas la nature. »

Le réalisme de ma mère m'a fait l'effet d'une douche froide. Que se passerait-il quand je rencontrerais cette inconnue début décembre ? On regarderait des photos, on comparerait notre physique et notre caractère, et puis ? Clarisse Moretti et moi n'avions pas de passé commun et ne vivions pas sur le même continent. Elle n'avait pas d'autres frères et sœurs et avait parlé d'une « émotion immense » : je craignais déjà de ne pas pouvoir répondre à son attente. De mon côté, j'avais mon comptant de famille et d'amis. Ma vie à New York était assez remplie. Développer une nouvelle relation demande un élément dont je ne disposais pas : le temps. Que resterait-il donc d'autre qu'une bonne anecdote à rapporter lors des dîners ?

Ce soir-là, toutefois, pendant notre club de lecture où nous discutions du roman de Faulkner *Le bruit et la fureur*, je n'ai pas dit un mot de ma découverte, pas même quand un ami s'est plaint en plaisantant de l'absence des macarons promis – comme si j'avais peur, superstitieusement, de déflorer ma sœur avant de la rencontrer.

*

J'étais nerveuse la veille de sa visite, début décembre. Paul m'a rappelé de ne rien espérer. Il était probable que nous n'aurions aucune affinité et que mon attente ne conduirait qu'à une déception. Je l'avais invitée pour le café à quatorze heures. À quinze heures elle n'était pas là, je n'avais pas de nouvelles, j'étais contrariée par la désinvolture de cette femme et me résignais à ne pas la rencontrer quand on a frappé à la porte. Réglisse a bondi en remuant la queue. J'ai ouvert.

J'ai d'abord été frappée par son sourire radieux et son abondante cascade de boucles blond cendré. Elle m'a paru grande même si je constaterais par la suite que nous avions exactement la même taille, un mètre soixante-quatre, car elle portait des bottes à talons, et elle était plus mince que moi. Elle avait des yeux noirs pleins de vie et se tenait très droite dans son manteau en cuir noir cintré, une écharpe indienne tissée de fils rouges, orange et violets enroulée autour du cou. Avec son nez fort et ses lèvres minces, ce n'était pas une beauté classique, mais elle avait une allure et un charme fous. Une vraie Parisienne. Elle s'est penchée pour m'embrasser sur les joues, à la française.

« Ève, je suis tellement heureuse de te rencontrer ! On se tutoie, hein ? »

Sa voix soyeuse m'a renvoyée en un flash à la trattoria du Trastevere en 1984.

« Excuse-moi pour le retard : j'arrive de Harlem, il n'y avait pas d'express, et en sortant du métro je me suis perdue. Mon téléphone ne marche pas alors que j'ai pris un pass international ! »

J'ai souri. J'avais l'impression de m'entendre. Je suis

toujours en retard avec une myriade d'excuses qui agacent Paul.

« Ne t'inquiète pas. Tout le monde se perd à Brooklyn. »

Réglisse sautait autour d'elle, sans japper car il n'aboie jamais. Elle s'est agenouillée pour le caresser. L'épagneul lui léchait la main et lui donnait son cœur.

« Bonjour, toi ! Que tu es mignon ! Comment tu t'appelles, mon joli ?

— Réglisse.

— Non ! C'était le nom de ma peluche quand j'étais petite !

— Incroyable. »

Cette coïncidence, certes étonnante, suffisait-elle à établir un lien entre nous ?

« Tu as un chien ?

— Deux chats. »

Elle m'a suivie jusqu'à l'îlot de la cuisine et a embrassé du regard la vaste pièce avec son mur de briques, sa cheminée, ses meubles design, ses baies vitrées donnant sur une terrasse et un jardinet.

« Une maison à Brooklyn : le rêve !

— On a de la chance. Tu veux un café ? Du thé ?

— Un café, si tu as du lait et du sucre.

— Tu es dans la bonne maison. »

Parmi tous nos amis à New York, j'étais la seule à prendre encore mon café avec du lait et du sucre. Clarisse a avalé coup sur coup sept ou huit de mes biscuits aux noix de macadamia, qu'elle a décrétés exquis. Elle semblait aussi gourmande que moi, même si son corps n'en laissait rien paraître. Notre père aussi, m'a-t-elle dit.

« Tu étais proche de lui ?

— Proche, ce n'est pas le mot. C'était un Poisson – son signe du zodiaque – qui vous glissait entre les doigts. »

Elle l'avait vu trois ou quatre fois entre ses deux ans et ses vingt ans. Il était entré dans sa vie après la naissance de son fils aîné mais, lors de son divorce, avait pris le parti de son ex-mari, car il pensait que les hommes avaient trompé les femmes de tout temps et que ce n'était pas un motif de rupture. Il avait fait quelque chose d'immonde : il avait invité chez lui, dans l'appartement de Rome qu'elle adorait, l'ex-mari de Clarisse, sa nouvelle compagne, et leur bébé.

« C'était vraiment un pervers.

— Tu m'étonnes. Il est quand même sorti avec ma mère alors qu'elle avait vingt ans, qu'il était marié avec la tienne et que tu venais de naître !

— Tu as de la chance de ne pas l'avoir connu. Enfin peut-être qu'il aurait été adorable avec toi, c'était un séducteur. Mais moi, il m'a cassée.

— Comment ? »

J'étais suspendue à ses lèvres.

« Il ne m'a jamais soutenue. À la fin, quand il a eu son cancer, c'est moi qui me suis occupée de lui. Je ne suis pas rancunière.

— Tu l'aimais ?

— C'était mon père. »

Elle n'a pas hésité. Je ne lui ai pas raconté ce qui s'était passé l'unique fois où j'avais rencontré Alberto. C'était son père et si peu le mien.

Nous voulions tout savoir l'une de l'autre. Petite, elle passait son temps à lire et à dessiner, elle était aussi timide que moi, elle écrivait des poèmes. Le français était sa matière préférée. Elle était nulle en maths et en sport. Comme moi, qui avais toujours été le vilain petit canard de ma famille à cet égard.

Mais l'école l'ennuyait à mourir alors que, fille de prof, je n'avais pas eu le choix. J'avais fait des études, Clarisse était partie en Asie. Elle avait eu des enfants plus tôt que moi. Son fils aîné attendait un bébé. Cette perspective n'était pas à mon horizon. Hannah, à vingt-trois ans, travaillait pour une ONG qui s'occupait des prisons et envisageait de commencer une thèse en sciences sociales. Houston, capitaine de l'équipe féminine de football de son université, n'avait pas encore de petit ami.

La famille était la plus grande différence entre nous. Clarisse était enfant unique et ses parents aussi, ils étaient morts et leurs deux lignées avaient été exterminées pendant la guerre, tandis qu'avec mes trois frères mariés et mes parents à la fratrie nombreuse, j'avais des cousins et des neveux en France à n'en plus finir.

J'ai souri quand je l'ai vue éplucher méticuleusement une clémentine. Elle a poussé un cri en regardant sa montre. Elle devait retrouver dans une galerie d'art l'ami chez qui elle logeait et elle avait une heure de retard.

« Tu ne dors pas chez ton fils ?

— Non. Chez un copain, David. Un ex. Enfin... »

Son sourire était explicite.

J'ai appelé Paul dès que j'ai refermé la porte.

« Elle est géniale. Elle prend son café avec du lait et du sucre, elle roule partout à vélo, elle enlève toutes les petites peaux blanches des clémentines, et sa peluche s'appelait Réglisse ! »

Il a éclaté de rire.
« C'est ta sœur, ça c'est sûr ! »

*

Je n'aurais jamais cru que Clarisse se glisserait dans ma vie aussi facilement et me deviendrait si vite indispensable. En un an, on en a rattrapé cinquante-cinq. Elle venait voir sa nouvelle petite-fille à New York. Ne travaillant plus, j'allais souvent en France rendre visite à mes parents ou surveiller les travaux de la maison qu'on venait d'acheter à l'extrême pointe de la Bretagne grâce à la vente de mon entreprise. Les billets d'avion bon marché permettaient des sauts de puce d'un continent à l'autre.

Ce fut l'année des premières fois. La première fois où j'ai retrouvé Clarisse à Paris dans un café place Saint-Paul et où elle est arrivée avec vingt minutes de retard, sa masse de boucles dorées volant autour de son visage, s'excusant parce que son fils cadet l'avait appelée de Jamaïque au moment où elle sortait et qu'elle ne trouvait plus la clef de son antivol ; la première fois où je suis allée chez elle, près de Bastille, où j'ai grimpé les sept étages en m'arrêtant pour reprendre mon souffle, où j'ai vu son nid sous les combles inondé de lumière et rempli de livres et d'objets – le batik ancien sur son canapé, les marionnettes indonésiennes, les céramiques bleues japonaises – qui avaient tous une histoire ; la première fois où elle m'a préparé son poulet aux épices du Sud-Est asiatique et où j'ai bu son exquis *chai* sucré devant les toits de Paris en écoutant Nina Simone, sa chanteuse préférée ; la première fois où elle a rencontré ma mère – au Rostand, le café où maman avait connu Alberto. Entre elles il y eut une attirance immédiate, comme si ma mère retrouvait en Clarisse le charme puissant de son premier amour. Avec une impulsivité qui ne lui ressemblait pas, elle l'a conviée à son dîner d'anniversaire à Boulogne le lendemain. Elle la présenterait à mes frères comme mon amie d'enfance perdue et retrouvée, dont elle avait bien connu la mère aujourd'hui décédée.

Je me rappelle ce dîner et les réactions si contraires qui l'ont suivi. Celle de Yann : « C'est qui, cette nana ? Qu'est-ce qu'elle foutait à notre dîner de famille ? » L'aîné de mes frères et sa femme, Muriel, fille d'un officier de marine, aussi rigide que lui, avaient senti chez ma sœur quelque chose de libre et de fantaisiste qui les dérangeait. Par contre mon père et mes deux autres frères, Cyril et Laurent, ainsi que la femme de Laurent et leur bébé, étaient tombés sous son charme. Quant à Clarisse :

« Quelle chance tu as, Ève ! Tes parents sont fantastiques, et tes frères aussi ! J'aurais rêvé d'avoir une famille comme la tienne. Ça vous ancre. On n'est jamais seul.

— Oui, c'est pour ça que je suis partie à six mille kilomètres ! »

Cyril, récemment divorcé, m'a demandé son numéro et j'ai imaginé qu'une histoire commence entre eux et qu'elle devienne ma belle-sœur. Il avait sept ans de moins qu'elle mais Clarisse ne faisait pas son âge, et même si elle avait depuis peu un amant à Paris, un Russe de trente-huit ans, leur relation purement sexuelle ne semblait pas destinée à durer. Elle est allée voir une exposition avec Cyril, s'est très bien entendue avec lui, mais rien de plus : sans doute devait-elle d'abord rompre avec le Russe.

Il y a eu la première fois où elle a rencontré Paul, à New York, en mars 2019. J'avais différé ce moment qui me faisait peur. Et si Paul n'aimait pas ma sœur ? Je craignais d'en vouloir à mon mari. Elle était bavarde, agitée, or il aime le calme et le silence. J'avais prévenu Clarisse qu'il était fatigué en semaine et qu'elle devrait nous quitter vers dix heures. À vingt et une heures quarante-cinq elle s'est levée pour partir. Ils avaient discuté politique. Elle lui avait posé plein de questions. Elle écoutait avec attention.

« Ta sœur est très sympa », m'a dit Paul.

Et elle : « Ton mari est passionnant. Et très beau, dis donc !

— Il était très beau. Il a un peu grossi.

— Il *est* très beau ! »

Il y a eu sa première nuit chez nous, le lendemain de ce premier dîner avec Paul.

Elle logeait à nouveau chez son ex qui n'était pas vraiment un ex, David. J'étais impressionnée que cette femme de presque cinquante-six ans ait deux amants, l'un à New York, l'autre à Paris. Elle recevait tout le temps des textos du Russe.

« Vous êtes toujours ensemble ? Ça devient une vraie relation !

— Je n'appellerais pas ça une relation. À propos, je lui ai dit que j'étais chez ma sœur à New York.

— C'est presque vrai. »

En dehors des nuits chez David et des quelques visites

à son fils et sa belle-fille qu'elle craignait sans cesse de déranger, elle passait son temps avec moi.

Le lendemain du dîner avec Paul, j'étais en train de m'endormir, peu après minuit, quand mon téléphone a bipé. C'était Clarisse : « J'ai un problème. Tu peux m'appeler ? »

Je suis sortie de la chambre pour ne pas réveiller Paul. L'appel n'a pas abouti. J'ai envoyé un message par WhatsApp. Elle a répondu tout de suite : « David m'a mise à la porte. Je suis dans la rue sous la pluie avec ma valise, je ne sais pas où aller.

— Viens ici, bien sûr ! » Je lui ai redonné l'adresse.

Je me suis installée sur le canapé avec un livre, une tisane et un plaid. Réglisse, content de cette compagnie nocturne, s'est couché à mes pieds. Le trajet de Bushwick, à l'est de Brooklyn, jusqu'au 450 Degraw Street ne prenait pas plus de dix ou quinze minutes à cette heure. Au bout d'une demi-heure j'ai envoyé un autre message, un peu inquiète. En toute probabilité David lui avait couru après, l'avait suppliée de revenir, et ils étaient en train de faire l'amour tandis que j'attendais bêtement.

Ou bien le chauffeur de taxi l'avait-il kidnappée ?

Un fait divers ancien est remonté à ma mémoire. Le videur d'un club de Soho avait offert à une étudiante saoule de la ramener chez elle en voiture à la fermeture du bar. L'homme, condamné deux fois pour viol (le propriétaire de l'établissement n'avait pas vérifié son casier judiciaire), l'avait violée et tuée. Les histoires de ce type font se dresser les cheveux sur la tête. Pour m'être affolée un nombre incalculable de fois pour mes filles, je sais qu'il y a le plus souvent une explication simple. Les monstres ne courent pas les rues et attaquent rarement les femmes de cinquante-six ans. Mais j'étais incapable de lire. Il était une heure et quart...

Mon cœur et Réglisse ont bondi quand on a frappé à la porte. J'ai couru ouvrir. Ma sœur était sur le seuil, les cheveux trempés, vêtue d'une petite veste kaki moulante peu adaptée à la météo, une valise à la main et une besace sur l'épaule.

« Ève, je suis vraiment, vraiment désolée ! Plus de batterie, impossible de trouver un taxi et la ligne de métro est fermée la nuit pour travaux ! J'ai réussi à convaincre un type dans un bar de me commander un Uber et je l'ai payé en liquide.

— Qu'est-ce qui s'est passé avec David ?

— Il est devenu dingue. La drogue, je pense. Il m'a insultée alors que je répondais à un texto de Boris. Je lui ai dit que je partirais demain matin, mais il m'a jetée dehors. Il a balancé mes affaires par la fenêtre ! »

Elle gardait le sourire mais je la sentais au bord des larmes.

« Et maintenant je débarque chez vous la nuit. Je ne pouvais pas appeler Martin : entre le boulot et le bébé ils sont épuisés et leur appartement est petit...

— Ne t'inquiète pas. Je suis contente que tu sois là. »

Sachant que Paul se levait tôt, elle a insisté pour se coucher tout de suite. Je lui ai apporté le sèche-cheveux et des draps propres.

« Va dormir, Ève. J'ai déjà fait un lit. »

Le lendemain matin, le souvenir de l'humiliation semblait effacé. Elle avait échangé des textos avec Boris sur WhatsApp toute la nuit.

« Ça fait du bien de recevoir des messages de quelqu'un qui vous veut. Évidemment je n'ai pas pu lui raconter ce qui s'était passé.

— Au moins tu ne lui mens plus : tu es vraiment chez ta sœur ! »

Pour la première fois nous étions ensemble du matin au soir et partagions chaque repas. Elle s'extasiait sur ma cuisine et avait un palais délicat, capable de détecter la pointe de cognac, de vinaigre ou d'agrume, la coriandre, l'anis, le gingembre ou le clou de girofle. Pendant cinq jours nous avons arpenté Prospect Park avec Réglisse et sillonné à vélo l'immense Brooklyn, où d'une rue à l'autre on passe d'une langue à l'autre et d'un pays à l'autre. Clarisse a envoyé à Boris une photo du restaurant russe où nous avons mangé à Coney Island et un selfie de nous deux pour qu'il voie qu'elle était avec sa sœur.

Bien emmitouflées, nous avons fait de longues promenades sur les plages venteuses de Far Rockaway et de Brighton Beach où de grosses mouettes poussaient des cris stridents, en parlant non-stop de nos enfants, de nos hommes et de nos vies. J'avais beau m'être inquiétée pour Hannah, enfant nerveuse à la santé délicate, et regretter que mes filles n'aient pas l'esprit de compétition nécessaire pour entrer dans une université de l'Ivy League comme leur père qui avait étudié à Harvard puis à Stern, la prestigieuse école de commerce de l'Université de New York, elles faisaient toutes deux des études supérieures et vivaient non loin de nous, l'une à Williamsburg, un quartier du nord de Brooklyn, l'autre sur un campus du Connecticut. J'étais très proche d'elles, surtout d'Hannah qui, depuis mon cancer, veillait sur moi comme une mère poule. Je ne connaissais pas la difficulté d'élever des enfants seule, l'angoisse d'en avoir un inadapté à la société et le chagrin de voir les deux autres partir au bout du monde. Clarisse avait vécu la fuite de son aîné en Nouvelle-Zélande à seize ans comme une trahison, même si elle reconnaissait qu'il avait eu raison. De ses trois fils, Martin était aujourd'hui le plus attentif, il l'appelait souvent, ils avaient le même humour et riaient beaucoup ensemble, elle s'entendait très bien avec sa compagne, Leïla, mais il avait deux semaines de vacances par an et un métier si prenant que même quand elle venait à New York, elle le voyait à peine. Son petit dernier, Zack, était parti faire le tour du monde avec un copain après le bac, et il était resté en Jamaïque où il travaillait dans une école de surf. Avec son charme et sa débrouillardise, il s'en sortirait toujours. Mais il ne rentrait en France qu'une fois par an et, contrairement à Martin, ne lui racontait rien. Son bébé était devenu un étranger.

Lucas, son cadet, avait toujours été son plus grand souci. Il lui manquait une peau le protégeant de la violence du monde. À vingt-cinq ans, il s'était retrouvé sans diplôme et sans lien à la société, sa petite amie avait rompu et il appelait tous les jours sa mère en pleurant. Elle m'a avoué qu'à l'époque elle vivait dans une double terreur : qu'il se tue et qu'il reste toute sa vie accroché à elle. Elle se demandait parfois si la fragilité de Lucas remontait à ce matin de l'été 1990 où, enceinte de sept mois, elle avait brutalement cessé de le désirer en découvrant qu'Hendrik la trompait. Elle se sentait coupable de l'avoir trop protégé et de l'avoir rejeté, s'accusait d'être une mère horrible.

Si elle pouvait m'en parler, c'est parce qu'un miracle avait eu lieu. Deux ans plus tôt elle l'avait envoyé passer quelques mois à Hyères, chez sa marraine, veuve depuis peu, qui avait besoin d'aide pour son jardin. Lucas s'était pris de passion pour le jardinage. Quand Clarisse était tombée sur son ancien patron de la galerie Lelong au musée Cognacq-Jay et que cet homme âgé et courtois lui avait dit incidemment qu'il cherchait un gardien-jardinier pour sa maison de campagne près de Lisieux, elle avait senti s'aligner les étoiles. Pour la première fois elle avait parlé de Lucas en termes positifs, en pensant ce qu'elle disait. Le directeur l'avait reçu : Lucas avait réussi l'entretien. Il habitait dans la maison de gardien de la propriété, il avait un labrador et depuis peu une petite amie ; la campagne lui convenait mieux que Paris.

J'avais rencontré Clarisse six mois plus tôt et c'était comme si nous nous connaissions depuis toujours. C'était sans doute le cas. Une part de nous sait des choses que nous ignorons. Ma mère avait vu l'autre bébé, j'avais grandi avec son sentiment de trahison et sa décision d'exclure cette douleur de sa vie comme de la mienne. La mère de Clarisse ignorait que sa fille avait une demi-sœur, mais Clarisse avait grandi avec un père absent et un sentiment d'abandon auquel j'étais à jamais associée, moi qui avais peut-être été conçue le jour de sa naissance.

C'est trop abstrait. Dès que nous étions séparées, elle me manquait. Me manquaient sa gaieté, son énergie, ses yeux pétillants, sa voix soyeuse et son rire. Clarisse me faisait renouer avec la liberté de l'enfance – l'âge où je passais des heures à ramasser des coquillages sur la plage en Bretagne. Même alors je ne collectionnais pas les coquillages pour eux-mêmes, pour leur beauté, mais pour en faire une œuvre que j'offrirais à ma grand-mère : j'avais toujours eu un but. Ma sœur m'ouvrait l'accès à un nouveau moi dont j'étais en quête depuis mon cancer. En sa présence on ne sentait que l'électricité de l'instant présent. C'est peut-être ça qu'on appelle sex-appeal.

Elle était belle. Son abondante chevelure frisée donnait envie d'y plonger les mains. Sa peau mate avait un éclat, et ses yeux noirs la lueur heureuse d'une femme comblée. J'avais grossi depuis la ménopause et j'étais obsédée par l'idée de maigrir, comme si j'avais pu redevenir désirable et retrouver mon propre désir avec cinq kilos de moins. Mais ce n'était pas la question, et je le comprenais en regardant Clarisse. Il y avait en elle quelque chose de puissamment sensuel. Sa séduction n'avait rien à voir avec le fait d'être jeune ou mince. Son sourire, sa douceur, sa gaieté, sa voix musicale, tout en elle accueillait les hommes : ils le sentaient. Quand elle s'adressait à un garçon de café pour réclamer quelque chose, elle le faisait avec un sourire si gracieux et des plaisanteries si drôles que le plus grincheux d'entre eux accourait aussitôt, désireux de lui plaire. Elle était aimable au sens littéral.

Aimable, et libre. Moi qui avais grandi dans une famille catholique de gauche avec une éthique du travail, de la discipline et de l'épargne, je me demandais de quoi vivait Clarisse, qui ne semblait pas travailler. D'une donation de son père ? Elle s'est récriée. Alberto lui avait loué une chambre de bonne quand elle était étudiante mais n'avait rien fait d'autre pour elle, même après son divorce, sauf payer la boîte à bac de Lucas, et il était mort criblé de dettes : il n'y avait pas d'héritage. Depuis quinze ans elle s'en sortait grâce à des traductions techniques de l'anglais ou de l'italien pour un ami qui avait une entreprise d'import-export et grâce à une activité sporadique de guide touristique à vélo. Quand elle n'avait plus un sou, elle repeignait des appartements pour une copine qui gérait des locations sur Airbnb. Elle dépensait le moins possible, se nourrissait de riz et de légumes avec des épices, allait rarement au restaurant, ne buvait pas d'alcool, ne se déplaçait qu'à vélo, n'achetait des vêtements qu'en solde, n'allumait presque pas le chauffage l'hiver (elle mettait une bouillotte dans son lit, méthode antique et efficace), et, quand elle partait en voyage en Asie, sous-louait son appartement. L'essentiel c'était de ne pas se retrouver enfermée dans un bureau, de ne pas avoir de contraintes horaires et de ne pas subir le caprice d'un patron. J'ai fini par accepter l'idée qu'elle vivait différemment de nous, au jour le jour, sans se préoccuper de l'avenir, de la vieillesse, de la retraite. Et, comme l'a remarqué Paul, elle résidait, contrairement à nous, dans un État providence.

Libre, et imprudente. En arrivant chez elle à Paris un jour, j'ai eu un choc en voyant son œil au beurre noir.

« Qu'est-ce qui t'est arrivé ?

— Quoi ? Ah, ça. J'ai eu un accident de vélo.

— Non ! Comment ?

— Il y a des travaux rue de Rivoli et je n'ai pas vu que la barrière métallique était incurvée vers la route. Je me la suis prise. Tu aurais dû voir le coquart il y a dix jours.

— Tu ne portais pas de casque, je parie ?

— Non maman. Toi non plus. »

C'était vrai. Moi aussi j'avais une part d'imprudence. Combien de fois je m'étais disputée avec Paul à propos du casque de vélo !

À Paris, quand je la retrouvais à l'heure du déjeuner, elle bâillait souvent, fatiguée. Elle avait passé la nuit entière à faire l'amour.

« La nuit entière ?

— Boris est fou de sexe. Entre nous c'est purement physique, mais c'est puissant. Il me touche et je m'embrase. J'aime son odeur, sa peau, son corps. »

J'étais impressionnée. Je n'aurais plus été capable de faire l'amour toute la nuit. Visiblement elle et moi n'étions pas fabriquées du même matériau.

« Quand est-ce que tu me le présentes ?

— Il n'appartient pas à ton monde.

— Qu'est-ce qu'il fait ?

— Il bosse aux puces de Saint-Ouen avec un autre Russe qui vend des vêtements militaires, des montres, des armes anciennes… C'est là que je l'ai rencontré.

— Tu me vexes en me prenant pour une snob.

— Fais-moi confiance, Ève. Boris parle à peine français. Tu ne comprendrais pas ce que je fais avec lui.

— Je comprends très bien ce que tu fais avec lui ! »

Ce jour-là je lui ai parlé de ma relation avec Paul, de notre distance physique qui perdurait depuis cinq ans, comme si nous avions tous les deux peur de nous retrouver au lit – peur que ça ne marche pas. Je n'abordais ce sujet avec personne, ni ma mère, ni mes amies les plus proches. Clarisse m'a écoutée attentivement, sans se permettre une plaisanterie.

« Je vous ai vus ensemble. Vous vous aimez, c'est une

évidence. Il y a beaucoup de tendresse entre vous. Rien n'est plus beau qu'une relation à long terme, Ève. Je suis sûre que vous allez vous retrouver. Le fait que tu y penses est déjà un signe de changement. Fais confiance au présent. »

Je lui étais si reconnaissante de ce pronostic que j'en ai eu les larmes aux yeux. Elle disait vrai. Il y avait eu tour à tour la mort des parents de Paul l'un après l'autre, mon cancer, la ménopause, la vente de mon entreprise et, juste après le départ de Houston, l'achat et les travaux de la maison en Bretagne : je n'avais pas encore ralenti le rythme.

« Tu es très jolie, Ève, et tu as de la chance : pas un cheveu blanc, une peau de jeune fille. Mais il faut que tu ailles chez le coiffeur et que tu t'achètes des chaussures.

— Tu veux dire à talons ? Ça me fait mal au dos. »

Dans son décolleté j'ai vu la fente entre ses seins, mis en valeur par le soutien-gorge qui les maintenait fermement. Elle se tenait toujours très droite, cambrée, les seins resserrés et pointés vers l'avant. Sa magnifique coiffure à l'allure sauvage était-elle naturelle ou l'œuvre d'un coiffeur ? Les deux, m'a-t-elle dit. Elle achetait des produits spéciaux pour nourrir son type de cheveu. J'avais quelques petites choses à apprendre de ma sœur.

*

Il y a eu la première fois où elle est venue en Bretagne, l'été 2019.

Il n'avait pas été facile de trouver une date. Elle était invitée partout : à Arles par un ami qui participait au festival de photo, à Avignon par un copain metteur en scène qui la logeait intra-muros, chez sa marraine à Hyères, au Cap-Ferret chez Isabelle, à Quiberon chez Florence, en Provence où Martin louait une maison pour quinze jours et conviait sa mère une semaine, son père l'autre. Elle aimait le soleil, la mer tiède, la chaleur enveloppant le corps, les mimosas, et je craignais qu'elle ne soit guère séduite par mon bout du monde à la nature et au climat rudes. Je lui avais recommandé d'apporter un gros pull, un pantalon et un K-way, alors que c'était la canicule en France.

Quand Clarisse est descendue du car à Crozon, j'ai souri en la voyant, si parisienne et méditerranéenne dans son jean, ses sandales dorées, ses grandes lunettes de soleil posées comme un diadème sur sa chevelure bouclée, et sa tunique de lin rose fuchsia.

Elle a adoré notre maison de pierre dans le hameau et la vue sur une immensité de lande.

« On voit même la mer !

— Un petit bout de mer.

— C'est la mer. Bleue. La mer ! »

Elle a refusé de mettre un orteil dans l'océan glacé mais a fait tout le reste, les courses à vélo au marché de Crozon chaque matin à huit kilomètres de chez nous même quand elle avait passé la nuit au téléphone avec Boris, et les longues balades sur les sentiers côtiers. Le soir où une énorme araignée est sortie de dessous le canapé, j'ai poussé un cri qui a immobilisé l'affreux spécimen. Paul, qui m'aurait sauvée, dormait. Clarisse a pris la pelle à poussière, y a fait grimper la bestiole à l'aide d'un magazine, a ouvert la porte de la terrasse tout en surveillant le monstre, et secoué la pelle au-dehors. J'étais admirative.

« Tu n'as pas peur, dis donc !

— Si, j'ai peur. »

Pour la première fois, pendant ce séjour breton, j'ai entrevu l'autre visage de Clarisse, quand nos amis Pierre et Maya sont venus de Paris. Pour simplifier, je leur ai présenté ma sœur comme une amie d'enfance. Pierre et Maya, que j'ai connus il y a trente-six ans sur les bancs de l'hypokhâgne, sont agrégés et professeurs d'université, l'un de philosophie, l'autre de grec ancien. Le premier soir, Clarisse a mentionné plusieurs fois son fils diplômé de Yale. On aurait dit qu'elle voulait être admise dans le club. J'ai perçu le complexe de la petite fille juive qui avait grandi dans une loge de concierge avec sa mère alcoolique, alors que toutes ses camarades étaient catholiques et qu'aucune n'avait de parents divorcés. J'ai craint que le week-end ne se passe mal, surtout quand Maya a demandé à ma sœur quelle profession elle exerçait et a semblé surprise par le flou de sa réponse. Mais le lendemain ils ne cessaient de rire aux blagues de Clarisse – souvent à mes dépens, mais gentiment – et de chercher sa compagnie. Le week-end a été une merveille de rire et d'amitié. Le dimanche soir mes parents sont venus dîner et sont restés jusqu'à deux heures du matin alors que Christian n'aime pas se coucher tard. Clarisse a longuement fait parler mon taiseux de père de sa mission en Afrique autrefois.

Après son départ, ma mère m'a dit pendant une balade :

« Tu crois que c'est prudent d'inviter une femme célibataire une semaine entière ? Paul et toi êtes mariés depuis vingt-huit ans, il y a un attrait de la nouveauté, et Clarisse est vraiment très charmante.

— Maman, c'est ma sœur !

— Chérie, tu n'es pas si naïve, quand même ? Le désir est triangulaire. J'ai vu comment Pierre la regardait. Maya aussi l'a remarqué.

— N'importe quoi. Maya adore Clarisse. Ne t'inquiète pas, Clarisse n'est pas le genre de Paul.

— Une femme avertie en vaut deux. C'est ce qui est arrivé à Clarisse, non ?

— Tu as bonne mémoire.

— C'est le scénario le plus fréquent, Ève. Personne n'est irremplaçable.

— Au moins je sais d'où vient mon réalisme !

— Et ta naïveté vient de Christian. Il est plus idéaliste que moi. »

Je me suis contentée d'en rire lorsque j'ai rapporté à Paul cet avertissement stéréotypé. Mais j'ai eu la preuve que ma mère ne se trompait pas entièrement quand Maya nous a invités à dîner à Paris à la fin de l'été, Paul et moi, juste avant notre retour à New York.

« J'amène Clarisse ? »

J'étais certaine qu'elle voudrait retrouver l'harmonie de notre week-end breton.

« Euh… Une autre fois ? On préférerait vous voir seuls. »

Clarisse pouvait donc être perçue comme une menace. Elle m'avait dit, d'ailleurs, qu'elle était rarement invitée à dîner chez des couples. Quand je lui ai demandé ce qu'elle pensait de Pierre, elle m'a répondu que c'était une crème, mais pas sexy pour un sou. J'étais sûre qu'elle pensait la même chose de Paul. Elle n'était attirée que par des hommes qui n'étaient pas trop gentils mais avaient tous leurs cheveux ainsi qu'un corps svelte et musclé. Elle m'avait montré les photos de plusieurs de ses ex, dont son ancien mari, Hendrik. Ils étaient tous d'une beauté frappante. Celui qui précédait Boris, J.-B., un Haïtien qui travaillait comme technicien son dans un club, avait les bras couverts de tatouages du poignet à l'épaule. Dans notre entourage, personne – hormis ma fille Houston, qui s'était fait tatouer récemment une petite rose au bas du dos pour ses vingt ans, surtout pour me provoquer – n'avait de tatouage.

« Et Boris ? Tu n'as pas de photo ?

— Il déteste les photos. Son visage n'est pas terrible. Mais son corps, fantastique. »

Il y avait cette face d'elle que je ne connaissais pas, la Clarisse de nuit, alors que j'étais transparente.

*

L'image que j'avais d'elle, celle d'une femme libre, forte, et toujours gaie, a radicalement changé le lendemain du dîner chez Maya auquel elle n'était pas conviée. Clarisse m'attendait chez elle pour le thé. Quand elle a ouvert la porte, j'ai remarqué ses yeux rouges. À peine entrée, j'ai été frappée par le désordre inhabituel, car ma sœur à la vie chaotique était paradoxalement plus ordonnée que moi, comme je l'avais remarqué en Bretagne où elle ne laissait pas un pli sur son lit et rangeait tout méticuleusement. Là, les placards étaient ouverts et le contenu de nombreuses boîtes était répandu sur le plancher du salon.

« Qu'est-ce qui se passe ?

— J'écoutais une émission sur France Inter avec une actrice qui a été abusée sexuellement quand elle était petite.

— Ça t'a fait un tel effet ?

— J'ai été violée moi aussi. À seize ans. »

Elle le disait d'un ton si anodin que j'ai cru avoir mal entendu.

« Tu as été violée ?

— Par trois ados, dans le club de vacances que gérait ma marraine.

— Tu ne m'en as jamais parlé !

— C'était il y a si longtemps que je m'en souviens à peine. Franchement, ce n'était pas si grave. Je ne sais pas pourquoi cette actrice m'a tellement émue. J'ai eu bien plus peur quand j'ai voyagé toute seule en Iran il y a quatre ans. Dans une rue déserte de Téhéran, deux hommes ont sauté d'une voiture et m'ont couru après. S'ils m'avaient rattrapée, je ne serais pas là pour te le dire. J'ai couru comme une dératée. Rien qu'en y repensant, j'ai peur. Mais mon viol à seize ans ? Sur le moment j'ai séparé mon esprit de mon corps : je n'ai rien senti.

— Ce n'est pas ça, la définition du traumatisme ? »

Elle s'est mise à pleurer. Je l'ai prise dans mes bras, j'ai senti ses larmes dans mon cou. Elle m'a dit qu'elle avait cherché partout la photo d'un des adolescents, qu'elle avait achetée à l'époque, comme la preuve tangible de ce qui s'était passé, mais elle ne la retrouvait pas.

« Tu te rappelles leur nom ?

— Juste un prénom, Samuel.

— Tu ne pourrais pas demander à ta marraine ?

— Je doute qu'elle ait gardé les registres. C'était en 1979, il n'y avait pas Internet. De toute façon il y a prescription. Je n'ai aucune preuve. Ils nieraient. Peut-être même qu'ils ont oublié et qu'ils me prendraient pour une folle. »

Je l'ai suivie jusqu'à la minuscule cuisine où elle a mis à chauffer l'eau et le lait. Elle m'a raconté brièvement le viol, la honte qui l'avait empêchée d'en parler à quiconque jusqu'à un dîner avec ses parents vingt ans plus tard. Alberto et Irina étaient devenus amis quand elle avait eu des enfants, et elle les recevait ensemble chez elle quand son père venait à Paris voir ses petits-fils.

« C'était en septembre 99, quelques mois après ma séparation. À la fin du dîner, alors que mes fils étaient allés jouer dans leur chambre, on a parlé d'un fait divers : une femme s'était fait violer dans le RER. Mon père a dit qu'il y aurait moins de viols en France s'il y avait moins de Noirs et d'Arabes, parce que "ces gens-là" n'avaient pas la même culture que nous, qu'ils étaient réprimés et ne voyaient pas les femmes de la même manière. Les mots ont jailli de ma bouche sans que je réfléchisse : "Moi aussi j'ai été violée. À seize ans. Et tu sais quoi, papa ? Par trois mecs blancs. Juifs." Tu veux savoir ce qu'il a dit ?

— Quoi ?

— Rien. Mes parents ont regardé leur assiette et n'ont pas dit un mot, Ève. Ni mon père, ni ma mère. Leur absence de réaction était si insupportable que je me suis levée brusquement et je suis allée faire la vaisselle. Quand je suis revenue avec le dessert, ils parlaient d'un film et m'ont demandé si je l'avais vu. Comme si je n'avais rien dit. Ou plutôt, comme si j'avais commis un crime contre le bon goût en étalant mon intimité sur la table pendant un dîner, et qu'ils me pardonnaient magnanimement cette faute.

— C'est horrible. »

Nous sommes allées nous asseoir sur son canapé avec nos tasses de thé.

« Ce n'est pas tout, Ève. Quelques années après, j'étais au téléphone avec ma mère, au moment de l'affaire d'Outreau – tu en as entendu parler ? Maman m'a raconté qu'avant la guerre, sa mère l'emmenait déjeuner le dimanche chez un cousin de ses parents, un "type comme ça", un vieil émigré qui la faisait sans cesse sauter sur ses genoux. Elle avait cinq ou six ans. Sa mère avait compris le manège du grand-oncle et elles n'étaient plus retournées chez lui. Elle m'a dit : "Ma mère m'a protégée." Ève, je suis restée sans voix, j'ai cru qu'elle ne se rappelait pas mon viol, ou que je n'en avais peut-être pas parlé à table. Je lui ai demandé si elle se souvenait de m'avoir entendue raconter, pendant un dîner, que j'avais été violée à seize ans. Il y a eu un silence à l'autre bout du fil et comme elle était très malade, j'ai eu peur qu'elle se soit évanouie. J'ai dit : "Maman ? Tu es là ?" et elle a répondu : "Oui, je me souviens." »

Clarisse a poussé un soupir.

« Elle avait un cancer au stade terminal, je n'allais pas régler mes comptes avec elle. D'autant plus qu'elle avait perdu sa propre mère à sept ans. Rétrospectivement, je pense qu'elle m'a raconté ça pour s'excuser. Peut-être même pas intentionnellement. Son silence lors du dîner chez moi devait peser sur sa conscience. Mais tu veux savoir ce qui s'est passé avec mon père ?

— Oh oui.

— À la fin des années deux mille, mon père m'a emmenée dans un restaurant chic comme il le faisait souvent lors de ses visites. Il mangeait des huîtres – qui me dégoûtent...

— Vraiment ? Moi j'adore ça.

— La vue de ce mollusque vivant... De but en blanc je lui ai demandé s'il se souvenait que je lui avais dit que j'avais été violée à seize ans. Surpris, il a baissé la tête, et quand il l'a relevée, il m'a dit : "C'était comment ? Ils étaient beaux au moins ?"

— Non. Je ne te crois pas.

— Il a ajouté : "Je suppose que ça peut être plaisant. C'est le plus grand fantasme des femmes, non ?" Moi non plus je n'en croyais pas mes oreilles, Ève. J'étais tellement choquée que j'ai prétendu me souvenir de quelque chose que je devais noter et j'ai sorti un carnet de mon sac pour écrire ces deux phrases.

— C'est fou. Ce déni, c'est comme un deuxième viol. »

J'ai essayé d'imaginer la réaction de mes parents. Ils avaient tous deux un grand respect pour l'autorité et ne m'auraient jamais défendue contre un professeur, même injuste. Le professeur était le professeur, et l'on devait apprendre à vivre avec l'injustice. Mais un viol. Mes parents avaient un sens rigoureux du bien et du mal. Ils seraient immédiatement allés voir la police. Ils auraient tout fait pour me protéger.

Son aveu en appelait un de ma part.

« Clarisse, je dois te dire quelque chose. J'ai rencontré Alberto à Rome en 1984.

— Tu ne m'as pas dit que tu ne l'avais jamais vu ?

— Je ne voulais pas en parler. Ce n'est pas un bon souvenir. »

J'avais été impatiente de le rencontrer, cet Italien dont ma mère avait été passionnément amoureuse à vingt ans, et dont j'étais la fille. J'avais tant insisté qu'elle avait fini par me livrer son nom. J'avais appelé les renseignements internationaux. J'avais composé l'indicatif italien puis les dix chiffres, il avait décroché, il avait dit « *Buona serata* », sa voix que j'entendais pour la première fois était grave, chaude, chantante, avec ces fins de phrase qui semblaient s'enrouler autour de vous et vous caresser. Je m'étais présentée : la fille de Françoise Caradec. « Euh… Votre fille, monsieur. » Il était très surpris et désireux de me connaître. J'avais pris le train pour Rome. Je logeais dans une petite pension près du Panthéon. Quand j'étais entrée dans la trattoria du Trastevere où il m'avait donné rendez-vous, il était déjà là. Sans avoir vu de photo de lui (ma mère les avait toutes détruites), je l'avais identifié tout de suite : un bel homme au teint mat, aux cheveux bruns frisés, au nez fort et aux lèvres minces, au sourire chaleureux, plein de charme, d'une élégance à l'italienne, portant un costume de lin blanc ajusté et une cravate. Avec une courtoisie à l'ancienne, il s'était levé pour reculer ma chaise. Il était cultivé, plein d'esprit, il avait voyagé à travers le monde et connaissait tous les grands musées, il citait Proust, Baudelaire, Moravia, Borges et Pavese : c'était le père dont je rêvais, si différent de ma famille française, bourgeoise, catholique. J'étais extrêmement fière d'avoir un père juif, non croyant mais appartenant à une religion qui était celle de l'infini questionnement. Il m'interrogeait avec un intérêt sincère sur mes études, mes amis, ma famille. Il m'avait servi du vin en me disant que je devais goûter ce lambrusco exceptionnel, plein de soleil. Je n'avais pas l'habitude de boire, surtout à l'heure du déjeuner, et j'étais un peu ivre.

« L'après-midi il avait du travail, j'ai fait du tourisme, et le soir il m'a invitée chez lui.

— Dans l'appartement qui donnait sur la Piazza di Spagna ? Tu as vu la terrasse sublime ?

— Oui. Il a ouvert une bouteille de champagne qu'on a bue sur la terrasse. Il m'a demandé si j'avais lu *L'art d'aimer* d'Ovide, puisque j'étudiais les lettres classiques. C'étaient les études qu'il aurait faites s'il n'avait pas été obligé de travailler, très jeune, pour subvenir à ses besoins et à ceux de sa mère. Il a cité un vers latin : "*Odi concubitus, qui non utrumque resolvunt*", et l'a traduit : "Je hais les rapports sexuels où les deux amants ne jouissent pas en même temps." J'ai rougi jusqu'au bout des oreilles, tout en me disant que les Italiens parlaient librement de ces choses-là. Mon petit ami et moi n'arrivions pas vraiment à faire l'amour, ça me faisait mal, et nous ne mettions pas de mots sur notre problème. Alors quand Alberto m'a dit que l'amour physique, l'art d'aimer comme dit Ovide, était un art au sens étymologique, c'est-à-dire une technique – le premier sens du mot latin *ars* – et qu'il s'apprenait, j'avais les oreilles grandes ouvertes.

— Je crains de voir où tu veux en venir.

— Il a continué en disant que certains hommes étaient meilleurs professeurs que d'autres, en particulier les hommes plus âgés, expérimentés, qu'il me trouvait extrêmement jolie et qu'il était certain que j'étais, comme lui, un être libre, non conformiste, sensuel et intelligent, à qui il pouvait parler avec franchise. Mon malaise était extrême. J'ai commencé à transpirer. J'ai eu peur qu'il ait glissé un somnifère dans le champagne. Je me suis levée d'un bond et j'ai dit que j'avais la nausée ; il m'a proposé de m'allonger dans la chambre mais j'ai insisté pour rentrer à l'hôtel en promettant de le revoir le lendemain. Le matin j'ai changé mon billet de retour et repris le train pour Paris. Il m'a écrit, et la simple vue de son écriture m'a dégoûtée comme si une bête visqueuse m'avait touchée. Je n'ai pas répondu. Je l'ai éliminé de ma vie.

— Quel pervers, a dit Clarisse en secouant la tête.

— Il n'a jamais eu avec toi de comportement inconvenant ?

— Tu veux parler d'abus sexuel ? Non.

— On refoule.

— Je ne pense pas. Pour une raison très simple, d'ailleurs. Je lui ressemble : je n'étais pas son genre. Tandis que tu es le portrait de ta mère. Il a dû avoir l'impression que vingt ans s'effaçaient. »

La déception de l'épisode romain m'avait permis d'admettre que Christian était mon père – que c'était l'éducation qui comptait, pas la biologie. Au lieu de me définir comme la victime d'un destin, j'étais devenue plus sûre de moi après la rencontre d'Alberto. Je voulais donner cette force à ma sœur.

« Pourquoi tu n'écrirais pas le récit de ton viol, Clarisse ? Tu transformerais un acte que tu as subi en une matière que tu façonnerais par les mots, et tu deviendrais l'agent de ton histoire.

— Aucune envie d'écrire sur moi. Je préférerais écrire sur toi.

— Ma vie est plate, ennuyeuse. Il ne m'arrive rien !

— Pas du tout. De toute façon c'est l'écriture, pas l'histoire, qui fait la littérature, non ? »

Nous nous connaissions depuis dix mois. Ce jour-là nous avons franchi un cap. J'ai ressenti une immense tendresse pour elle, ma sœur, mon *doppelgänger*, mon double abîmé, et un désir de la protéger que je n'avais éprouvé jusqu'alors que pour mes filles.

*

En novembre 2019 elle est venue à New York voir sa petite-fille. Elle est arrivée de l'aéroport en métro, pour une fois à l'heure où je l'attendais. Elle a frappé, j'ai ouvert, elle était là, souriante, mais ce n'était plus la même Clarisse. Son éclat avait disparu. Ses cheveux attachés dégageaient son visage où les rides étaient visibles autour des yeux et de la bouche. Elle faisait son âge. Boris avait rompu avec elle dix jours plus tôt par SMS : « J'ai rencontré femme plus jeune. J'aime elle. Je veux plus voir toi. »

« Mais tu savais que ça ne durerait pas, non ? ai-je dit alors qu'on était installées sur le canapé bleu roi autour d'un thé. Tu le trouvais trop possessif, tu voulais rompre avant qu'il ne s'attache trop. »

Elle a soupiré.

« Oui. »

Elle ne passait plus ses nuits à envoyer des SMS à Boris, mais n'arrivait pas à trouver le sommeil, même avec le décalage horaire. Le matin, elle s'occupait de sa petite-fille. Seule Malika, adorable bébé de sept mois, lui donnait de la joie. Clarisse mettait son réveil à sept heures et partait à vélo. Elle allait de chez nous au pont de Manhattan, le traversait puis remontait le long de l'Hudson jusqu'à la 127ᵉ Rue, à Harlem, où habitait son fils : le trajet prenait au moins une heure un quart, et je me demandais où elle puisait l'énergie pour l'aller et le retour alors qu'elle dormait à peine quatre heures.

Elle prenait des vidéos de Malika et me les montrait. Même dans ces moments-là je sentais sa mélancolie. Le bébé ne suffisait pas à combler le vide dans sa vie. La dernière fois qu'on s'était vues à Paris, on avait parlé d'organiser un dîner avec Martin, Leïla, Hannah et son petit ami, mais elle ne s'en sentait pas la force. Comme elle n'était pas contre l'idée de rencontrer un homme et que Paul et moi ne connaissions presque aucun célibataire, je l'ai invitée avec Varun, en me doutant qu'il ne serait pas son genre. La soirée a été animée, mais après son départ Clarisse a ri :

« Ce type est complètement asexué ! Ou gay, je ne sais pas – en tout cas, vraiment pas intéressé par moi. »

Ce dîner n'avait fait que rendre plus poignant son regret de Boris. Pour la distraire je lui ai décrit mes vacances à Capri avec Varun. S'il y a une chose pour laquelle je suis bonne, c'est l'autodérision. Je l'ai fait rire.

Tout en nous promenant dans Brooklyn, nous parlions d'amour. Quand je lui ai dit que le genre de passion sexuelle qu'elle éprouvait pour Boris était une addiction et que le sevrage serait long et douloureux, qu'elle devait être patiente, que le temps ferait son œuvre, elle a répliqué que j'enfonçais des portes ouvertes. Mais aucun autre sujet ne l'intéressait. Je lui ai raconté la brève liaison que j'avais eue dix-sept ans plus tôt avec un jeune Français de passage à New York dont le fils était à l'école maternelle de Houston (sans préciser son nom et sans mentionner le roman qu'il avait écrit en s'inspirant de notre histoire). Sans doute cherchais-je à casser mon image de fille sage. Elle a été choquée. Paradoxalement, Clarisse aux nombreux amants était plus morale, plus monogame, plus fidèle, plus intransigeante que moi.

À la fin de la semaine, elle était tellement fatiguée que j'étais soulagée qu'elle parte : j'avais peur qu'elle n'ait un autre accident de vélo ou ne laisse tomber le bébé. Elle s'est endormie si profondément sur le canapé juste avant de prendre le métro pour l'aéroport que j'ai eu du mal à la réveiller. Pour la première fois depuis que je la connaissais, personne ne l'attendait à Paris.

Pour la première fois aussi, il y avait du non-dit entre nous. J'étais lasse de lui remonter le moral. Quand on aime on a vingt ans, mais pas ceux qui nous entourent. J'avais passé des mois à réconforter Hannah après sa première grande rupture, et n'avais pas envie de remettre ça avec ma sœur de cinquante-six ans. Depuis la cessation de mon activité professionnelle, j'étais plus occupée que jamais : je cuisinais pour une cantine sociale de Bowery, j'organisais le gala annuel d'une association de prévention du cancer du sein, je préparais un dîner gourmet pour notre club de lecture mensuel, je faisais de l'activisme politique anti-Trump au niveau local, et j'enregistrais un podcast sur des recettes de la Grèce antique associées à des mythes. J'avais du mal à comprendre que Clarisse se laisse détruire par l'abandon de ce Russe qu'elle avait reconnu ne pas aimer. Je lui ai conseillé à nouveau de se mettre à écrire, dans l'idée que l'écriture l'aiderait à sublimer.

Peut-être avions-nous atteint la limite de notre relation. Nous étions trop différentes.

*

Rien de tout cela n'a été exprimé lorsque je suis passée par Paris fin décembre avant d'aller en Bretagne où nous fêtions Noël avec toute la famille. J'ai retrouvé Clarisse dans un bistrot de Saint-Paul où nous avons mangé un steak tartare bien arrosé de tabasco avec des frites très salées – un autre goût commun – mais je ne l'ai pas invitée à nous rejoindre en Bretagne, et elle ne m'a pas proposé de rester chez elle à Paris, alors que Boris n'était plus un obstacle et que le Marais où elle habitait était mieux situé que la banlieue où vivaient mes parents.

Elle semblait résignée à la rupture et passait ses journées dans des cinémas d'art et d'essai où elle voyait trois ou quatre films étrangers d'affilée. Elle avait une nouvelle perspective : fin mars elle s'envolerait au Japon pour un mois, ayant trouvé un billet pour Tokyo à quatre cents euros. Elle n'était pas allée en Asie depuis la mort d'Alberto et cela lui manquait.

C'est dans ce bistrot, alors que nous avions commencé à constater notre différence et aurions pu glisser hors de la vie l'une de l'autre, que le destin a créé un de ces coups de dé qui changent les trajectoires.

Clarisse a levé les yeux et son regard s'est figé sur

quelque chose derrière moi. Je me suis retournée. La télévision était allumée : un romancier était interviewé. Il n'y a qu'en France qu'on peut entendre dans un café un écrivain à la télévision.

« Tu as lu son livre, Clarisse ?

— Non, mais je le connais : je faisais partie de son groupe d'écriture.

— C'est l'écrivain qui t'a découragée d'écrire ?

— Tu lui fais trop d'honneur. Je me suis découragée toute seule. »

« Sébastien Bélair, vous pensez donc que… », a dit la journaliste qui l'interviewait.

J'ai sursauté et me suis tournée à nouveau vers l'écran. Je n'en croyais pas mes oreilles ni mes yeux.

« C'est… C'est Sébastien Bélair ? »

Il avait une barbe, des lunettes, un début de calvitie et vingt kilos de plus. Il est vrai que je ne reconnais pas mes amis quand ils changent de coiffure.

« Oui, pourquoi ?

— Le monde est petit ! Moi aussi je l'ai connu. À New York, il y a longtemps. Il a changé. Il était beaucoup plus mince.

— Tu l'as rencontré où ?

— Son fils allait à l'école maternelle de Houston. »

Les yeux de Clarisse se sont plissés.

« C'est le Français avec qui tu as eu une aventure ? »

Ma rougeur a répondu pour moi.

« Tu as trompé Paul avec cette enflure ?

— Il était beau à l'époque…

— Ce n'est pas la question. D'ailleurs il n'est pas mal, même avec quelques kilos en plus. Mais ce type ne pense qu'au succès. Je parie qu'il t'a couchée dans un de ses romans ? »

Je sentais qu'elle cherchait la confrontation et j'aurais préféré m'y dérober. Mais elle mettait le doigt sur quelque chose dont je n'avais parlé à personne.

« Bingo. *La boulangère de Ploumor.*

— Son roman inspiré par l'affaire Villemin, où un gosse se noie pendant que sa mère fait l'amour avec un romancier qui s'est retiré dans son village pour écrire ? Ça ne se passe pas à New York !

— Il a changé le lieu. Mais c'est notre histoire. La boulangère, c'est moi. »

J'avais éprouvé un immense malaise en lisant ce livre paru deux ans après notre liaison. J'avais reconnu des phrases que j'avais prononcées. Il avait dû prendre des notes. Mais surtout, à un jour près j'aurais pu être dans les bras de Sébastien à Paris pendant qu'Hannah mourait d'une méningite à New York. Je lui avais laissé un message pour lui dire que ma fille était très malade : il en avait fait un roman.

« Il a eu le Grand Prix des lectrices de *Elle* pour ce livre, a repris Clarisse, il a dû se faire un fric fou, avec le film en plus ! Je l'ai entendu dire qu'un enfant mort dans un roman, c'était la recette du succès : ça fait pleurer les bonnes femmes, et ce sont elles qui lisent. Ce mec est d'un cynisme ! »

J'ai abondé dans son sens. On a changé de sujet.

Au retour de Bretagne, début janvier, quand j'ai revu Clarisse au même bistrot place Saint-Paul, sans ma famille rentrée à New York, elle semblait sortie du tunnel. Elle m'a tendu une enveloppe.

« Bon anniversaire. »

L'enveloppe contenait deux billets pour une conférence que Sébastien Bélair donnait le lendemain à la Maison de la poésie.

« Je croyais que tu le détestais ?

— On ne peut pas ne pas célébrer l'incroyable coïncidence de connaître le même homme. Quand j'ai vu que cette conférence avait lieu la veille de ton départ, c'était comme un appel du pied. J'ai eu du mal à obtenir les billets, c'est complet. Je te propose qu'on le hue à la fin et qu'on lui jette quelques tomates pourries. »

J'ai ri.

« Je ne pourrai pas dîner avec toi après, j'ai promis à mes parents…

— Moi non plus. C'est l'anniversaire de Diana. »

À la Maison de la poésie le lendemain soir, il y avait foule. Les gens faisaient la queue autour du pâté de maisons. Non seulement Sébastien Bélair était un auteur à succès, mais son dernier roman, paru à l'automne, touchait un sujet brûlant. Un récit d'abus sexuel qui venait de sortir provoquait un scandale à propos des mœurs du monde littéraire parisien, dans le sillage du mouvement #Metoo. Le roman de Sébastien mettait en scène un pédophile, un romancier de quarante ans qui avait une histoire d'amour avec une lycéenne de quatorze ans. Sébastien Bélair estimait qu'on était adulte quand on avait l'âge du désir et que la loi n'avait pas à interférer quand deux adultes se désiraient. Son roman, disait-il, était une version moderne de *Roméo et Juliette*, et luttait contre le politiquement correct qui avait envahi la société. Le jury d'hommes qui lui avait octroyé un des grands prix littéraires de l'automne était clairement d'accord avec lui. La foule présente, surtout des femmes, l'attendait au tournant. Clarisse et moi nous apprêtions à assister à sa chute, avec le sadisme des spectateurs dans un cirque romain. Nous voulions le voir acculé, ridiculisé, sur la défensive. Elle n'avait quand même pas apporté de tomates.

Mais la modératrice interrogeait Sébastien avec respect et admiration au lieu de le pousser dans ses retranchements. Il a déclaré que la littérature était par excellence le lieu du non-dicible – de la honte, du tabou et de l'exclusion –, et se devait donc de donner voix à celui que la société avait mis au ban. D'un autre côté, la littérature se devait de parler pour les victimes des prédateurs, pour leur douleur. Lui-même avait des enfants : il aurait poursuivi par tous les moyens un pédophile qui leur aurait porté atteinte. Il a admis qu'il y avait quelque chose de pervers dans son roman, de par son ambiguïté. Il ne jugeait pas ses personnages. La littérature n'avait pas à être morale : elle n'était pas immorale, mais amorale.

Des applaudissements longs et soutenus suivirent son dernier mot : il avait convaincu les femmes présentes, moi comprise – mais pas Clarisse, qui avait l'air dégoûtée.

J'ai enfilé mon manteau et me suis approchée de la table où il dédicaçait son livre pour le voir de plus près. Entre deux signatures il a levé les yeux et m'a reconnue, ce à quoi je ne m'attendais pas, car moi aussi j'avais changé.

« Ève ? »

Il s'est levé et s'est avancé vers moi avec un sourire qui a bridé ses yeux, les mains tendues en avant pour prendre les miennes. La spontanéité de son geste m'a émue. Le souvenir m'est revenu d'un appartement près de Washington Square et d'un baiser sous le crachin au bord de l'Hudson. D'une époque où nous étions jeunes. J'allais le féliciter quand on m'a bousculée. Clarisse a surgi de derrière moi et plaqué sur la figure de Sébastien la tarte au citron meringuée qu'elle avait achetée pour l'anniversaire de Diana. La meringue blanche a recouvert son visage tandis qu'un peu de crème citronnée adhérant au bout de son nez lui donnait l'air d'un clown. La pâte est retombée à ses pieds. Clarisse a reculé d'un pas pour examiner son ouvrage comme une maquilleuse et n'a pu s'empêcher de glousser.

Ce gloussement a sorti Sébastien de sa stupeur. Il a poussé Clarisse si brutalement qu'elle est tombée en arrière. Au même moment des gens se sont mis à crier, déclenchant une panique qui s'est répandue comme une traînée de poudre. Tout le monde s'est mis à courir vers la sortie comme s'il y avait une attaque terroriste. C'était le chaos. Clarisse riait. Je l'ai aidée à se relever.

« Tu es folle ! »

« Vous vous connaissez ? » a dit Sébastien.

Il y avait de la stupéfaction et de la fureur dans sa voix, comme s'il pensait que je m'étais approchée de lui pour la couvrir.

« C'est ma sœur, a répondu Clarisse. La tarte, c'est pour la boulangère de Ploumor. »

J'aurais voulu disparaître de la surface de la terre. J'étais entièrement du côté de Sébastien, de la loi et de l'ordre. Je lui ai tendu, d'un air d'excuse et presque de supplication, un paquet de mouchoirs en papier trouvé au fond de ma poche. Deux policiers accouraient déjà, qui se sont saisis de Clarisse. Le directeur de la Maison de la poésie a emmené Sébastien dans les loges derrière la scène tandis que les flics la menottaient. Les gens prenaient des photos. J'étais écarlate. J'avais peur de me retrouver sur Instagram ou dans les journaux avec cette folle qui se présentait publiquement comme ma sœur. J'ai suivi Clarisse jusqu'au commissariat à trois minutes de là, dans une rue juste derrière Beaubourg. Les gens dehors nous dévisageaient. Ils devaient penser que cette élégante femme de cinquante ans menottée et hilare avait été prise en flagrant délit de vol.

Nous avons passé deux heures au poste. Elle a été interrogée pendant que j'attendais dans le hall. Ni Sébastien ni le directeur de la Maison de la poésie n'ont déposé de plainte et Clarisse a été libérée. Le flic qui l'a accompagnée jusqu'à la porte parlait avec elle de musique brésilienne. J'ai cru qu'il allait lui demander son numéro. Nous avons pris la rue Rambuteau.

« Qu'est-ce qui t'a pris, Clarisse ? Tu es complètement dingue ! Et l'anniversaire de Diana ? Tu devais apporter le gâteau !

— Une tarte de chez Mulot, en plus, que j'avais payée les yeux de la tête ! Si j'avais su, j'aurais acheté un gâteau bien crémeux chez les Chinois de Belleville.

— Au moins ce n'était pas planifié, tu me rassures ! Mais pourquoi ?

— J'étais en colère. Quand j'ai vu qu'il t'enroulait à nouveau autour de son petit doigt... J'ai agi sans réfléchir. Les mots ne suffisaient pas, il fallait un geste pour lui clore le bec.

— Qu'est-ce qu'il t'a fait ?

— Tu as aimé qu'il se serve de toi ? Qu'il fasse mourir un gosse alors que ta fille y est presque restée ? Je t'ai vengée.

— Je ne t'ai rien demandé !

— Ève, ne t'inquiète pas pour lui. Tu connais Noël Godin, l'entarteur belge ? La première personne qu'il a entartée, c'est Marguerite Duras, en 1969. Cinquante ans après je reconnais que c'est un peu ringard, mais Seb sera comparé à Duras qu'il idolâtre : je ne pouvais pas lui faire de plus beau cadeau.

— Tu trouves qu'il avait l'air content ? Il était furax ! »

Nous ne nous sommes pas réconciliées. Dans le métro qui me ramenait à Boulogne, mes joues brûlaient de honte au souvenir de la stupeur dans les yeux de Sébastien quand il avait appris le lien entre Clarisse et moi. Avant de partir pour l'aéroport le lendemain, je lui enverrais une lettre via sa maison d'édition. Je renierais ma sœur.

Il était plus de minuit et mes parents dormaient. Après avoir mangé des restes, trop contrariée pour m'endormir, j'ai appelé Paul. Quand je lui ai dit que l'homme entarté par Clarisse était l'écrivain que j'avais rencontré à New York dix-sept ans plus tôt, Paul a éclaté de rire.

« Elle a des couilles, ta sœur. Chapeau. »

Personne n'est plus respectueux de la loi que Paul. Pourquoi prenait-il le parti de Clarisse ? Parce qu'il avait un faible pour elle ? Parce qu'il se rappelait la rencontre avec Sébastien devant le sapin de Noël au Metropolitan Museum, et pensait qu'elle l'avait vengé ?

Ce qu'elle avait fait.

J'entendais le fou rire de Clarisse au moment où elle était tombée et j'ai été rétrospectivement submergée par une vague de tendresse. Ils sont si rares ceux qui osent être l'enfant dans l'histoire des nouveaux habits de l'empereur. Je l'ai appelée, me doutant qu'elle ne dormait pas.

« Tu n'es pas fâchée, vraiment ? »

Mon appel l'a soulagée. Elle commençait à regretter son geste.

La réconciliation a éliminé la distance qui s'était installée entre nous quand elle était venue à New York en novembre. Je me suis sentie redevable envers ma folle de sœur. C'est peut-être cette dette qui a déterminé la suite.

*

Le 12 mars je suis retournée à Paris pour les cinquante ans de Cyril. Il avait loué un bar dans le Xe arrondissement et invité une centaine d'amis, dont Clarisse, qui est venue avec moi. En m'entendant tousser les gens reculaient en riant : « C'est le Covid ? » On se disait que Cyril avait de la chance d'être né le 13 et pas le 20 mars, même si le 13 cette année tombait un vendredi : une semaine plus tard il aurait dû annuler la fête puisque le président annoncerait ce lundi le confinement de la France.

Aucun d'entre nous n'avait conscience de la gravité de la situation. Personne sauf Paul, qui ne voulait pas que j'aille à Paris, d'autant plus que je m'étais mise à tousser deux jours avant mon départ. J'avais perdu le goût, perte inquiétante pour une cuisinière. Une amie médecin m'avait dit que j'avais certainement une inflammation des sinus. Personne ne savait encore que l'agueusie était un des symptômes du nouveau coronavirus. Je n'avais pas de fièvre, mes poumons étaient intacts. Paul et moi nous sommes disputés. Mon cancer remontait à presque cinq ans. Mes résultats sanguins de 2019, comme l'IRM de juin 2018, avaient confirmé la rémission. Je referais une IRM en juin et si son résultat était bon comme on était en droit de s'y attendre, le contrôle s'espacerait encore. Je ne voyais pas pourquoi un rhume m'aurait empêchée d'assister à l'anniversaire de mon frère, qui n'aurait cinquante ans qu'une fois.

Paul, qui avait fait des probabilités quand il étudiait à Stern, était convaincu que le nouveau coronavirus venu de Chine frapperait le reste de l'Europe après l'Italie, puis les États-Unis, que des centaines de milliers, voire des millions de gens mourraient et que cela durerait au moins une année entière – le temps minimum pour fabriquer et commercialiser un vaccin. Début mars 2020, cela ressemblait à une prédiction apocalyptique. Mais j'ai tenu ma promesse de n'embrasser personne à la soirée et de donner aux gens autour de moi un peu du gel hydroalcoolique que j'avais apporté de New York. Les amis de Cyril m'ont trouvée très américaine – pour ne pas dire ridicule.

Quand le bar a fermé à deux heures du matin, la fête s'est poursuivie chez Cyril rue Lucien-Sampaix, mais Clarisse et moi avons préféré rentrer chez elle à pied. Nous ne cessions de rire. Elle s'était amusée même si tous ces hommes de cinquante ans qui fumaient, buvaient et ne prenaient pas soin de leur corps semblaient peu désirables à ma sœur de presque cinquante-sept ans. Nous ne savions pas encore que cette balade insouciante marquait la fin d'une époque.

Le lendemain, l'université de Houston a fermé et Paul est parti la chercher dans le Connecticut. Il s'est dit que si le virus frappait New York, nous serions mieux protégés en Bretagne, au bout du monde. Les frontières allaient être bouclées, il fallait se décider très vite. Le soir même il prenait l'avion pour Paris avec Houston. Il avait confié Réglisse à Hannah, restée à New York avec son petit ami.

J'ai hésité à dire à Clarisse de nous accompagner sur la presqu'île, mais Paul qui écrivait un livre sur les évasions fiscales de Trump avait besoin de tranquillité, et moi je n'étais guère en forme. On a su pourquoi quand on a entendu à la radio, deux jours après, que l'absence de goût et d'odorat était un symptôme du virus. J'ai été malade presque un mois. Je toussais sans arrêt, j'avais des douleurs dans tout le corps. Je m'inquiétais pour mes parents à qui j'avais rendu visite à Paris et pour tous les amis de Cyril. La seule malade qu'on connaissait pour l'instant n'avait pas été contaminée par moi car elle n'avait pas pu venir à son anniversaire : Muriel, la femme de mon frère Yann, anesthésiste à l'hôpital. Elle avait une forte fièvre et des troubles respiratoires : on avait dû l'intuber.

Je cuisinais beaucoup malgré cette agueusie déprimante qui ne me permettait pas de distinguer le salé du sucré, pour Paul et Houston, et pour les vieux voisins de notre hameau. Tous les soirs Houston et moi allions voir le soleil se coucher sur la mer. Elle avait mûri pendant ses deux premières années d'université : sa compagnie était agréable, et je redécouvrais ma fille. Paul s'était mis au jardinage ; quand il n'était pas devant son ordinateur, on le trouvait dehors, un râteau ou une binette à la main. Loin de New York, il était beaucoup plus détendu ; quand j'ai été guérie, pour la première fois depuis cinq ans nous avons fait l'amour. D'un côté nous n'avions pas été aussi heureux depuis longtemps, de l'autre il y avait notre inquiétude concernant Muriel, mes parents, ainsi qu'Hannah et nos amis à New York, où c'était l'hécatombe. Notre fille aînée ne sortait plus de chez elle, sauf dix minutes pour les besoins du chien. J'en oubliais un peu ma sœur avec qui j'avais passé les dernières heures de la vie d'avant. Je l'appelais quand je trouvais le temps, après ma mère, Hannah et mes amis outre-Atlantique.

Au début Clarisse était de bonne humeur. Le vélo, le cinéma, ses amis et sa liberté lui manquaient, elle regrettait son voyage au Japon annulé, mais elle se réjouissait d'avoir enfin le temps de trier le contenu de ses placards. Ses fils l'appelaient souvent, même Zack que la raréfaction des touristes avait mis au chômage technique ; elle était rassurée pour Lucas, qui n'était pas isolé : sa petite amie vivait avec lui et il discutait souvent dans le parc, à distance, avec le directeur de la galerie installé en Normandie pour la durée de l'épidémie. La nuit, Clarisse surfait sur Internet et partageait sur WhatsApp les liens les plus drôles d'images, de sketchs et de chansons inspirés par le coronavirus. Je riais bien grâce à elle.

Peu à peu son humeur s'est assombrie. Trois semaines après le début du confinement, elle m'a répondu très contrariée. Elle était allée se promener, pas plus loin que le kilomètre autorisé, et avait été contrôlée. Elle avait rempli son attestation de sortie mais s'était trompée sur la date. Inflexibles, les flics avaient exigé qu'elle paie sur-le-champ l'amende de cent trente-cinq euros. Elle ne trouvait pas de mots assez forts contre le président, sa gestion de la crise et son mépris des gens. Elle ne supportait plus d'être enfermée et se sentait très seule. Elle n'arrivait pas à dormir et passait ses nuits à contempler l'échec de sa vie.

J'étais désolée pour elle mais j'avais d'autres soucis. Après être sortie de son coma artificiel, alors qu'on la croyait en voie de guérison, Muriel avait rechuté. Paul était pessimiste : les statistiques n'étaient pas bonnes même si Muriel, à quarante-huit ans, en forme et sportive, était du bon côté de la barrière. Un soir ma mère m'a dit qu'on avait enfin trouvé le bon antibiotique pour combattre l'infection des poumons, il y avait un léger mieux. On était soulagés. Muriel aurait une longue convalescence et des séquelles de cette maladie gravissime, mais elle s'en sortirait. Le lendemain j'ai appelé maman sans écouter le message qu'elle m'avait laissé pendant que je prenais ma douche. Elle pleurait.

« Ève, elle est morte ! »

L'épidémie était soudain très réelle et les circonstances du décès de Muriel, atroces. Elle avait passé trois semaines et demie dans l'unité de soins intensifs où ni Yann ni ses enfants n'avaient été autorisés à lui rendre visite. Elle était morte seule. Ils n'avaient pas pu lui dire au revoir. Je pleurais en pensant aux dernières semaines de sa vie, aux cinq orphelins qu'elle laissait, à mon frère veuf. Elle avait été son premier amour. Ils s'adoraient. Heureusement qu'ils étaient des catholiques pratiquants et qu'ils avaient élevé leurs enfants dans la foi : cela les aiderait peut-être. J'ai dû rassembler mon courage pour appeler mon frère, terrifiée par la vacuité de toute parole devant sa douleur. Sa voix était atone. Il s'est mis à sangloter quand il m'a dit qu'il l'avait vue à l'hôpital après sa mort et qu'elle avait perdu la moitié de son poids : ce que la maladie lui avait fait était épouvantable. Je n'avais jamais entendu Yann pleurer, et j'ai fondu en larmes malgré moi. Il s'est ressaisi et m'a parlé des enfants qui étaient fiers de leur mère morte pour les autres. Ils préparaient des poèmes pour la cérémonie. Yann était en mode action : il organisait les funérailles auxquelles nous ne pourrions pas assister et parlait avec le prêtre de leur paroisse, qui connaissait bien Muriel.

Clarisse a été horrifiée et très triste pour mon frère, dont elle avait rencontré la femme lors du dîner chez mes parents l'hiver précédent. Elle m'a demandé si elle pouvait faire quelque chose : préparer un plat et le leur apporter à vélo ? Je l'ai remerciée, mais ce n'était pas nécessaire. La mère de Muriel s'était installée chez son gendre. Clarisse semblait aller beaucoup mieux. L'idée m'a effleurée que ma sœur, sujette à une alternance de désespoir et d'exaltation, avait peut-être un trouble de l'humeur causé par un déséquilibre chimique. Ce n'était pas le moment d'explorer la question, puisqu'il était impossible de prendre rendez-vous avec un psychiatre. Après avoir raccroché, mon esprit a été à nouveau absorbé par Yann et ses enfants. Aux repas Paul, Houston et moi ne parlions que d'eux. Au téléphone maman m'a lu les poèmes écrits par mes neveux. Je ne pouvais pas m'arrêter de pleurer.

Le premier soir où Clarisse n'a rien partagé sur

WhatsApp, je n'ai pas fait attention ; le deuxième, je l'ai remarqué ; le troisième, ça m'a manqué ; le quatrième je me suis demandé ce qui se passait et lui ai envoyé un texto. Puis un message vocal le lendemain. Elle n'a pas rappelé. Les mauvaises nouvelles font craindre d'autres mauvaises nouvelles, comme si la mort était un train pouvant en cacher un autre. J'avais jugé trop vite que Clarisse allait mieux. Je ne savais pas ce que cela signifiait d'être seule chez soi du matin au soir pendant des semaines et de se confronter à soi-même. La passion de Clarisse pour le cinéma et les voyages était un mode de survie : elle avait besoin de fuir. Perméable comme elle l'était aux moindres nuances de jugement, elle avait dû sentir qu'à mes yeux sa souffrance n'était pas du même ordre que celle de Yann et de ses enfants. Peut-être était-elle allongée sur son lit, endormie pour toujours, après avoir agi impulsivement au cœur de la nuit. Comment expliquer autrement son silence ?

Paul, comme ma mère, pensait que je le saurais déjà si quelque chose était arrivé. Je lui ai dit que Clarisse avait acheté un appartement dont la locataire, une dame de quatre-vingt-huit ans, était morte seule : son corps s'était décomposé pendant un mois avant qu'on remarque l'odeur.

« Raison de plus, Ève. Ta sœur ne voudra pas qu'une telle chose lui arrive.

— Ça fait une semaine qu'elle ne donne plus signe de vie ! Comment l'expliques-tu ?

— Tu vas le savoir. »

Elle a fini par appeler ce soir-là. J'ai bondi en voyant son numéro.

« Clarisse ! Qu'est-ce qui t'est arrivé ?

— Rien, pourquoi ?

— Je t'ai laissé plusieurs messages, tu n'as pas répondu, et tu n'envoyais plus rien sur WhatsApp ! Je commençais à m'inquiéter.

— Je n'ai plus accès à WhatsApp parce que mon téléphone est trop plein. Et je n'ai pas pensé à vérifier ma messagerie vocale. Excuse-moi ! Tout va bien. »

Elle avait l'air de bonne humeur et ne se plaignait plus du confinement. Il y avait une raison à cela. Quelqu'un partageait son appartement et son lit : Boris.

« Tu l'as recontacté ?

— On s'est croisés dans la rue.

— Il ne vit pas dans le même quartier que toi, si ? »

Le règlement du confinement interdisait d'aller à plus d'un kilomètre de chez soi.

« Il ne vit plus nulle part. Il a dû quitter la chambre à Pantin qu'il partageait avec un autre Russe. Le marché aux puces a fermé, il ne pouvait plus payer son loyer.

— Et sa fiancée ?

— C'est fini. J'entends la porte, il revient du Franprix. Je te rappelle. »

En raccrochant j'étais en colère contre Clarisse. Je l'avais imaginée morte tandis qu'elle baisait jour et nuit. Avec un type qui l'avait quittée dès qu'il avait trouvé une fille plus jeune, et qui était revenu vers elle quand il n'avait plus nulle part où aller. J'avais l'impression d'une régression. Paul s'est montré plus tolérant :

« Ses fils ne sont pas à Paris, elle ne peut pas voir ses amis, elle est seule, elle n'a pas la lande, la mer, une famille. Elle a trouvé quelque chose qui lui fait du bien. »

Il avait raison, comme toujours. Mieux valait se représenter Clarisse avec Boris que dans un cercueil.

Elle m'a rappelée à un moment où Boris était allé faire les courses. Le confinement était parfait pour leur relation. Elle ne voyait personne et ne pouvait sortir qu'une heure par jour : Boris n'avait plus de motif de jalousie. Son anxiété s'était apaisée et seule ressortait sa nature douce et amoureuse. Elle baignait dans sa tendresse. Après leur rupture et leurs retrouvailles, Clarisse avait développé un sentiment plus profond pour lui – même si elle se doutait que cette lune de miel était circonstancielle et que Boris disparaîtrait à nouveau. Il cuisinait pour elle les recettes de sa grand-mère russe – un incroyable bortsch avec du pain parfumé à l'ail et à l'aneth. Quand ils n'étaient pas en train de faire l'amour, il jouait à des jeux vidéo sur son téléphone et elle apprenait le russe sur Duolingo. Ses premières tentatives pour prononcer quelques phrases simples avaient fait se tordre de rire Boris.

Après le déconfinement, rien n'a changé pour nous, sinon que nous nous inquiétions pour Hannah qui participait aux manifestations antiracistes à New York après l'assassinat d'un Noir par un policier blanc, filmé par une jeune fille. L'Amérique était à feu et à sang. Du côté de Clarisse, il y avait du changement. Boris avait recommencé à travailler, elle pouvait à nouveau sortir se balader à vélo. Elle est allée l'aider au marché aux puces. Un week-end elle a pris le train pour aller voir Lucas en Normandie, sans Boris qui travaillait. Je l'ai invitée à nous rendre visite pendant l'été – avec lui, bien sûr.

« Avec lui ? Non. Tu ne l'aimerais pas du tout.

— Pourquoi est-ce que je ne l'aimerais pas ?

— C'est un primitif, incapable de contrôler ses humeurs. Il est jaloux dès que quelqu'un d'autre a mon attention, même mes enfants ou toi. Il n'a aucune éducation, pas de manières.

— Mais si vous restez ensemble, il devra bien accepter ta famille, tes amis, ta vie. Vous n'allez pas vivre confinés ! »

J'avais peur qu'elle ne se sente pas libre de le quitter pour venir chez nous. Par chance, le patron de Boris lui a demandé de l'accompagner à une foire en province à la mi-juillet. Il partirait une semaine. Elle viendrait à ce moment-là.

Elle m'a appelée le matin où elle devait prendre le train.

« Ève, désolée, je dois retarder mon arrivée.

— La foire de Boris a été annulée ?

— Pourquoi est-ce que tu supposes tout de suite que je dépends de lui ? a-t-elle dit d'un ton irrité. Ça n'a rien à voir avec lui. Il est parti hier. »

Je me suis excusée. Elle m'a expliqué qu'elle était allée se balader sur les quais la veille au soir, après le départ de Boris, et qu'elle s'était fait agresser en rentrant, à un coin de rue désert près du métro Sully-Morland. Le type lui avait arraché son sac et l'avait poussée si brutalement qu'elle était tombée contre un mur : une de ses dents de devant était cassée, elle devait trouver un dentiste.

« Ma pauvre ! Tu as porté plainte ?

— Il avait un masque chirurgical et un sweat à capuche. Je ne pourrais pas l'identifier.

— C'est une agression, il faut la déclarer.

— En ce moment un commissariat de police est le meilleur endroit pour attraper le Covid. »

Ce n'était pas faux.

J'étais sûre qu'elle ne viendrait pas.

*

Mais elle est arrivée la semaine suivante. Paul et moi l'avons récupérée à la gare de Brest. De loin j'ai repéré sa crinière dorée. Elle portait un masque dans un joli tissu, cachant sa lèvre toujours enflée. Le dentiste avait réparé la dent provisoirement.

Elle avait raconté à Boris que je m'étais cassé la jambe et que j'avais besoin de son aide. Elle comptait rentrer quand les traces sur son visage auraient disparu. Elle ne tenait pas à lui parler de l'agression.

« Mais pourquoi ?

— Il ne me laissera plus sortir seule. En plus il pensera que c'était un Noir ou un Arabe, et je vais me taper encore plus de propos racistes !

— Tu le rends vraiment séduisant !

— Tu as raison, il faut que j'arrête de dire du mal de lui. La vérité, c'est qu'on a passé trois mois de bonheur fou. »

Comme l'année précédente, la vie était facile avec elle. Nous allions au marché le matin à vélo et nous arrêtions au retour chez ma mère qui venait d'arriver sur la presqu'île avec quatre des enfants de Yann. Dès qu'on poussait la barrière du jardin, les plus jeunes s'écriaient : « Clarisse ! » sans même prononcer mon nom. Ma mère, qui me savait susceptible, m'avait dit qu'elle était pour eux plus exotique comme elle ne faisait pas partie de la famille. Je ne me vexais pas, bien sûr. J'étais heureuse qu'elle donne un peu de sa chaleur à ces orphelins et réussisse à les faire rire.

Clarisse savait aussi se concilier les bonnes grâces de Paul en s'extasiant sur les légumes de son potager, et s'entendait à merveille avec Houston, à qui, à la demande de ma mère, je n'ai pas dit que cette femme spéciale était sa tante : ma fille passait beaucoup de temps avec ses cousins et la vérité risquait de remonter à Yann, dont la vie était déjà assez perturbée.

Un après-midi où nous nous promenions sous le crachin sur une grande plage et que Clarisse ramassait des galets gris striés de lignes blanches, je me suis avisée que son sac à dos était extrêmement lourd. On était au début de la balade.

« Tu ne peux pas porter ça, tu vas te faire mal au dos.

— J'ai porté des sacs plus lourds.

— Ça n'a pas de sens. Tu es folle ! »

Les yeux pétillants, elle a rétorqué de sa voix soyeuse :

« Pour moi les fous sont ceux qui se promènent sur cette plage sans ramasser les galets avec des lignes blanches. »

J'ai ri. J'étais tellement normale !

Ni l'argent, ni la reconnaissance, ni les mondanités n'intéressaient Clarisse. Elle traquait de brefs instants de beauté.

Quand on quittait la plage et que l'on atteignait l'endroit du sentier où il y avait à nouveau du réseau, une série de bips indiquait le nombre de messages que Boris avait envoyés dans l'après-midi. Parfois il y en avait une dizaine, et je voyais les épaules de Clarisse se contracter comme celles d'une petite fille qu'on gronde. Elle m'a demandé si elle pouvait rester une semaine de plus. Elle n'avait pas l'air pressée de retrouver son amant passionné.

C'est cela, je crois, qui m'a conduite à penser que leur relation était toxique. Elle répétait depuis le début que Boris était possessif, jaloux, trop ardent, et que le tête-à-tête du confinement était le meilleur mode pour leur relation. Un jour elle m'a dit pendant une balade :

« Je me demande si je devrais l'épouser pour calmer son angoisse.

— Tu ne vas pas l'épouser ! »

Elle a souri avec malice.

« Tu seras mon témoin, tu le rencontreras enfin.

— Clarisse !

— Calme-toi. Je ne suis pas dingue. »

Je n'en étais pas si sûre. Je craignais qu'ils ne passent à la mairie après une nuit d'amour et qu'elle m'écrive ensuite : « Ça y est, je suis madame Boris Volochenko ! » Ou quel que soit son nom. Penserait-elle seulement à protéger ses quelques possessions, elle qui était si généreuse et détestait la mesquinerie ? Elle m'avait dit et redit que le sexe était leur seule activité commune. Chaque jour qui passait rendrait la rupture plus difficile. Elle ne pourrait rencontrer personne tant qu'elle serait avec lui. J'ai essayé de la convaincre un après-midi sur la plage.

« Ce n'est pas si simple, Ève. Je n'ai pas envie de me retrouver seule. Le confinement, c'était atroce. Quand Boris est revenu, d'un jour à l'autre j'ai été heureuse. »

Que savais-je de la solitude, moi qui vivais avec le même

homme depuis trente ans et qui ne pouvais même pas envisager la disparition de ma mère ? Assise sur sa serviette, le visage face au soleil, Clarisse m'a regardée.

« Et puis chacun fait ce qu'il peut. Toi aussi. Pourquoi Paul et toi vous êtes ensemble depuis trente ans ? Je pense que ce n'est pas possible autrement, que le quitter ce serait la mort pour toi. Et tu ne crois pas qu'on répète ce qu'ont fait nos parents ? Ta relation avec Paul reproduit celle de ta mère avec Christian et celle de tes grands-parents.

— Comment ça ?

— Ta mère a éprouvé une passion sexuelle pour Alberto et une affection stable pour Christian, qui voulait devenir prêtre lorsqu'elle l'a rencontré. Après la guerre ta grand-mère maternelle a accepté que ton grand-père ait une maîtresse du moment qu'il restait avec elle : le sexe avait disparu de leur vie, ce n'était pas essentiel. Paul et toi aviez un puissant lien physique, il a disparu et tu restes avec lui, tu l'aimes toujours. Ton amour pour lui n'est pas basé sur ce genre de passion ; comme ta mère, comme ta grand-mère. »

Je n'avais jamais vu les choses sous cet angle. Contrairement à ma mère avec Christian, j'avais eu une liaison torride avec Paul et franchi un océan pour lui. Mais Clarisse n'avait pas tort : au bout du compte j'arrivais au même résultat.

« Ou peut-être que tu fais partie d'une lignée de femmes castratrices. Toi, ta mère, ta grand-mère pour ce que tu m'en as dit, vous êtes des femmes avec une immense énergie, vous prenez toute la lumière : d'où la perte d'élan vital de vos hommes. »

Castratrice. Le mot était agressif mais je l'entendais. Clarisse me donnait à réfléchir.

Alors que nous étions allongées sur nos serviettes de bain au pied des hautes falaises brunes et que je regardais le corps de Clarisse qui, tout en étant plus mince, portait comme le mien la trace des accouchements et de l'âge, je pensais à cet homme qui lui faisait l'amour après deux ans avec autant d'intensité qu'au premier jour. J'imaginais le lit aux draps froissés où leurs corps s'entremêlaient, et cela me rappelait ma jeunesse et la joie inouïe que j'avais éprouvée le jour où j'avais épousé Paul, cette sensation de coïncider entièrement avec mon désir. Je savais que je n'éprouverais plus jamais de bonheur aussi intense sinon dans ma mémoire.

Après tout, le mariage avec Boris était-il une si mauvaise idée ? Clarisse ne serait plus seule.

Mes filles et mon mari me reprochaient de ne pas accepter leurs goûts ou leurs façons de faire quand ils différaient des miens. J'avais toujours anticipé les potentielles conséquences désastreuses de leurs actions. Du temps où je voyais une psy, elle me demandait d'imaginer le pire et de le mettre en mots pour faire face à mes peurs. Quelle était la pire chose qui pouvait arriver à Clarisse avec Boris ? Qu'il la dépouille et qu'elle se retrouve à la rue, mais comme l'avait dit Paul, elle avait les pieds sur terre. En toute probabilité il rencontrerait une femme plus jeune et finirait par la quitter pour de bon. Elle souffrirait mais s'en remettrait, elle aurait profité de la vie aussi longtemps que possible et n'aurait rien à regretter.

En ce mois de juillet 2020, je me débattais tant pour

changer ma façon de voir les choses que je n'ai rien soupçonné. On n'imagine pas ce qu'on ne connaît pas.

*

Quand Clarisse nous a quittés fin juillet, elle avait hâte de revoir Boris. Elle avait bronzé et minci grâce à nos balades malgré sa passion pour le kouign-amann. Elle était plus belle que jamais. Ils avaient rendez-vous sur le quai de la gare Montparnasse. Elle m'a appelée quarante-huit heures après son retour. Ils étaient restés tout ce temps au lit. Boris avait eu peur de la perdre après ses trois semaines d'absence, il se montrait sous son meilleur jour, il avait rempli l'appartement de fleurs. En août, ils sont partis en week-end à Honfleur. C'était la première fois qu'ils voyageaient ensemble et même s'il a plu, le séjour s'est très bien passé. Boris semblait se civiliser.

Fin septembre, après six mois et demi en Bretagne, nous avons fermé la maison pour retourner à New York, impatients de retrouver Hannah, Réglisse, et Houston dont les cours avaient repris sur le campus mi-août. De passage à Paris sans Paul rentré directement à New York, j'ai fait la connaissance de Boris.

Ce n'était pas une présentation officielle. J'étais censée voir Clarisse l'après-midi pendant qu'il travaillait au marché aux puces. Une amie a déplacé un rendez-vous à la dernière minute et je me suis trouvée libre plus tôt. J'ai appelé Clarisse, qui n'a pas répondu. Je n'étais pas loin de chez elle, je connaissais le code, je suis entrée. Son vélo dans la courette indiquait sa présence. Je n'ai pas eu besoin de sonner à l'interphone de la deuxième porte, car quelqu'un est sorti. J'ai monté les sept étages. En haut j'ai entendu des éclats de voix – une voix d'homme. J'ai hésité à repartir, mais j'ai sonné.

« C'est qui ?

— C'est moi, Ève ! »

Clarisse a ouvert. Elle ne semblait guère contente de me voir.

« Tu es en avance. Boris allait partir. »

Debout à l'autre bout de la pièce, il a attrapé une veste en jean sur un fauteuil. Je lui ai dit bonjour et il n'a pas répondu.

« Je vois toi ce soir », a-t-il dit à Clarisse avec un accent russe.

Il est sorti sans me regarder tandis que je suivais des yeux l'homme dont j'avais tant entendu parler. Il était très grand, presque deux mètres, baraqué, mince, les épaules larges. Il portait un jean qui moulait ses larges cuisses comme deux piliers. Comparée à la largeur de ses jambes, sa tête était petite. Il avait des cheveux châtains courts et raides. Son front était bas. Il n'était pas laid, mais j'ai compris ce qu'elle avait voulu dire quand elle m'avait confié que son visage n'était pas terrible. Il n'avait pas la grâce des hommes dont elle m'avait montré les photos. Il affichait une moue grincheuse. Le fait qu'il ne réponde pas à mon bonjour ne jouait pas en sa faveur. J'ai cessé d'envier Clarisse : je n'aurais jamais pu désirer cet homme.

Elle a fermé la porte.

« Tu aurais pu m'envoyer un texto avant de débarquer comme ça.

— Excuse-moi, j'ai essayé de t'appeler, je t'ai laissé un message. Je croyais qu'il était parti aux puces, je…

— Il était en retard. Je sais exactement ce que tu penses, Ève. Je te l'avais dit. Ce n'est pas quelqu'un d'agréable. Il n'a pas de manières. Je ne tenais pas à ce que tu le constates. »

Il faisait chaud et Clarisse avait retroussé les manches de son chemisier.

« Tu t'es encore fait mal ? Pas à vélo, j'espère ? »

J'ai pointé du doigt un hématome sur son avant-bras.

« Je n'arrête pas de me cogner contre les meubles.

— À l'intérieur du bras ? »

Je n'essayais pas de l'énerver, juste de détourner la conversation de Boris. Mais l'inconscient vous joue des tours et vous ramène parfois à l'endroit précis que vous souhaitez éviter.

« Ève la rationnelle. On ne peut pas te mentir. Parfois Boris est un peu brutal quand on fait l'amour. »

J'ai ouvert de grands yeux.

« Il te frappe ?

— Tout de suite les grands mots. On se bat un peu. Je m'amuse à le provoquer.

— Mais Clarisse, ça ne va pas, ce n'est pas bien !

— Non, ce n'est "pas bien", a-t-elle répété d'un ton moqueur. Parfois on fait des choses qui ne sont "pas bien". Mais qui peuvent être excitantes, ma chère Ève. C'est un jeu entre nous. Un jeu érotique, si tu comprends ces mots. »

Elle était d'humeur dangereuse, prête à m'insulter, à utiliser mes confidences contre moi. J'ai laissé tomber. Je lui ai posé des questions sur ses fils, sur sa petite-fille qu'elle n'avait pas vue depuis dix mois et qui lui manquait tant. Martin lui avait envoyé de nouvelles vidéos qu'elle m'a montrées pendant qu'on buvait son délicieux *chai.* Malika dansait, babillait devant la caméra et tendait les menottes pour essayer de l'attraper. J'ai ri, j'ai dit qu'elle était adorable ; Clarisse s'est radoucie et m'a demandé des nouvelles de Paul, de mes filles, de Yann et de ses enfants. Ce n'était pas comme d'habitude. Notre conversation tournait autour du pot.

Dans l'avion presque vide le lendemain, je me suis assoupie après le déjeuner et me suis réveillée en sursaut, certaine qu'il n'y avait eu ni chute de vélo ni attaque dans la rue. Clarisse avait introduit un serpent dans son nid. Elle avait besoin d'aide et personne ne le savait, sauf moi qui ne l'avais pas deviné à temps et qui étais en train de voler par-dessus l'Atlantique.

À mon arrivée chez nous, j'ai fait part à Paul de mon intuition. Il a hoché la tête.

« C'est bien possible. »

Il ne voyait pas ce que je pouvais faire, surtout à distance, sinon chercher pour Clarisse l'adresse d'un centre pour femmes battues auquel demander de l'aide. Il doutait qu'elle le fasse. Il m'a conseillé de ne pas m'en mêler. On ne peut jamais se mettre à la place de l'autre, surtout en amour. J'avais déjà perdu plusieurs amis, avec les meilleures intentions du monde. Si je voulais garder l'affection de Clarisse, je devais rester hors de sa vie amoureuse.

Je savais qu'il lui voulait du bien mais je n'étais pas d'accord. Clarisse était ma sœur. J'étais sûre qu'elle souhaitait rompre avec Boris sans savoir comment faire. Elle m'avait dit qu'elle avait peur de le blesser. Vraisemblablement, elle avait peur de lui.

Je me suis procuré des récits de femmes battues. Elles disaient toutes la même chose : qu'elles avaient menti à leurs proches pour protéger leur homme et n'avaient pas cessé de croire en son amour. Le monde qu'elles décrivaient était à des années-lumière du mien. Ce n'était pas une question de milieu social. Certaines avaient des diplômes, d'autres non. Ce qui les liait, c'était leur sentiment de culpabilité. Leurs agresseurs étaient souvent d'anciens enfants battus, humiliés, abusés, qui ne connaissaient que la violence comme mode d'expression. Ce n'était pas une excuse. Une seule chose était sûre : la violence contre les plus faibles – femmes, enfants, animaux – ne pouvait pas être tolérée.

J'ai fait un cauchemar où un homme m'étranglait. Je me suis réveillée en sueur juste avant qu'il me tue, en ayant eu le temps d'éprouver la possibilité de mourir entre les mains d'un autre. C'était quelque chose qu'un homme, même Paul, aurait eu plus de mal à imaginer. Être victime d'une force supérieure dans un corps-à-corps. Lutter pour sa vie avec toute son énergie et perdre le combat tandis qu'on vous étrangle.

La violence est en chacun de nous. Quand Hannah était petite, un jour où elle ne cessait de gémir, je l'ai tapée sur la tête avec sa brosse à cheveux alors que je la coiffais. Le manche s'est cassé. Elle avait six ans. Ce jour-là j'ai eu peur de moi. J'ai pris la décision de voir une psy. Je lui ai décrit ma colère : « Ma fille m'a rendue dingue. Je me suis vue la frapper avec la brosse à cheveux mais je ne pouvais pas m'arrêter, comme si j'étais tombée dans un puits aux parois lisses où il n'y avait rien pour me retenir et stopper ma chute. C'était un horrible sentiment d'impuissance. — Et pourquoi donc ne pourriez-vous pas vous retenir ? » m'a demandé la psy. Cette question m'a libérée de l'impuissance.

Même Paul, le plus doux, le plus patient des hommes et le plus maître de lui-même, pouvait être violent. Au début de la guerre d'Irak, un jour où Rivka gardait les filles, on est allés au cinéma à vélo. Sur le chemin du retour, un type garé le long du trottoir a ouvert sa portière, j'ai instinctivement tourné mon guidon et suis tombée en me blessant la main. Quand j'ai dit au conducteur d'une voix tremblante : « Monsieur, il faut regarder avant d'ouvrir sa portière, il y a une piste cyclable, vous pourriez tuer quelqu'un », au lieu de s'excuser il m'a répondu : « Rentre chez toi, connasse ! » J'ai un accent français prononcé et Chirac, à l'époque, ne soutenait pas Bush dans sa guerre sainte. Paul est descendu de vélo, a marché jusqu'au type et lui a envoyé son poing dans la figure. Effrayé par ma chute et rendu furieux par les paroles xénophobes de cet homme, il avait réagi sans réfléchir. On a ri en racontant à nos amis cet incident où il jouait le rôle du preux chevalier. La vérité, c'est qu'il avait perdu son sang-froid.

J'appelais Clarisse presque tous les jours. J'espérais superstitieusement empêcher que quelque chose arrive en pensant à elle. Plus je me rappelais le visage sombre et l'expression sournoise de Boris, plus je sentais qu'il était dangereux. Je ne pouvais pas lui dire au téléphone ce que j'avais deviné et nos conversations étaient pleines de non-dit. Clarisse déblatérait contre le nouveau confinement : « Ils entretiennent la panique parce que ça les arrange. — Qui, ils ? — Le gouvernement, évidemment. — Pourquoi feraient-ils ça ? Quel serait leur intérêt ? — Mais pour paralyser le mouvement social, qu'est-ce que tu crois ? Tu n'as jamais entendu parler des Gilets jaunes, Ève ? Tu vis dans ta bulle ! » J'entendais derrière son discours conspirationniste l'influence de Boris, tandis que je devais ma modération à Paul.

Il y avait au moins une nouvelle rassurante. Quand le marché aux puces a fermé à nouveau, Boris a trouvé du travail dans un supermarché. Clarisse et lui ne passaient pas tout leur temps ensemble.

À New York, je ne faisais pas que penser à elle. Nous avions retrouvé nos amis que nous recevions dans notre jardin, avec masques et distanciation sociale. Les élections qui approchaient nous angoissaient, car l'enjeu était immense, et Paul craignait une guerre civile. La joie que nous avons ressentie à la date historique du 7 novembre, quand le candidat démocrate l'a enfin emporté, m'a donné le courage de parler à Clarisse. Nous avons pris rendez-vous sur Skype – je voulais la voir. J'ai préparé cette conversation en prenant des notes, comme du temps où je cherchais à convaincre ma fille cadette adolescente et rebelle. Si j'insistais trop et que Clarisse se fermait, je perdrais sa confiance et toute chance de l'aider.

Elle est apparue souriante sur mon écran – pas de bleus visibles. Quand je lui ai dit ce que j'avais compris, elle n'a pas nié ; elle ne s'est pas fâchée. Elle a eu l'air soulagée que quelqu'un sache – que je sache. Non, il n'y avait eu ni chute de vélo ni agression dans la rue. Elle m'a assurée que c'étaient les deux seules fois où Boris l'avait frappée. Ils faisaient l'amour de façon intense, à la fois tendre et brutale, il la serrait fort, et les bleus sur son corps venaient de là : elle n'avait pas menti sur ce point.

« Mais deux fois c'est déjà trop, Clarisse. Même une. Tu ne peux pas rester avec un homme qui te frappe. Ou bien ça veut dire que tu ne te respectes pas. »

Son rire a résonné, plus amer que joyeux.

« Je ne me respecte pas : quel scoop, Ève ! Tu sais, je préfère mourir tuée par un homme, dans la passion, que seule dans un Ehpad dans trente ans. »

C'était la Clarisse rebelle et fière qui me répondait. Mais elle ne voulait pas mourir maintenant, j'en étais sûre. Elle m'a dit que Boris et elle avaient eu une discussion à son retour de Bretagne en août. Il avait pleuré et l'avait suppliée de lui pardonner.

« Une vraie scène de roman russe. »

Il avait reconnu qu'il l'enviait pour ce qu'elle avait : son appartement, ses enfants, ses amis, sa liberté, ses voyages à New York où il n'avait jamais mis les pieds, jusqu'à la tombe de sa mère au cimetière de Bagneux. Il ne possédait rien, pas même une chambre à lui, vivait en exil, et ne pouvait pas se recueillir sur la tombe de sa babouchka.

« C'est un pauvre gosse, Ève. Il a été abandonné par sa mère quand il était bébé et élevé par sa grand-mère qui est morte quand il avait dix ans. Ensuite il a été envoyé à l'orphelinat, battu, violé. Il est terrifié que je l'abandonne. Il est encore plus cabossé que moi. Je le plains. Et il est bon pour moi aussi, tu le sais. Alors ce n'est pas si simple. »

Selon Clarisse, les choses étaient pour l'instant sous contrôle. Boris avait convenu que leur relation était trop passionnelle. En septembre il avait repris la chambre à Pantin qu'il partageait avec un autre Russe, et la gardait grâce à son salaire de livreur. Ils avaient trouvé un équilibre, se voyaient environ trois ou quatre nuits par semaine. Il ne parlait plus de l'épouser.

J'ai insisté : il n'y avait pas de bon moment pour rompre, il fallait le faire le plus tôt possible. Il y aurait une autre scène et elle ne pourrait pas le contrôler. Il n'était pas en son pouvoir de le changer. Elle a soupiré.

« Il y a quelque chose de rassurant dans la possession. »

Elle avait raison : ce n'était pas si simple. Si seulement j'avais pu la faire venir à New York, la garder chez nous le temps que Boris l'oublie et qu'elle l'oublie elle aussi. La deuxième vague de la pandémie contrariait mon plan. Clarisse m'a juré qu'elle allait rompre mais qu'elle avait besoin de temps.

*

Fin décembre je suis retournée à Paris pour voir mes parents, sans Paul que le virus inquiétait. J'apportais à Clarisse un cadeau de la part de son fils Martin, à qui j'avais remis en septembre au retour de France, de la part de Clarisse, une robe pour Malika. Martin et moi nous étions donné rendez-vous dans la rue et n'avions pas ôté nos masques. Il savait que j'étais la demi-sœur de sa mère, son unique tante, mais une vraie rencontre était remise à plus tard, après la pandémie.

J'ai passé le 31 avec Clarisse chez Pierre et Maya – à

qui j'ai imposé sa présence. En raison du couvre-feu, ils n'avaient invité que des voisins. Clarisse et moi dormirions dans la chambre de leur fille, qui ne vivait plus chez eux. Nous étions neuf. J'ai été soulagée que Clarisse accepte de m'accompagner et renonce à passer avec Boris la soirée du réveillon, symbolique de l'année à venir. Elle était splendide dans son pantalon de smoking noir et le chemisier de soie mordorée d'une créatrice japonaise que lui avait offert Martin. Sa masse de cheveux frisés blond cendré était attachée en un lourd chignon qui lui dégageait les oreilles, auxquelles pendaient des larmes en pierre de lune. Elle ne faisait vraiment pas son âge. Au dîner elle était assise à côté d'un chirurgien chauve à qui elle semblait plaire et qu'elle faisait rire. De temps en temps elle disparaissait dans la chambre – pour échanger, je suppose, des textos avec Boris. À minuit on a trinqué au vaccin, aux voyages, à une année vraiment nouvelle. On a tous dansé, sauf Clarisse qui n'aimait pas la musique. Vers une heure elle m'a dit qu'elle rentrait. Elle craignait qu'on lui vole son vélo si elle le laissait dehors toute la nuit.

« Et le couvre-feu ? Tu risques une amende.

— J'ai imprimé une dérogation : je suis allée m'occuper de mes vieux parents. Les flics ne vérifient pas. »

Je me doutais qu'elle avait rendez-vous avec Boris. On a convenu que j'irais prendre le thé chez elle le lendemain après-midi, avant de dîner chez mes parents.

Le 1er janvier, en sortant de chez Cyril où j'avais déjeuné avec Yann et ses enfants, j'ai marché vers Bastille. Il faisait frais et beau. Sa rue était très calme comme d'habitude. J'ai tapé le code. De la cour j'ai entendu du bruit, comme si des gens déménageaient dans l'immeuble. J'ai évité de justesse un objet qui s'est fracassé sur les pavés à côté de moi. J'ai reconnu les fragments d'une poterie japonaise bleu foncé, une des plus anciennes. J'ai entendu Clarisse appeler à l'aide, et j'ai frénétiquement appuyé sur tous les boutons de l'interphone. Quelqu'un a ouvert. Alors que je grimpais l'escalier quatre à quatre, j'ai croisé Boris qui descendait à toute allure ; il m'a bousculée. Quand je suis arrivée au septième, à bout de souffle, après avoir monté les dernières marches hautes et étroites, la porte de l'appartement était entrouverte. Des livres et des objets jonchaient le plancher, le sapin était allongé en travers de la pièce, il y avait partout des éclats colorés de ses précieuses boules de Noël en verre, et des lampes étaient renversées.

« Clarisse ? Clarisse ? »

J'ai entendu un gémissement et couru dans sa chambre. Elle n'était pas sur son lit mais par terre dans un coin. Son kimono était ouvert, dessous elle était nue et j'ai vu ses seins, son ventre, sa toison noire. En me voyant elle n'a pas réagi, comme si elle était déconnectée d'elle-même. Puis elle a souri.

« Ève. »

Elle a rabattu les pans du kimono et gémi.

Je me suis accroupie. J'ai remarqué la bosse sur son épaule, et l'idée de l'os sorti de sa cavité m'a fait frémir. Il y avait des marques rouges autour de son cou.

« Oh, Clarisse ! » Je me suis mise à pleurer, de peur et de soulagement. « Qu'est-ce qui s'est passé ?

— Pendant que je prenais ma douche, il a regardé mon ordinateur et il a trouvé ma nouvelle sur ma liaison avec J.-B.

— Je croyais que tu l'avais effacée ?

— Apparemment il en reste une version. Il était à la fois furieux que cette histoire soit sur quelqu'un d'autre et terrifié que j'écrive sur lui. Ce garçon ne cesse de me surprendre : moi qui croyais qu'il ne savait pas lire !

— J'appelle le Samu ?

— Non.

— Ton épaule. Il faut s'en occuper.

— On va aller à l'Hôtel-Dieu, c'est tout près. »

Elle a réussi à se lever en grimaçant de douleur et m'a demandé de lui nouer un foulard autour du cou pour soutenir son bras. Elle a avalé trois antalgiques. Je l'ai aidée à s'habiller, en l'enveloppant d'un gilet et d'un manteau dont elle a enfilé une seule manche.

On a descendu l'escalier lentement, marche après marche. On a emprunté le boulevard Henri-IV jusqu'aux quais. La Seine vert émeraude miroitait sous le soleil d'hiver, aucune ville ne pouvait être plus belle que ce cœur du Paris historique avec ses façades médiévales et ses palais du dix-septième siècle, et il y avait quelque chose d'irréel dans notre promenade paisible en ce premier jour de l'année 2021, sur ce quai où des enfants roulaient sur des vélos rutilants parmi des familles endimanchées, quinze minutes après qu'un homme avait essayé de tuer ma sœur. Elle était si pâle que j'avais peur qu'elle s'évanouisse. Elle m'a expliqué comment la dispute avait commencé. Elle lui avait dit qu'il n'avait pas besoin de s'inquiéter : elle ne risquait pas d'écrire sur lui parce qu'il n'y avait rien à raconter, il ne méritait pas de devenir un personnage de roman – enfin sa bite, peut-être, mais alors ce serait un roman graphique. Elle l'avait provoqué.

«J'espérais qu'il me tue.

— Tu voulais mourir ?

— Pas du tout, en fait. Si tu m'avais vue résister quand il a commencé à m'étrangler ! C'est incroyable à quel point on a envie de vivre !

— Comment as-tu réussi à l'arrêter ?

— Je n'aurais pas pu. Il s'est arrêté tout seul. Il a tout renversé dans l'appartement, il a jeté le sapin de Noël sur moi comme si c'était une lance, il m'a traitée de sale Juive, il a lancé une de mes céramiques japonaises par la fenêtre quand il a vu que j'essayais de les protéger et il m'a projetée contre le mur. Tu as sonné à l'interphone et il s'est enfui.

— Clarisse, après l'hôpital tu veux bien qu'on aille au commissariat déposer plainte ? Boris est fou. La prochaine fois il te tuera.»

On a longé Notre-Dame en travaux. La rue étroite était encombrée par une foule de gens qui regardaient les photos et les explications techniques sur la reconstruction de la cathédrale affichées sur la palissade. Il n'était pas facile de se frayer un chemin : je marchais devant Clarisse comme un bouclier. On a fini par atteindre l'Hôtel-Dieu. Il n'y avait pas trop de monde dans la salle d'attente des urgences. Nous nous sommes assises le plus loin possible d'un jeune homme qui tremblait comme une feuille et sentait la pisse – sans doute un toxicomane. Quand nous sommes ressorties une heure plus tard, l'épaule de Clarisse avait été remise en place et une écharpe à l'allure plus professionnelle soutenait son bras. L'orthopédiste avait remarqué les marques autour de son cou et conseillé à Clarisse de porter plainte.

« Vous n'aurez peut-être pas autant de chance la prochaine fois. »

Le commissariat du IVe se trouvait boulevard Bourdon, à vingt minutes de l'hôpital et deux minutes à pied de chez Clarisse : en termes de localisation, on n'aurait pas pu faire plus pratique. Une barrière métallique bloquait l'accès à la grande porte fermée. On s'est faufilées, on a sonné. Je redoutais le sourire en coin des flics apprenant qu'une bobo de cinquante-sept ans s'était fait tabasser par son amant russe de quarante ans. Je craignais aussi les réactions de Clarisse, dont les dernières interactions avec la police avaient été son arrestation à la Maison de la poésie et l'amende reçue pendant le confinement.

C'est une femme en uniforme qui a ouvert, ses cheveux blonds noués en queue de cheval. Même si le masque cachait en partie son visage, elle semblait toute jeune.

« Bonne année ! Je peux vous aider ? »

Elle avait un accent chantant du Sud-Ouest. J'ai expliqué pourquoi nous étions là.

« Justement, ma collègue de garde s'occupe des violences conjugales. »

La policière plus âgée qui nous a reçues nous a expliqué la différence entre main courante et dépôt de plainte. Elle pensait comme moi que Clarisse avait besoin d'une ordonnance de protection : il fallait saisir la justice. Clarisse voulait savoir ce qui arriverait à Boris. La femme a décrit le processus : quand le procureur recevait la plainte, il décidait de poursuivre ou non. S'il poursuivait, Boris comparaîtrait au tribunal. Mais comme il s'agissait d'une première fois, qu'il avait un travail et (elle l'a vérifié sur un ordinateur) pas de casier judiciaire, il recevrait au maximum six mois avec sursis et une ordonnance de protection lui interdisant de s'approcher de Clarisse. Elle a accepté de porter plainte.

Concernant les antécédents, je suis intervenue.

« Il l'a déjà agressée deux fois mais ma sœur n'a pas déposé de main courante.

— Tu peux ne pas parler de moi à la troisième personne ? Merci.

— Vous avez une trace ? Un certificat de médecin ?

— Je ne veux pas remuer le passé. »

La policière a rempli le procès-verbal avant de joindre le procureur de garde au tribunal de Paris. La procédure était enclenchée. Elle nous a recommandé de retourner à l'Hôtel-Dieu pour obtenir un certificat des urgences médico-judiciaires, plus probant qu'un simple certificat médical. Clarisse se montrait étrangement docile, sans doute encore sous le choc.

Parce que son amant avait les clefs de chez elle et que l'agression n'avait été interrompue que par mon arrivée, le procureur a estimé qu'elle était en danger. Il a fait interpeller Boris le soir même par deux flics à Pantin. Interrogé, il n'a pas nié, tout en donnant sa version des faits, et a passé la nuit au poste. Il a accepté d'être jugé en comparution immédiate, le lendemain. J'ai appris qu'il y avait des audiences le samedi, réservées à ce type d'affaires, puisque la garde à vue ne pouvait pas se prolonger au-delà de quarante-huit heures.

Des amies avocates m'avaient dit le pire du système judiciaire de notre pays, où la moindre procédure prend des mois, voire des années. Dans sa malchance, Clarisse avait beaucoup de chance, même si, depuis deux ans, le palais de justice proche de chez elle n'hébergeait plus le tribunal correctionnel et qu'il fallait se rendre beaucoup plus loin, porte de Clichy. Je l'ai accompagnée en taxi le lendemain matin au tribunal de Paris, un énorme gratte-ciel en verre en forme d'escalier. Dans la salle d'audience toute neuve qui ressemblait à un espace design avec ses parois en hêtre et ses meubles blancs, elle a raconté succinctement l'attaque sans accabler Boris. La tête baissée, il évitait de la regarder. Il a reconnu qu'il était coupable, il s'est excusé poliment. Son patron a témoigné, disant qu'il se présentait toujours à l'heure et qu'il était aimable avec les clients. La juge, dont le visage disparaissait derrière une grande paire de lunettes et un masque sanitaire noir, s'est adressée à Boris d'une voix lasse, dans un langage châtié qui m'a rappelé un poème de Baudelaire que je connaissais par cœur à dix-huit ans, « Le reniement de saint Pierre » :

« Comprenez-vous, monsieur, qu'on s'exprime par les mots, non par les poings ? »

Je ne sais si Boris a compris mais il a répondu oui, en ajoutant « madame », d'un ton humble.

La policière ne s'était pas trompée. Il a écopé de trois mois avec sursis et d'une ordonnance de protection. Il a rendu ses clefs à Clarisse. Quand la juge lui a demandé s'il possédait une arme, j'ai sursauté : pourquoi lui suggérer une telle idée ? Il a dit que non. En une heure c'était fini. On a quitté la salle d'audience, on s'est retrouvées sur le parvis devant le gratte-ciel. On ne risquait pas de tomber sur Boris car il devait signer des papiers et sortirait par une autre porte. J'ai embrassé Clarisse.

« Bravo. Je suis fière de toi. »

Elle a levé les yeux au ciel.

« Je n'ai pas cinq ans ! J'ai envie d'une glace. On va chez Berthillon ? »

On est retournées dans son quartier en taxi. Un 2 janvier à midi, avec une température extérieure de 3 °C, il n'y avait personne chez le célèbre glacier. On a pris trois boules. J'ai été stupéfaite quand Clarisse a choisi avant moi mes parfums préférés : cassis, réglisse, noisette. La probabilité de cette combinaison me semblait aussi grande que de gagner un million à la loterie.

Restait un problème à régler. Même si Boris avait rendu les clefs, je me méfiais. J'ai fait venir le serrurier de la rue de la Cerisaie, près de chez Clarisse. Le changement de serrure un samedi a coûté six cents euros que j'ai insisté pour payer. J'ai fait des courses et préparé une purée de patate douce, des pavés de saumon au gingembre et un tiramisu. J'ai fini de nettoyer le désordre laissé par Boris et nous avons mangé notre petit festin, que Clarisse a apprécié même si elle semblait encore assommée, stupéfaite et triste comme si elle venait de se rendre compte que l'histoire avec Boris avait pris fin.

Le lendemain matin je me suis réveillée avant elle et suis allée acheter des croissants. Sur le palier, devant sa porte, une grande boîte en carton avait fait son apparition. Je l'ai posée à l'intérieur.

De retour avec les croissants, j'ai préparé le café comme elle l'aimait, en faisant mousser le lait. Elle avait dormi grâce au somnifère, malgré son épaule, et se sentait mieux. On a pris le petit déjeuner avant qu'elle n'ouvre la boîte, qui contenait les lettres et les cartes qu'elle avait écrites à Boris, ainsi que les cadeaux qu'elle lui avait faits.

« Il est venu ici cette nuit malgré l'ordonnance de protection, Clarisse. Il a peut-être essayé d'entrer. Il faut que tu retournes au commissariat porter plainte.

— Ève, il est juste passé rapporter ces trucs. On a changé la serrure. Ça suffit, je pense. C'est étonnant, a-t-elle ajouté, songeuse.

— Quoi ?

— Rien n'a changé depuis des siècles. Les hommes ne supportent pas la moquerie. Ils se sentent bafoués dans leur honneur. »

Entre l'ordonnance de protection, l'arrestation de Boris et sa condamnation avec sursis, le changement de serrure et le retour des cadeaux et des lettres, Clarisse me semblait en sécurité. On avait réussi à faire peur à Boris. J'aurais aimé la ramener à New York, mais avec la pandémie ce n'était pas possible. J'ai établi avec elle une sorte de protocole. Elle m'a juré de contacter la police s'il la harcelait. Elle a prévenu deux voisins au cas où il entrerait dans l'immeuble. S'il l'abordait dans la rue, elle crierait. Son téléphone serait toujours chargé, et j'ai enregistré le numéro du commissariat du IVe dans ses favoris.

« Il ne va rien faire, Ève. Toute cette histoire l'a terrifié, tu l'as vu devant la juge, il avait l'air d'un petit garçon. De toute façon il n'a fait que réagir à mes provocations. C'est moi qui le contrôle. »

Pendant le vol de retour à New York le 6 janvier, quelque chose m'a tracassée sans que je puisse mettre le doigt dessus. Je sentais comme une incohérence dans une trame narrative. J'avais l'impression d'avoir raté un indice.

J'ai appelé Clarisse dès le lendemain de mon retour et tous les jours qui ont suivi. Elle voyait des amies, elle sortait se promener. Elle avait reçu deux textos de Boris. Dans le premier il se confondait en excuses et lui déclarait son amour. Dans le second, sans doute provoqué par le silence de Clarisse, il la traitait de sale Juive et la maudissait, elle et ses enfants, sur la tombe de sa mère et de sa babouchka.

« Tu peux me les lire ?

— Je les ai effacés.

— Tu n'aurais pas dû. Tu auras besoin de preuves s'il te harcèle.

— Je ne suis pas dans l'acharnement, Ève. Je n'ai pas répondu, il n'a plus rien envoyé. »

*

Mon téléphone a sonné à dix heures du matin à New York – quatre heures de l'après-midi à Paris – cinq jours après mon retour. Paul était sorti. L'employé d'une entreprise de stores était en train de mesurer nos fenêtres donnant sur le jardin.

« C'est Martin. Le fils de Clarisse. »

J'ai tout de suite compris.

La veille elle était allée chez des amis, et était rentrée chez elle à vélo vers minuit – malgré le couvre-feu.

« À vélo ? Elle s'était luxé l'épaule ! »

Comme si c'était le problème. Comme s'il s'agissait d'un accident de vélo.

Elle s'était arrêtée devant son immeuble et avait composé le code avec son bras valide. Alors qu'elle s'apprêtait à pousser la lourde porte cochère, Boris s'était avancé vers elle dans la rue déserte. Il avait tiré trois fois dans son dos. Un homme dans l'immeuble en face avait entendu le bruit qu'il avait pris pour des pétards, et avait ouvert sa fenêtre. Il avait vu le vélo au sol, la haute silhouette donner un coup de pied à un corps sur le trottoir, et l'avait entendu crier un mot ressemblant à « blatte », deux fois, sur un ton haineux – *blyat*, en russe, veut dire « pute ». Le voisin avait appelé le Samu. Clarisse était morte sur le chemin de l'hôpital. Martin partait pour l'aéroport.

Il a dit « l'homme », pas Boris. Il ne connaissait pas la vie privée de sa mère. Le meurtrier avait été arrêté, grâce aux informations fournies par Diana chez qui Clarisse avait dîné. L'enterrement n'aurait pas lieu tout de suite en raison de l'enquête. Il me préviendrait.

J'ai raccroché et hurlé.

« Madame ? Ça ne va pas ? »

J'avais oublié l'employé qui mesurait les fenêtres. Je ne savais plus qui il était ni ce qu'il faisait chez moi. Le Mexicain a mis la main sur mon épaule. C'était le geste humain et compatissant d'un homme qui a vécu le deuil de proches.

« Excusez-moi. Ce n'est pas le bon moment. Je vous rappellerai. »

Paul est rentré à la maison. Il a pleuré. L'information qui se cachait dans un recoin de mon cerveau est remontée à ma mémoire.

« Elle le savait !

— De quoi tu parles ?

— Le patron de Boris aux puces vendait des objets militaires russes – des uniformes, des manteaux, des bottes... et des armes ! Il avait accès à des armes et Clarisse ne l'a pas dit à la juge !

— Elle ne voulait pas s'acharner, tu me l'as dit.

— Elle savait exactement ce qui se passerait une fois qu'elle aurait humilié Boris dans le cadre d'une procédure judiciaire. C'est pour ça qu'elle était si docile ! Elle voulait être une salope aux yeux de Boris. Paul, j'aurais dû t'écouter ! Ne pas intervenir ! Ou aller en Bretagne avec elle ! Je l'ai abandonnée ! »

Je sanglotais. Il m'a prise dans ses bras.

« Non, Ève. Tu ne pouvais rien faire de plus. »

*

L'enterrement a eu lieu trois semaines plus tard au carré juif du cimetière de Bagneux. Paul est venu de New York avec moi. Il y avait beaucoup de monde – une centaine de personnes qui, choquées par la mort violente de Clarisse, avaient bravé les consignes sanitaires, mais portaient toutes un masque et se tenaient à distance. Martin avait obtenu que Delphine Horvilleur dirige la cérémonie.

La célèbre femme rabbin a parlé de Clarisse avec une humanité et une bienveillance qui ont ressuscité son sourire, sa gaieté, sa chaleur. Elle a évoqué sa vie de femme passionnée qui, jusqu'au bout, avait cherché l'amour. Puis Martin a lu un texte, dans lequel il a déclaré son admiration à sa mère : il ne savait pas comment elle s'en était sortie, seule avec ses trois garçons ; lui-même n'avait qu'une petite fille de deux ans qu'il élevait avec sa femme, et il était souvent dépassé. Il a réussi à nous faire rire en racontant la partie de foot au cours de laquelle un ballon avait été magnifiquement tiré dans une lampe en verre de Murano, et le visage de Clarisse au moment où elle avait surgi dans le salon.

Un grand jeune homme qui lui ressemblait beaucoup, aux cheveux plus clairs et aux yeux sombres, lui a succédé. J'ai deviné que c'était Lucas. Il a chanté la chanson préférée de sa mère, *I Put a Spell on You*. Il chantait fort, comme dans une salle de spectacle, et quand il a crié « *I love you, I love you !* » d'une voix pure et vibrante, j'ai eu la chair de poule et j'ai pleuré. Je n'étais pas la seule.

Delphine Horvilleur nous a fait entonner, autour du cercueil posé dans l'allée, un chant juif au rythme entraînant. Puis le cercueil a été déposé sur celui de sa mère et une longue file de gens a jeté dans la tombe une poignée de terre. J'ai jeté ma poignée comme tout le monde. Je ne sentais plus grand-chose sinon le froid aux pieds.

Martin et ses frères avaient organisé une réception chez Clarisse pour les plus proches. Nous étions une douzaine. J'y suis allée sans Paul qui ne voulait courir aucun risque. Une réception virtuelle aurait été plus prudente, mais ils ne pouvaient pas quitter leur mère ainsi. Les chats n'étaient plus là. Le jour déclinait et le bleu du ciel fonçait derrière les portes-fenêtres dont l'une était ouverte, refroidissant l'appartement, pour permettre à un petit groupe de fumer sur le balcon. Je mettais enfin des visages sur les noms de Florence, de Diana, d'Isabelle et Antoine, d'Hendrik, de François qui ressemblait vraiment à Willem Dafoe. J'ai identifié le grand Black avec la coiffure de rasta : J.-B. J'ai conversé avec un homme âgé aux cheveux blancs et aux yeux aimables, qui portait prudemment deux masques superposés et s'est présenté comme le directeur de la galerie Lelong : il avait accompagné Lucas, en voiture, de Normandie. La présence de Sébastien m'a surprise. Avait-il été attiré par le fait divers, comptait-il en faire un roman ? Son nom affleurait sur les lèvres des quelques personnes qui lisaient encore. Il est venu me parler. Sa proximité n'a fait naître en moi aucune émotion. Il m'a dit que, loin d'en vouloir à Clarisse, il lui était reconnaissant de l'avoir entarté. Il semblait sincère, bouleversé par sa mort et, en fin de compte, moins prétentieux que nous ne l'avions cru.

Lucas, assis sur le canapé, se taisait au milieu des rires et du bruit, l'air absent, le regard perdu dans le ciel derrière la fenêtre, dans une posture qui avait dû être celle de sa mère. Une vieille dame à chignon blanc s'est assise près de lui – Paulette, la marraine de Clarisse, âgée de quatre-vingt-neuf ans, qui avait fait le voyage en train depuis Hyères sans craindre le virus car elle l'avait contracté en octobre et s'en était remise. Lucas a posé la tête sur son épaule.

Je fixais des yeux Zachary, que j'avais reconnu sans mal. Arrivé des tropiques, il était le seul bronzé parmi nous. Moins grand que ses frères, il ressemblait à Clarisse comme deux gouttes d'eau, mêmes yeux noirs, même nez fort, même bouche aux lèvres minces, mêmes épais cheveux frisés, mais bruns. Le portrait vivant de sa mère en homme. Contrairement à Lucas il parlait à plein de gens à qui il tendait le coude. Martin m'a présentée.

« Zack, c'est Ève. La demi-sœur de maman.

— Cool ! Vous vivez à New York, c'est ça ?

— Oui. »

Son sourire rayonnant était aussi chaleureux que celui de Clarisse.

« C'est chez vous que maman est allée en Bretagne cet été ? Elle m'a dit que c'était hyper beau.

— Il faudra que vous veniez un jour, tous les trois. Il y a un spot de surf tout près de chez moi. Mais surtout, si vous avez besoin de quoi que ce soit, n'hésitez jamais à me contacter. Vous êtes ma famille. »

J'ai eu un élan d'affection pour ces garçons, mes neveux, tout en sachant qu'il y avait peu de chances pour que je revoie Zack qui vivait en Jamaïque et Lucas installé en Normandie. Martin, peut-être. Mais il habitait Harlem et moi Brooklyn, aux deux extrémités de New York. On se connaissait à peine. On n'avait pas eu le temps de devenir une famille.

« Merci, a dit Martin. Ève, je voulais vous dire…

— Tu peux me tutoyer.

— … te dire… Sur l'ordinateur de maman j'ai trouvé un dossier qui s'appelle *Ève et Clarisse.*

— Qui contient quoi ?

— Je n'ai pas lu. Ça a l'air personnel et c'est long. Il me semble que s'il y a quelque chose de maman qui vous… qui te revient, c'est ce dossier. »

Il m'a tendu une clef USB.

*

La nuit même, chez mes parents où je n'arrivais pas à m'endormir, j'ai mis la clef dans mon ordinateur. J'ai passé la nuit à lire. Il y avait plus de deux cent cinquante pages.

Clarisse avait écrit les histoires qu'on s'était racontées ces dernières années. Pas avec la volonté de me le cacher, j'en étais sûre. Mais elle n'avait jamais rien terminé : j'ai deviné qu'elle ne m'aurait parlé de ces textes qu'après avoir fini.

De retour à New York, je les ai relus. Je n'avais rien envie de faire d'autre. Tant que je lisais elle était là, près de moi. J'avais l'impression d'entendre sa voix.

Elle entrelaçait nos vies parallèles qui se faisaient écho, si proches et si différentes dans nos expériences de l'amour, du désir, de la maternité et du vieillissement. Ce n'était pas moi, bien sûr. C'était Ève vue par Clarisse. Mais je me suis reconnue. Si les récits de la vie de Clarisse étaient exactement ceux que j'attendais, je me suis demandé pourquoi elle avait choisi de raconter l'incident avec le photographe sans abri quand j'avais dix-huit ans ou mon séjour à Capri avec Varun, des épisodes mineurs, plutôt que ma rencontre d'Alberto à Rome ou ma passion tumultueuse avec Paul à la fin des années quatre-vingt. La logique de Clarisse m'avait toujours échappé. Je la respectais.

Je n'avais aucun doute : c'était le livre qu'elle aurait rêvé de voir dans les librairies. Il y manquait une fin. Je me chargerais de l'écrire. J'ai frissonné en songeant que, d'une certaine manière, j'avais écrit sa fin. Je me suis juré que ce livre serait publié, pas à compte d'auteur mais chez un éditeur : je ferais pour ma sœur ce qu'elle avait fait autrefois pour son ami Mehdi.

Le texte ne comportait pas de page de titre, il commençait juste par le premier chapitre, « La définition du bonheur ». Pour Clarisse, le bonheur n'existait pas dans la durée et la continuité (celui-là, c'était le mien), mais dans le fragment, sous forme de pépite qui brillait d'un éclat singulier, même si cet éclat précédait la chute.

Je voyais ma sœur sous les traits d'Arachné, la tisseuse rebelle qui avait tenu tête à Athéna pour exposer les harcèlements des dieux, Arachné qui avait préféré se pendre plutôt que de se laisser humilier, et qu'Athéna avait condamnée à rester pendue pour l'éternité. Clarisse avait patiemment, minutieusement tissé sa toile. Elle y avait capté la vie comme la toile d'araignée capte la lumière qui en révèle l'artistique tissage.

J'entendais ma sœur, en Bretagne, me dire qu'elle ne détruirait jamais une toile d'araignée, qu'elle avait une trop grande admiration pour ce chef-d'œuvre où se prend la rosée.

REMERCIEMENTS

Isabelle Pacaly, Charles Kermarec, Jean-Paul Guédé, Mylène Abribat, Wadie Sanbar, Rosine et Jean-Claude Cusset, Jacqueline Letzter, Caroline Tobianah, Luciana Floris, Myriam Akoun-Brunet, Sophie Cusset, Maya Vidon-White, Gordana de la Roncière, Hilary Reyl, Véronique Shéron, Meredith Blodget, Ben Lieberman, et Vlad aux côtés de qui j'ai écrit ce livre – mes amis, ma famille, un immense merci pour vos encouragements, vos conseils, vos informations et votre franchise.

Je suis reconnaissante à Paola Mieli qui m'a permis de croire à ce projet, ainsi qu'aux membres de mon groupe d'écriture à New York, Amanda Filipacchi, Richard Hine, Shelley Griffin, Jennifer Stiller et Alessandro Riciarelli, qui ont lu les premières versions de plusieurs chapitres.

Antoine Gallimard, mon éditeur et mon ami, m'a exprimé sa confiance et son soutien chaleureux.

L'enthousiasme avec lequel mon éditrice, Karina Hocine, a accueilli ce livre l'a porté. Sa parfaite compréhension de mes personnages, son regard juste, ses suggestions subtiles et sensibles m'ont aidée à donner au roman sa forme aboutie.

Je remercie mon ami Jean-Marie Laclavetine, qui m'a rappelé qu'écrire, c'est couper.

Un grand merci à Charlotte von Essen, la méticuleuse et chaleureuse dentellière !

Ma gratitude à Marie-Aude Cap et Delphine Leperchey pour leur travail ardu de préparation du manuscrit, ainsi qu'à Pascale Richard, David Ducreux, Blandine Chaumeil, Vanessa Nahon, Jean-Charles Grunstein, Clara Fernandes et à toute la formidable équipe des Éditions Gallimard, qui, après trente ans, sont plus une famille qu'un lieu professionnel.

Je remercie le Centre National du Livre pour la bourse d'auteur dont ce livre a bénéficié.

Composition : Soft Office.
Achevé d'imprimer
sur Roto-Page
par l'Imprimerie Floch
à Mayenne, en juin 2021.
Dépôt légal : juin 2021.
Numéro d'imprimeur : 98572.

ISBN 978-2-07-295037-7 / Imprimé en France.

396764